蒙古
北韓
日本海
韓國
黃海
中國
東海
新德里
不丹
印度
孟加拉
共和國
台灣
緬甸
奈比多
寮國
南海
孟加拉灣
泰國
柬埔寨
越南
斯里蘭卡
馬來西亞

俄羅斯
白俄羅斯
共和國
波蘭
捷克
斯洛伐克
奧地利
匈牙利
羅馬尼亞
基輔
烏克蘭
黑海
保加利亞
希臘
安卡拉
土耳其
裏海
鹹海
土庫曼斯坦
地中海
敘利亞
德黑蘭
伊拉克
阿富汗
伊朗
巴基斯坦
利比亞
埃及
波斯灣
沙烏地阿拉伯
阿拉伯海
蘇丹
印度洋

「自由是我們的信仰」標語矗立在獨立廣場上。

二〇一四年革命後，烏克蘭人民族主義高漲，國旗成為重要象徵。

烏克蘭哥薩克人典型傳統打扮。

在克里米亞港口城市——塞瓦斯托波爾，可見排成一列的俄羅斯黑海艦隊。

土耳其東南部的一條古絲路。

凱末爾畫像在土耳其隨處可見，提醒人們不能摒棄世俗主義。

流落在現代伊斯坦堡的敘利亞傳統婦女。

伊朗中南部窮困的村莊成為保守派的票源。

伊朗的波斯建築主導著街頭景色。

德黑蘭交織著宗教傳統與現代夢想。

赤腳學院創辦人夫婦推動農村自主。

紡織在印度有著濃厚國家象徵。

印度教寺院。

翁山蘇姬領導的「民盟」辦事處，掛滿她與翁山將軍的畫像。

佛教成為大緬族的身分象徵，圖中大金塔是仰光的精神圖騰。

小僧侶一大清早便進行化緣活動。

歐亞現場。

見證現代化浪潮下的矛盾與衝突

張翠容 著

Contents

目錄

東與西之間總是布滿傷痕

某天，翻開十九世紀俄羅斯思想家亞歷山大・赫爾岑（Alexander Herzen）的著作，他這樣寫著，「目前，我們看待歐洲人和歐洲的心態，就像外省人看待首都居民一樣，既羨慕又自卑，喜歡屈從和模仿他們。凡是與人家不一樣的地方，都認為是我們不如人家。」

或許在我們心底也曾有過這樣的懷疑吧！而赫爾岑則點出了當時俄國的一大命題：橫跨歐亞大陸的俄國要往何處去？究竟是走東方式的、還是西方式的道路？

相信該命題也是眾多發展中國家的命題，特別在十八、十九世紀歐洲憑藉工業化強勢崛起，向外極度擴張。世人面對西方劇烈的現代化衝擊，猶如置身嚴峻的十字路口，就在一念之間，至今依然徬徨不安。

自《地中海的春天》二〇一三年初成書後，這五年間我檢視走訪過的國家，先是伊朗、烏克蘭、俄羅斯，再是印度、土耳其，緬甸更是來回走了好幾趟，在這歐亞大陸的廣闊土地上，同時也是古絲綢之路的主要路線，曾孕育燦爛的文明，現在卻有著最濃厚的現代化困惑和焦慮，大家都在苦苦追尋富強之路。

我必須放慢腳步，好似稍一用力便會很痛。正如《世界的盡頭》作者羅柏・卡普蘭（Robert Kaplan）所說：「要問有關未來的問題，最好的立足點其實就是大地，要盡可能放慢腳步去旅行。」畢竟，世界不是平的，況且這是一趟橫跨多個文明體系、四大宗教區域的漫長採訪之旅啊！

意識形態的左支右絀

二〇一三至二〇一四年期間，土耳其和烏克蘭分別發生大規模抗議行動，前者為「蓋齊公園事件」所引發的城市世俗派對抗日益伊斯蘭化的艾爾多安政府；後者則是烏克蘭東西部親歐與親俄派間的矛盾激化，在獨立廣場上演的「尊嚴革命」背後，有歐洲和俄羅斯兩大強權藉機撕裂這個國家。

土、烏兩國的後續發展非常戲劇化，繼「蓋齊公園事件」後，土耳其竟來了一場流產政變，震驚國際社會，自此進入「白色恐怖」狀態。至於烏克蘭，「尊嚴革命」後，東部的衝突演變成內戰，至今仍未平息。

在走訪兩國的過程中，我不斷思考，烏克蘭在冷戰期間，被蘇俄統治超過了半世紀，在蘇俄社會主義的工業化模式下，東部成為重工業基地，培育不少科技人才。一位長居北京的朋友告訴我，烏克蘭於一九九一年從蘇聯瓦解中獨立後，經濟隨即陷入低迷混亂，生活困頓，中國就在這時吸納了一大批當地的重工業科技人才，為其工業化服務。

持續半個世紀的冷戰歲月，不僅是東西方在意識形態上的對峙，也是現代化進程的較量，由此推動了第三次科技革命，又稱第三次工業革命。美蘇雙方從軍事領域為起點，開始了長達幾十年的科技競爭，引爆出原子能技術、生物工程技術、電腦技術等領域的空前發展，造就了今日的高科技時代。

歷史真是諷刺，人類的創新精神，竟是在意識形態對峙和民族主義高漲的情景下迸發出來。

赫爾岑在十九世紀時的「天問」，二十世紀初便有了答案。沙俄於一九一七年的十月革命被推翻，新政權蘇聯向社會主義轉型，建立起東方陣營的意識形態堡壘。

有不少學者指出，社會主義可謂是對西方現代化內在矛盾的回應。如果說現代化就是理性化，並以資本主義為最高體現，因此「現代」不僅是與「傳統」的對立，更是封建社會與資本主義的分界線。但資本主義所強調的工具理性，卻與自由主義所推崇的價值理性產生張力，遂出現馬克思的社會主義思想。其實這套思想亦來自西方，結果卻是西為東用。

可是二十世紀在東方陣營實驗的社會主義，以蘇聯為例，講平等便要計畫經濟，而計畫經濟則愈趨政治集權，結果由於太過教條和極權，不僅問題叢生，工具與價值理性更是同時失守。當然，蘇聯的崩潰還有其他原因，但它一直企圖展示的現代化另一條路，算是一項未完成的項目。

無論如何，冷戰甫結束，西方陣營處於一片樂觀的勝利呼聲中，因此有了日裔學者福山（Francis Fukuyama）的「歷史終結論」，人類社會終結於西方的自由主義民主（liberal democracy：即西方代議政制）和私有市場化的資本主義。事實上，西方多姿多采的富裕物質生活，誘引得發展中國家滿是憧憬，要跟上歐美水平，便得走上他們現代化的發展之路。對某些國家而言，徹底往西跑、全盤西化是毫無懸念的，這還包括加入西方陣營、政治結盟、成為西方的一部分。

烏克蘭到整個東歐擺脫蘇俄後，便開始尋找及建立他們的歐洲屬性，不僅在文化上，也要在政治及經濟上向西方模式過渡，其速度之急迫，讓民主被經濟寡頭騎劫，多番跌跌碰碰、矛盾重重。

往東走或向西跑？

不同於其他東歐國家，一九九一年前的烏克蘭在歷史上僅嘗過曇花一現的獨立滋味，多次被強權瓜分，西邊曾分別給波蘭和奧匈帝國占領，東邊卻長期在俄羅斯的管治影響，並認為整個烏克蘭都是「小俄羅斯」，同屬於東正教文明的斯拉夫同胞。（東正教是在西元六世紀從羅馬教廷分裂出來，而由東羅馬帝國信奉的基督教一派）

這種撕裂使得烏克蘭東西兩邊人民，在文化身分上有各自的認同、各自的政治忠誠，以致這個國家即便獨立後，亦難建設成一個能正常運作的統一國家。我專程跑到俄裔人口占多數的克里米亞，他們對俄羅斯的情感認同，不下於烏克蘭中西部之於歐洲的感情，這就是烏克蘭的特殊歷史環境，如何解決，可不是要往哪邊站的二元選擇那般簡單。

當冷戰意識形態堡壘被拆毀，迎來的便是地緣政治的爭奪。北約（NATO）東擴，要把烏克蘭納入自己的勢力範圍；俄羅斯卻又視烏克蘭為其俄語系的傳統地緣板塊，為阻擋西方東進的緩衝區域。

從外部的拉扯到內部的撕裂，過去二十多年烏克蘭親俄與親歐力量互相爭奪統治地位，不曾好好建立民主內涵，更遑論展開現代化的發展道路。處於兩大強權夾縫中的烏克蘭，有外交專家認為可參考「芬蘭模式」。芬蘭於二戰後，在與歐洲拓展關係的同時，卻不加入任何威脅俄國利益的軍事聯盟。

往東走或向西跑？還是站在東西之間開拓獨立自主、尋找具有回應自身歷史脈絡的現代化論述空間？這全是發展中國家或非西方國家的大挑戰。

「現代化」對歐洲而言，有其歷史的背景。在十四至十八世紀間，從宗教改革、文藝復興和啟蒙運動而發展出的一套有關現代化觀念，並訂下啟動現代化的先決條件，包括世俗主義、理性主義、科學主義和個人主義，這就是西方所指的「現代性」(modernity)，即現代社會的基本屬性和特徵，又稱「啟蒙方案」或「現代性方案」。在德國哲學家尤爾根·哈伯馬斯(J. Habermas)眼中，這也是一個未完成的項目。即是說，人類社會仍未達到理想中的現代性。

首先，看「文藝復興」如何為現代化提供土壤。這是為了回應當時中世紀羅馬教廷的黑暗面及王權的專制腐敗，再伴隨著宗教改革，由義大利文化圈所發起重拾古羅馬及希臘語典籍的一場運動，在典籍中重新發掘人本精神，倡議從以「神」為中心轉到以「人」為中心的生活型態，打破教會對物慾的抑禁，刺激人們追求現世幸福，個人主義遂變得理所當然。當大家對物質要求不斷增加，因而大大推動了經商活動，造就出資產階級，封建大地主遂受到挑戰。

為了國民財富的最大化，同時也讓王權收入穩定，因此當時的國王願意站在資產階級那邊去革地主的命，以保障資本利益。商業興國逐漸成主流，封建專制王朝已無生存空間，取而代之的是民族君主國家，伴隨而來的是民族主義開始萌牙，並成為現代化的引擎。到了「啟蒙運動」，它為現代化畫出清楚輪廓，現代化即理性化、科學化、工業化，西方的資本主義便是植基於此，民族國家亦由此而來。

從地理大發現到大航海潮，歐洲的現代化進程，把第三世界也一併納入西方資本主義的世界體系，第三世界或落後地區成了向歐洲提供原物料和天然資源的重要供應地，以完成歐洲的工業革命，提高物質水平，包括軍事水平。

由於歐洲對資源的掠奪是以帝國主義、殖民主義為手段，企圖製造一個全球性的西方現代性版本，啟蒙普世觀（universalism）遂成為現代文明的結構，並把「傳統」與「現代」對立起來，同時其中亦有著「野蠻落後」與「文明先進」的政治意涵，後者擔當改造前者的使命。

在這個語境下，「現代化」很容易被等同於「西方化」，而左翼學者更視前者為西方帝國主義的「因」。

無論如何，西方透過全球化期待創造一個具同質性的世界，一如福山的「歷史終結論」，卻沒有出現。從美國學者杭亭頓的「文明衝突論」到「現代性的本土化」，反取而代之。

伊斯蘭與現代化

「文明衝突論」直指西方文明與伊斯蘭文明間的衝突，特別是伊斯蘭世界回應西方現代化的衝擊，所出現的伊斯蘭復興運動，當中還包括對抗性的政治伊斯蘭，以致「文明衝突論」被引伸成「伊斯蘭威脅論」。如果現代化意謂著社會的祛魅（disenchantment），那麼，伊斯蘭復興便是試圖讓社會重新復魅（re-enchantment），這被視之為要與現代化和全球化背道而馳。

做為鄂圖曼帝國的繼承國，土耳其在國父凱末爾的世俗主義建國基礎上，有漸趨回歸伊斯蘭化的現象，不僅受現任總統艾爾多安的推動，這還有著更複雜的歷史文化社會因素。而國父「西化方案」中所衍生的國族主義，更引發內部的族群矛盾。原本在西方眼中最能內化「西方現代性」的土耳其，怎麼會有現今的轉向？這正是促使我一再前往訪查的原因。

其實，在土耳其只要走訪伊斯坦堡和安卡拉以外的地方，便能明白這一波的伊斯蘭化浪潮。若我說土耳其境內存在著兩個土耳其，也不算誇張。一個西化的，一個傳統的，但我們的焦點卻總放在前者身上。在二〇一七年的重訪旅程中，我特意跑到東南部，了解這個充滿衝突矛盾又同時活在伊斯蘭傳統的地區。

這個國家可謂是近年最能引起國際媒體的關注，西方深感不安，因為它是北約的橋頭堡、關係親密的反恐夥伴；中國亦密切留意，由於土國乃是「一帶一路」的重要橋梁，它的任何變化都足以影響大家的戰略布局。

同樣與土耳其構成大中東文明重要部分的波斯文化大國——伊朗，它比土耳其在回歸伊斯蘭路上更為徹底，從巴列維國王在上世紀四、五〇年代推動世俗主義的現代化，並堅定站在美國這一邊，被稱為伊朗的凱末爾。可是到一九七九年一場伊斯蘭革命後，迅速退回神權政治，更讓不少專家學者苦思伊斯蘭與現代化的糾葛。

不過，西方最為關注的，卻是伊朗在敏感的中東地區所形成的「什葉派之弧」，即伊朗企圖用什葉派信仰來拉攏伊拉克和敘利亞等阿拉伯什葉派政權，所形成的勢力範圍，地理上猶如一個弧狀。

這樣看來，伊朗靠著信仰來擴張勢力版圖，較之民族主義更為有效。而伊朗在伊斯蘭革命中的口號，正是「不要東方，也不要西方，只要伊斯蘭」。信仰，在伊斯蘭世界始終先於民族，有更強的身分認同。不少西方學者便以此佐證，現代化難見容於伊斯蘭，加上他們對西方現代化產生恐懼和抗拒，遂舉起「伊斯蘭主義」大旗，其矛頭必定直指西方。由此與西方文明發生衝突，威脅世界，這種看法已愈來愈普遍。

因此，伊朗被美國視為「邪惡軸心國」，持續制裁至今。而「核協議」自川普上台後，便瀕臨廢棄的命運，然而核能源一直是西方視之為現代化的體現，只是發展在西方敵對的伊斯蘭國家，便有可能轉化成核武的邪惡武器。

這是當今西方看待伊斯蘭世界的角度：反現代化和反全球化的保守力量。不過，在八至十二世紀，伊斯蘭文明處於繁盛時期，正是穆斯林帶動了第一波的全球化，他們透過旅行、經商及積極推動翻譯工作，打通了東西間的阻隔，讓文化得以交流，並且成為世界貿易的重要橋梁、古絲綢之路的重要通道。因此，當時的伊斯蘭核心地區堪稱是世界的中心，主要由阿拉伯、波斯和突厥組成。

事實上，不同於中古世紀羅馬教會對科學與知識的打壓，伊斯蘭對知識持開放態度，因此在知識領域，包括科學的成就顯著，並透過翻譯保留了大量希臘典籍，促成了歐洲的文藝復興和人類近代自然科學的建立，為西方的現代化奠下基礎。德國哲學家恩格斯曾如是說，羅曼語諸民族從阿拉伯人手中獲得的希臘典籍，讓他們能重新發現古希臘哲學思想，從教會黑暗時代解放出來，並為十八世紀的唯物主義做了準備。

至於工業化為何不發生在伊斯蘭世界，而在歐洲，那是後話了。有不少學者試圖從文化、地理、政治、經濟及生活型態等解釋，大家可自行參考相關書籍。

有趣的是，基督教中的耶穌降臨人世，據《聖經》記載，首先得知的是東方三博士，已有史料指他們來自波斯。波斯人善觀星象，出了不少偉大的天文學家和自然科學家，對歐洲科學有重要的影響。

生於十世紀的波斯學者伊本．西那（Abu Ali Avicenna），他無所不通，研究範圍之廣，令人咋舌，被視為波斯最偉大的學者。從哲學、醫學、幾何學等無不涉及，其著作《知識論》便涵蓋了邏輯學、數學、天文學、形而上學等自然科學和哲學領域。

伊本・西那主張對事實本身的客觀觀察、以理性主義解決問題，從中可知「理性主義」不獨來自西方的啟蒙時代，後者較伊本・西那時代其實晚了很多。再者，根據史學家的記載，做為西方文明支柱的希臘，其科學傳統有不少是從中東地區翻譯而來。

因此，我們可否這樣說，當哥白尼提出太陽為宇宙的中心，卻受到基督教羅馬教會治罪時，伊斯蘭則對科學持開放態度，讓其科學成就反哺西方文明。當歐洲要經歷宗教改革才能邁向現代化，致使世俗主義是如此重要時，伊斯蘭卻有著與歐洲全然不同的歷史進程。

只要探訪過伊朗，便可領會到伊朗人做為古波斯文明的繼承者是如此自豪，而不少外國旅者在接觸過伊朗後，過往從西方媒體上對這個國家從文化到政治所獲得的負面印象，至少都會在文化民風的既有認知受到顛覆，當然也包括我這位記者在內。你說這個國家保守，人民卻有著開放、包容的一面；你認為它專政，指選舉體制背後有最高精神領袖的操控，但議會內的女性比例竟是大中東地區最高的；而國境內的基礎建設水平亦不落後。若曾從德黑蘭搭過火車到南部，可能會驚訝於其鐵路的先進，完全把美國的高鐵Amtrek給比下去。

然而，政教合一的伊朗被視為可能威脅西方文明的伊斯蘭復興之地。不過，西方針對伊朗而略過同是神權的海灣國家，其中有著地緣政治和國家利益的考量，在此不贅。

如果要說「文明的衝突」，那就得從十一世紀西方基督教世界第一次「十字軍東征」說起，他們聲稱除了要收復被伊斯蘭征服的聖地外，其實還有一個目的，就是打破伊斯蘭壟斷東西貿易的路線。其後持續發動了幾次東征，到了鄂圖曼突厥人攻陷東羅馬帝國的君士坦丁堡，西方基督教世界對此耿耿於懷，同時也為兩大文明挑起了衝突的因子。

直到近代，由西方基督教國家主導的西方工業文明及殖民侵略浪潮，讓伊斯蘭世界陷入困境。伊斯蘭做為自足的宗教文化資源，擁有內在復興、不斷革新為特徵的發展邏輯，其教徒面對困境時，較容易回到宗教來尋求出路。

他們認為「宗教興則民族興」，這種傳統思維讓伊斯蘭復興運動在歷史上多次出現，這不純粹是對抗西方殖民的工具式反彈，而是一場含有對伊斯蘭價值的保衛戰。當愈受外在環境擠壓或挑撥，抑或被內部統治階層利用，就會有教徒容易走向以宗教為掩護的激進政治暴力思想。

另方面，在過去一個多世紀以來，西方憑藉著工業文明的龐大物質基礎成為世界中心，建構了一套二元論的語言霸權，「西化」則興，「非西化」則亡，置發展中國家於困惑的十字路口。而世界在西方主導下的全球化進程中，亦面臨兩種結果，如若未能讓世界同質化，那最後只會不斷誘發對立與衝突。不幸的是，我們現正面對這個局面。

事實上，不少研究全球化的知名學者如羅蘭・羅伯遜(Roland Robertson)、湯姆・帕爾默(Tom G. Palmer)及山繆・杭亭頓等均異口同聲表示，西方強推現代性全球化的發展，會導致世界範圍內民族傳統文化的復興。("The West: Unique, not universal" Foreign Affairs; New York; Nov/Dec 1996; Samuel Huntington)

當西方文明自稱是全球唯一標準，並兼有普世性，再用「非文明」的殖民手段企圖改造他國，這不禁令人質疑西方口中所謂普世價值的正當性，遂引發其他文明恐被侵噬，從而做出反撲，泛伊斯蘭主義(Pan-Islamism)便是個典型例證。

民族主義大興利市

地緣上緊靠著伊斯蘭世界的印度，這個文明古國在面對伊朗輸出伊斯蘭革命、阿富汗與巴基斯坦的伊斯蘭主義活動漸趨活躍之際，又要面對西方資本主義價值全球化的來勢洶洶，使得印度教復興運動愈發激進化，並受到民族主義的鳴鼓開路。

此外，印度教民族主義其實早在英國殖民時代便已萌牙，這是印度傳統文化面對西方殖民主義的強大衝擊下，所產生的空前危機感而做出的抵抗，這與伊斯蘭復興可謂有著相似的因由。

特別是二戰後英殖民的末任總督蒙巴頓(Lord Mountbatten)草率決定，把英屬印度一分為二成兩個國家：印度與巴基斯坦，而後再分裂出孟加拉，以致南亞次大陸印度教徒與伊斯蘭教徒的民族主義不斷高漲，衝突頻生，自此永無寧日。

有一點要指出，這兩個宗教族群並非先天相互敵視，而是英殖政府強行把他們分成「你」與「我」後，讓他們自此勢如水火。這是我在遊走印、巴兩國期間，當地知識分子對此現象有著強烈感嘆。

還有的是，印度於一九四七年獨立後，承襲英國制度，一步到位採用自由主義民主制度，做為邁向現代國家的表現，而西方世界對印度民主亦大加讚許。事實上，印度已成為世界最大的民主體制。但由於印度的特殊國情，包括教派林立、根深柢固的種姓制度、大量貧窮人口、地方勢力過大等，導致民主制度難有效率、經濟建設無從談起。在此情況下，民主與現代化在印度成為互相掣肘的悖論。當政治、經濟同告失效，民族主義便大有市場。做為主流的印度教，遂成為民族主義者用以建立印度特性與操弄的工具，使得民主徒具一人一票的選舉空殼。

印度獨立初期，由於有具崇高威望的獨立領袖聖雄甘地和尼赫魯等人，努力建立世俗理性化發展基礎，讓印度教民族主義受到抑制。可是當領袖遠去，各政黨特別是國大黨，為了爭取選票，不惜違背建國時的世俗主義，大搞教派民族主義。而隸屬於右翼人民黨的現任印度總理莫迪，便是一位不折不扣的民族主義者，利用主流民眾對印度教的虔誠，推動他的政策主張。

鑑於非西方國家的特殊國情，有西方政治學者如杭亭頓便認為，在發展初階維持社會穩定和建立政治秩序至為重要，他這一觀點詳情可見於他的著作《變化社會中的政治秩序》。

他指出，有不少發展中的國家，在現代化過程總是傷痕纍纍，而且容易出現政治不穩定的情況，原因不在於缺乏現代性，反而是為了推動西方現代化的努力遭受國情阻力所產生的衝突。因此，打造強大政府較容易實現經濟及政治上的穩定性，待條件成熟再過渡到自由主義民主。是耶？非耶？至今仍頗具爭議，在於民主是否需要有前設條件？

上述的說法，其實也是西方國家的發展軌跡，就是推動經濟現代化大多先於自由主義民主的建立，更何況民主不是只有一個模式。而杭亭頓等人所指良好的經濟往往能鞏固民主的基礎。但如果是這樣，為何西方撤出殖民地前後，卻要前殖民地生吞其制度？

印度知名公共知識分子阿細斯．南地（Ashis Nandy）在接受媒體訪問時，高呼「我從來不是西方一部分」。而具影響的印度哲人兼詩聖泰戈爾，對西方一套「現代化」意識形態，更有著非常不同的深刻見解，他是東方精神文明的維護者與倡導者，一直倡議在追求「現代性」和西方與時並進的同時，也不要忽視自身文明的特殊性、不損身分認同和尊嚴。換言之，詩聖尋找的是「現代性本土化」。

事實上，在印度，我驚嘆當地知識分子不斷做著各種本土的社會實驗，慕名探訪印度南部喀拉拉邦的民眾科學運動，也專程前往位於西北部知名的「赤腳學院」，其創辦人班克．羅伊(Bunker Roy)見到我的頭一句話，「我們必須腳踏自己的土地上。」赤腳精神在該學院受到承傳，並在傳統上賦予現代的面貌，例如農村女性亦能當家做主。而現代科技引入「赤腳學院」，示範農村該如何持續發展，改善因西方現代化所造成的城鄉差距，這對我這名城市人無疑是一記當頭棒喝。

如何避免被綁架在西方現代化的列車上？印度知識分子在他們祖先巨人的肩膀上，苦苦思量屬於自己的發展出路。這趟「赤腳學院」之旅在我採訪生涯中至為難忘。

宗教族群矛盾一觸即發

曾是英屬印度一部分的緬甸，繼承了起源於古印度的佛教文明，歷史上也曾出現過燦爛的王朝，如第一個統一緬甸的帝國——蒲甘王朝，自此以小乘佛教為信仰。在英殖時代，英國試圖發展英式教育，從而影響到緬甸佛教文化傳統，導致僧侶群起反抗，讓緬甸佛教成為緬甸民族主義與反殖民的原動力。

想不到，佛教民族主義竟然在民主轉型中的緬甸繼續發揮力量。近年，緬甸因處理國內羅興亞穆斯林族群的手法，備受國際社會抨擊，而佛教民族主義者在緬甸軍方利用下，對非緬族、非佛教徒的排斥，讓民主轉型面對極大考驗。

漫長的英國殖民統治，採取分而治之手段，為緬甸留下的宗教族群矛盾，現今這個國家又要從軍人統治中解脫出來，可謂是布滿「紅線」。我在當地採訪，如其他外國記者一樣，必須要小心翼翼。我們亦關注到，正當世界經濟秩序重新洗牌之際，緬甸要往哪個方向轉型，一改落後經濟，重建現代化國家？

西方當然期待緬甸在政治上轉往自由主義民主，經濟上則向私有化自由市場的資本主義發展，而緬甸在文人政府治理下的確打開了經濟的大門。緬甸這個被視為亞洲最後一個開放的大市場、民主實驗室，似乎想要一步到位，走上高端現代化與工業化方向；但民主發展卻有待觀察，更何況在翁山蘇姬領導下的緬甸民主，飽受軍方無形掣肘，而羅興亞族的悲劇更讓這位「民主女神」的光環盡失，甚至還可能背上「種族清洗」的汙名。

另方面，西方都在留意，緬甸的發展模式是否受到中國「一帶一路」的影響？當我在二〇一六年踏足緬甸，適巧碰上翁山蘇姬出訪中國，此舉引發西方評論家不少爭議，緣於為何這位備受西方力捧的「民主女神」，不是把她的第一次官式訪問送給西方？雖是小國的緬甸，因其位處對東西方同樣重要的戰略位置，成為爭奪的對象。她就好像一名新生兒，大家都想左右她的成長。

有人擔心「中國崛起」下的東方威權主義壓倒西方的民主國家，而擠進世界中心，令世界倒退；不過，也有人認為西方霸權在第三世界身上所造成的傷痕，已出現物極必反。美國學者伊安．摩里士（Ian Morris）年前出版宏大著作《西方憑什麼：五萬年人類大歷史，破解中國落後之謎》（*Why the West Rules*），就是探討東西方之爭，而西方為何能領導世界至今，這是否已到了極限？

若我們能如古波斯學者伊本．西那所主張，多對事實本身進行客觀觀察，便能發現各文明間其實是你中有我、我中有你。而世界中心曾多番轉移，沒有一種文明是最優秀的，也沒有一種文明可單獨持久地領導世界，否則我們便會陷入絕對主義，只許世界有一種邏輯。

因此，我們不需生吞外來的一套，也不必盲目排外；而歷史似乎也在告訴我們，任何文明都會盛極必衰，一是反思並改革，一是頹敗至被取代。那麼，這個世界能否在探索前景之餘，保持多元的活力，不致困在一個方程式的教條裡，至今仍是值得深思的問題。我們一直在現代化的跑道上奔跑，本是擁有追求美好生活的願望，但對掌權者而言卻是別有政治襟懷，邊緣的欲躋身到世界中心，在中心的國家則繼續擴張與征服，這樣的你追我逐，反而威脅了人類的生存。如今我們面對著共同的難題，如氣候變化、糧食短缺、資源不足、貧窮惡化與智能發展等，有專家學者早提出警告，人類的生存環境已受到最大挑戰，道德價值岌岌可危。但是要人類團結，無異是痴人說夢，因鬥爭才是個常態。

歐亞在地理上位於同一個大陸的板塊，擁有最廣闊的面積、最繁多的種族、最龐大的人口、最悠久的文明、最燦爛的文化，現代與傳統在這此交鋒，不同意識形態亦在此地較量。本書把焦點放在仍處於這個大陸夾縫中掙扎的烏克蘭、土耳其、伊朗、印度和緬甸，雖分別代表基督教、伊斯蘭教、印度教和佛教文明，卻同受東西兩邊政治的拉扯，並在面對現代轉型之際又受到自身文化傳統的挑戰。我們不能只用簡單的一把尺去衡量，也無法以單一的「藥方」去治理。無論如何，他們是我們的一面鏡子，映照出這個時代的焦慮。

「我們好像生在一頁孤舟上，隨時會被大海淹沒。」

——托爾斯泰 Leo Nikolayevich Tolstoy

第一章

夾縫中的烏克蘭

—

UKRAINE

3

5

4

1　一對新人穿著傳統的韃靼婚衣擺姿拍照。

2　捍衛廣場革命的哥薩克成員。

3　烏克蘭反政府示威運動中的遇難者照片，被擺放在基輔獨立廣場。

4　車諾比核災區入口處。

5　作者與烏克蘭女詩人。

初訪烏克蘭：橙色革命餘震

「妳又來了，歡迎啊！三年前自大選過後，我們的國家已逐漸退出國際媒體的視線。換言之，我們不再受關注。」

「是嗎？但東部仍未停火呢。」

「戰事持續了三年多，國際媒體早已失去興趣。就好像烽火連天的非洲國家，打得太久便會失去新聞價值，難以上頭版，那些媒體老闆用不著花資源在該國上。現在在基輔，已沒有一家常駐的外國傳媒。」

「噢，那實在遺憾，傳媒就是這樣，除非像敘利亞的戰事影響面廣，連歐洲也受到波及。」

「可是，失去關注的烏克蘭，並不表示沒有值得報導的事情。」

二〇一七年重訪基輔這個曾風光一時的城市，與上回認識的當地記者德斯喜相逢，甫見面便向我發出上述的感嘆。在恢復表面正常生活的背後，烏克蘭依然凶險。我不禁問，分裂與衝突在烏克蘭已變成恆常化了嗎？

我曾先後三訪烏克蘭。二〇一三年的六月，初次來到烏克蘭首都基輔，眼前為之一亮，到處都是綠意盎然的樹木和金頂教堂，於和暖的陽光下，散步在基輔各大街小巷，感到初夏的喜悅。

這裡的花朵也開得特別燦爛，街頭有不少花店；這裡的人都愛買花，不時見到人手一束花。鳥兒在不遠處高歌，長長的聶伯河水（River Dnieper）滔滔，原來這是歐洲最長的河流。

嗯，是歐洲，烏克蘭是歐洲的最東邊。在捷克、匈牙利等地遊走時，我不慎稱之為東歐時，當地人會立刻指正說：我們是中歐，東歐請往烏克蘭。

烏克蘭啊烏克蘭，這個名字在其語言裡意指「邊境之地」（borderland）。由於該國東邊緊鄰俄羅斯，即使一九九一年脫離前蘇俄獨立，但仍落入俄國的勢力範圍，經濟極度依賴俄羅斯，因此烏克蘭成為獨聯體的始創國不足為奇。這個聯盟共有十一個原蘇聯加盟共和國加入。除烏克蘭外，其他成員國包括亞塞拜然、亞美尼亞、白俄羅斯、哈薩克、吉爾吉斯、摩爾多瓦、俄羅斯、塔吉克、烏茲別克等。何謂獨聯體？這就是蘇聯解體後，由部分原蘇聯加盟共和國協調成立的一個較鬆散國家聯盟，屬區域性、政治性的政府間國際組織，總部雖設在白俄羅斯首都明斯克，但以俄羅斯為主，工作語言為俄語。

由於這些獨聯體國家全部處於俄羅斯西部，很自然被視為俄羅斯與北約間的戰略緩衝地帶。但諷刺的是，大多獨聯體國家卻心嚮往西方，烏克蘭便是其中之一，而且坐言起行。從二〇〇四年的「橙色革命」（Orange Revolution）到二〇一四年的「尊嚴革命」（Revolution of Dignity），與俄羅斯的爭鬥至今未休。

我在「尊嚴革命」（又稱歐洲廣場革命〔EuroMaidan Revolutio〕）之前半年，就已來到這個被視為東歐最窮的國家一探究竟。為了什麼？當時的確沒有特別的新聞，但我就是一直想來。二〇〇四年整個獨聯體地區漾起顏色革命的波濤，而烏克蘭首先發難，並成為這場顏色革命的佼佼者，引得整個國際社會注視的目光。

這是二十一世紀第一個十年的重大新聞之一，烏克蘭親西方的反對派發動百萬人上街，因橙色是反對派的代表色，故稱之為橙色革命。上百萬人穿起橙色上衣、揮舞著橙色旗幟，集結在獨立廣場聲討親俄政府，直指他們貪汙腐敗、獨裁專政。

結果反對派如願，轉身步上執政之位。橙色革命的大旗手尤申科當上總統，與尤莉亞・提摩申科（Yulia Tymoshenko）組聯盟，後者成為第一位女總理，她雖然美豔又舉止優雅，但政治主張強硬，猶如已故英國首相柴契爾夫人（Margaret Thatcher），勢要把烏克蘭扭轉，與國際自由市場接軌。

再次讓烏克蘭吸引國際媒體目光的事件，就是尤申科被下毒毀容，而在二〇一一年提摩申科亦遭檢控貪汙罪入獄。這位眾人心中的美女總理，很可惜在執政期間，貪汙醜聞纏身，最後被送上法庭，未能將國家帶上真正民主的繁榮之路。

提摩申科一身傳奇，她從政前已是一名成功的天然氣企業家，烏克蘭最富有的人物之一。上台後被指控利用總理職權，為自家企業謀私利，在與俄羅斯天然氣交易攫取巨大利益，卻進了個人口袋裡。在此可見，這位在政治上反俄的政治人物，在經濟上竟與俄國有著千絲萬縷的利益糾葛，豈不諷刺哉！

一朝天子一朝臣。下台後，新一屆親俄政府向她下拘捕令，並將其身邊的幾位親信官員也一併拘捕。歐盟卻直指這是有其政治目的之指控，呼籲無罪釋放；另一邊，俄羅斯總統普丁則支持亞努科維奇依法處理提摩申科的貪汙事件。從中可看到歐盟與俄羅斯在烏克蘭背後，已在暗自較量，而且不僅此一事件。

自提摩申科入獄後，其黨友和支持者便在基輔市中心某人行道紮營，準備做長期抗爭。當我在基輔遇到他們時，已是二〇一三年的事，兩年來依然有人堅持睡在營中，我不禁叫道：我的天啊！真是好忠實的「粉絲」。其他行人經過，有些會駐足觀望，有些則不屑一顧。不少人則是表現出對統治菁英的失望，無論哪一派都一樣。

最有趣的是，後來提摩申科因病被隔離在位於烏克蘭東部一家醫院裡，支持者竟在醫院外輪流日夜守候。提摩申科不時會在窗前探頭外望，紙鴿傳書，發表政治主張，大有翁山蘇姬的影子。當然，她與翁山蘇姬仍有差別，她是烏克蘭最為人垢病的經濟寡頭（領袖）之一，素有「天然氣公主」稱謂，且雄心勃勃，一直有個「總統夢」。經濟寡頭與掌控政治無疑是個雙胞胎。

經濟大怪獸

獨立後的烏克蘭一直深受貪汙困擾，國家財富受寡頭壟斷，以致國家建設無從談起，更是無法擺脫依附經濟。它是個能源短缺的國家，石油和天然氣嚴重仰賴俄羅斯，使得俄羅斯能扼著它的咽喉。其實，歐洲有三分之一的天然氣，都是從俄羅斯經由烏克蘭而來。

因此，大家開玩笑說：「冬天來了。」(winter is coming)諷刺俄羅斯經常以此來恫嚇烏克蘭和歐洲。不過，烏克蘭東部卻擁有豐富的煤、鈾和銅鐵資源，一直是俄羅斯的原料供應地和產品銷售地，二〇一四年脫烏入俄的克里米亞半島，更是烏克蘭重要的能源富集區。

烏克蘭東部這個重工業地區，可說是各本土經濟寡頭發跡之地，他們壟斷了國家的天然資源，同時面向龐大的俄羅斯市場，其財富累積驚人。

二〇一四年革命前，烏克蘭前五十大富豪的財富占全國國民生產總值百分之四十五，是美國的五倍，徒具民主外殼，該國經濟卻是典型的百分之一對百分之九十九，可想而知，烏克蘭的貧富懸殊有多嚴重。

烏克蘭的寡頭，無論是親歐派或親俄派，都是依利益行事，很懂得左右逢源。二〇一四年廣場革命開始不久，時任總統亞努科維奇、原親俄官員和議員，變節的變節，逃亡的逃亡，而出現這樣的戲劇性發展，關鍵在於該國的經濟寡頭取態，他們紛紛離棄這個親俄政府，於是反對派便可奪權。

為什麼呢？原來這群寡頭在二〇〇八年全球金融危機前，便以賽普勒斯（Cyprus）這個避稅天堂做為他們商業運作的中心。當賽普勒斯在危機中破產後，就轉往倫敦。

因此，歐盟輕易掌握到這些烏克蘭寡頭的全部資料，並且列出一份名單，制裁大棒準備揮動，造成威嚇效果，使得那些靠寡頭吃飯的親俄政客也紛紛變節，有些親俄的寡頭甚至轉而站在廣場抗爭者這邊，原因亦是出於經濟考慮，而非正義。

例如首富兼鋼鐵大王阿克梅托夫（Rinat Akhmetov），他原本一直是同鄉亞努科維奇的「金主」，也是烏克蘭超級球隊頓內次克礦工足球俱樂部的老闆和主席，後來轉投親歐派。又如銀行界財閥克羅莫伊斯基（Kolomoisky），改變政治立場後被過渡政府委任為東部其中一州的州長。

不過，至今歐盟仍不願透露這份寡頭和相關人等的名單身分。但有消息指出，名單上也包括亞努科維奇的家人，主要是他的兒子和妻子。他兒子的企業帝國總值高達三億多英鎊。其妻亦長袖善舞，聽聞曾是英國商界的甜心。

倫敦，其實已成為不少國家經濟寡頭的樂園，均有龐大資產庫存在此，以英國為基地，將私人企業邁向國際化。雖然大家還不清楚亞努科維奇家人在英國有哪些資產，但他們肯定早早便把資金從國內調走。

歐盟所指的制裁，對富裕的烏克蘭經濟寡頭而言，意謂著什麼呢？意謂著他們集中在英國的資產將受凍結，其潛在影響不容小覷。這表示他們將被迫退出歐洲的業務。

事實上，自烏國大示威發生後，倫敦街頭不時出現針對烏克蘭寡頭的抗議活動，就在他們位於倫敦豪宅區的「行宮」門外，要求他們與總統亞努科維奇斷絕關係。

過去，在普丁上台前，俄羅斯的政經命脈由七大經濟寡頭控制。可悲的是，烏克蘭亦然，不愧有「小俄羅斯」之稱。這樣說來，烏克蘭的民主只是寡頭集團主導的民主，空有民主選舉制度，卻淪為寡頭的遊戲。

這回烏克蘭親歐派藉經濟寡頭奪權，但親歐派領導層與這些寡頭的關係又是什麼？烏克蘭民主若不能擺脫經濟寡頭的操弄，就枉費人民拋頭顱、灑熱血的抗爭了。

說了一輪的經濟寡頭，究竟他們是如何成為政治經濟上的「怪獸」？這可追溯至獨立後轉型到西方式民主政體，大家都把自由化等同於私有化，國產遂在急速的私有化過程中，遭到與前朝權力有密切關係人士以低價瓜分，然後在經濟資源上進行壟斷。而在政治上因應民主制度需求，成立自已的政黨強勢參政，抑或透過與政府進行個人合作，即有權參與政府人事安排，於背後掌握國家機器，以鞏固既有利益。基本上，這種現象在前蘇聯共和國獨立後，變得非常普遍。

此外，這些寡頭還會在社會民生各層面發揮影響力，通過多元企業發展，除本身的產業外，亦染指出版、通訊、報紙、廣播、電視等可製造輿論的行業，以鞏固影響力，並同時把手伸進教育、科研、藝術、體育、衛生、宗教等領域，織出一幅經濟與政治互相依賴的關係蜘蛛網。

這種官商勾結的貪腐行徑已成為一種社會文化。當地人告訴我，政府官員固然貪，小市民到政府部門洽公，一律要給小費才能獲得辦理，就連學生想拿畢業證書，也得要給老師紅包。

聽聞至此，我不禁瞪大眼睛。一位年輕人認為我大驚小怪，指他們雖感憤怒，但也慢慢習慣了這一套，並指政府高官和教授僅三、四百美元月薪，物價高漲，無法不貪。

如要在烏克蘭做個小生意，更糟糕。不僅稅務繁複，且到處都需用錢疏通，最後利潤所剩無幾，更多時候是賠了夫人又折兵，真是不知所謂何來？

我與《基輔時報》總編輯柏烏薛斯基談起烏克蘭的投資環境，他也搖頭嘆息。他說，過去幾年全球經濟下滑，不少中小企相繼倒閉。投資烏克蘭，必須是大項目、國家級，才有機會避過層層榨取。他搖頭嘆息說，這真是烏克蘭之恥，烏克蘭離西方概念的自由市場還有一大段距離。現代化？更不知從何說起。

烏克蘭的民主轉型過程充滿障礙，如何重建民族身分是最大問題。柏烏薛斯基也同意，由於烏克蘭的地緣關係，一直被不同帝國占領，民族身分飽受衝擊。獨立後，重建民族身分是項重大任務，但在外交上，究竟該往東（俄羅斯）跑，還是向西（歐洲）走？一直是烏克蘭獨立後的鬥爭死結。而分裂的烏克蘭從未出現過強勢的中央政府，弱管治讓國家在現代化的道路上只能緩慢而行。

其實，基輔是斯拉夫民族的發源地，為第一個東斯拉夫國家基輔羅斯（八八二—一二四〇）的首都和中心，有「俄國城市之母」稱號。由於基輔羅斯被認為是三個現代東斯拉夫民族國家（白俄羅斯、俄羅斯及烏克蘭）的前身，俄羅斯一直視烏克蘭為同宗的「小俄羅斯」。蘇聯解體後，基輔政府繼續與俄國保持密切關係，引發西邊的不滿。

從地理角度看，西邊已視烏克蘭為歐洲版圖的一部分，屬歐洲的最東邊，因此，親歐派可以很理直氣壯說：我們就是歐洲！只有歐盟成員國這個身分，才能奠定烏克蘭在西方的地位。烏克蘭的西邊領土曾是波蘭和奧匈帝國一部分，因此，受歐洲文化影響至深，與富俄羅斯色彩的東邊格格不入。

究竟什麼叫做烏克蘭人？老一代人會用俄語這樣自問。不過，獨立後出生的年輕人對烏克蘭人這個身分會較強烈，而且較傾向歐洲，他們要擺脫「小俄羅斯」的影子。但民族身分的問題仍夾纏不清，更遑論有好的政治人才管治國家了。

因此烏克蘭的貪腐，有人遂歸咎於民族身分薄弱，他們對什麼叫整體利益毫無概念，只看到自已的利益。當上上下下都只在追逐個人的好處，於是經濟寡頭繼續操弄，把持該國政治、經濟、社會各領域，老百姓的困頓生活似看不到盡頭。

再訪烏克蘭：尊嚴革命

想不到，還未等到「橙色革命」十周年紀念，烏克蘭另一場驚動國際社會的革命已快速上場。西方媒體旋即指這是「橙色革命」的延續，但只要人在現場就會明白，兩者還是有分別的。二〇〇四年，主要由提摩申科等親歐反對黨發動，他們指控大選舞弊，動員群眾上街，目的是要更換政權。由於提摩申科等人也是寡頭集團，遂有人戲謔「橙色革命」是場小寡頭對抗大寡頭的把戲。此外，亦有分析家認為背後存在強大的外力，並冠以「顏色革命」（這乃指西方背後推動別國政權轉變並冠以顏色標籤）之名，增添了一抹迷離。

嚴格來說，只換政權不換體制，難言革命。但二〇一四年的「尊嚴革命」，不少抗爭者高喊：一個全新的烏克蘭，向寡頭政治說不。

我在西部利維夫（Lviv）的時候，當地大學生搶著告訴我，革命乃是由他們開始。其後他們搭乘租來的大巴，前往基輔獨立廣場抗議時任總統亞努科維奇中止歐盟的「歐洲聯盟聯合協議」。利維夫人早已把心交給了歐盟，大學生們更是覺得西邊風景獨好，那裡有他們的夢想。總統的態度卻與他們相反，於是他們憤怒了。有位大學生對我說：「他堵住了我們的前途。」

不過，當他們為此急忙跑到基輔，尋求基輔的大學同學們支持時，有人便提出不應只聚焦在歐盟事件上，應要求全面的民主，改變舊有壟斷的政治生態，公平分配國家財富等等。因做為寡頭之一的亞努科維奇不僅無心改革，更想要擴大總統職權，讓他可以任意妄為，並擴大其「家族集團」。年輕人對此著急了，國家沒有前進，反而倒退。

烏克蘭社會矛盾重重，資源分配嚴重不公，貧富差距不斷擴大，官商互相勾結，再加上大環境的不景氣，人民的忍耐力已到達一個臨界點。

在基輔，我和一位當地記者德斯經過國會（拉達），他指著這座新古典主義風格的大樓，說：「看，裡面每天都在上演既得利益者利益交換的骯髒戲碼。親歐派的指責親俄派，又或親俄派指責親歐派，其實他們都是一個銅幣的兩面。」

德斯搖搖頭，表示早想放棄記者工作。烏克蘭的傳媒，不是親歐派寡頭把持，便是親俄派寡頭經營，他們都懷有同一個目的，就是爭奪私人的影響力，推動其政治議程。

他還特別囑咐我，在廣場報導時，不要跟隨西方媒體把他們這次的群眾運動，簡單化地說成是擁歐棄俄，更冠以「歐洲廣場革命」的稱謂，而掩蓋了老百姓真正的訴求。或許在老百姓眼中，歐洲代表民主自由富裕，俄羅斯代表專制威權與經濟落後，以為與歐洲的一紙自由貿易，便可挽救烏克蘭的經濟，從而改善他們的生活。但只要細閱協議內容，就知道歐盟要挽救的是其經濟而多於一切。當歐盟無法為烏克蘭民生帶來改善時，老百姓便會抱怨，並轉移立場。

歐盟在協議中雖承諾會援助烏克蘭，按歐盟標準推動改革，邁向現代化架構，但另方面也列出援助條件，包括要求烏克蘭凍結最低工資、削減財政開支、降低能源補貼、逐步取消農業及其他領域在增值稅上的豁免等，還有就是確保烏克蘭向歐盟出口天然氣和穀物類，並開放市場，保障歐盟進口。當然，最重要的就是烏克蘭將逐步融入歐盟的安全防禦系統。

上述協議是好是壞，不言而喻。無論如何，協議已在二〇一七年九月生效，烏克蘭人首先嘗到的好處，就是免簽前往歐盟成員國。但是，烏克蘭這樣就可以向歐盟大門邁近了一步嗎？

事實上，烏克蘭對歐盟的苦戀，與土耳其在伯仲之間。歐盟遲遲沒有讓這兩個國家進入歐盟大門，卻用其他方式讓他們對歐盟持續存有想像。二〇一七年中之前，烏克蘭人連進入歐盟成員國都要經過層層繁瑣的簽證手續呢。

二〇一四年五月當我再度來到烏克蘭，目的是採訪革命後的大選，也想重新造訪廣場。還未到廣場，沿途那些農家婦女依舊如常坐在地鐵旁售賣鮮花，好似一切不曾發生，而花香是如此熟悉；還有初夏盛產的草莓、藍莓、覆盆子等，與鮮花一樣在爭奪路人的視線。這些景象與我上次來時不是一樣的嗎？

其中一位售賣莓子的老婦人，向我遞上一大杯藍莓，眼神充滿渴望，希望能做到我這一宗買賣。我記起這個眼神，就是前一年夏天，不過，當時賣莓者臉上有個燦爛的笑容，只是現在笑容不見了。我看得出，她心事重重。

「多少錢一杯？」老婦回說，「十個赫夫納(UAH)！」

天呀！還不到一美元。沒錯，自廣場革命發生後，烏幣赫夫納不斷貶值。前一年中一美元兌八個赫夫納，一年後一美元可兌近十二個赫夫納。本地農作物相對便宜了，但進口貨物卻推高物價，而且愈來愈仰賴進口貨品，因為有好些本地工廠因社會衝突停產，失業率與物價一起飆升。

我捧著一大杯藍莓，邊吃邊往獨立廣場方向走去。但，這次不知為何，藍莓不如去年甜美，總是帶著酸味。

廣場的景象

一到獨立廣場，嚇了我一跳，你完全可以想像過去六個月來，那場大示威是個什麼模樣。周圍幾座建築物被燒得焦黑，抗爭者仍未散去，旗幟在一個一個營地上翻飛著，有持槍械的，有持相機的，各自做著自己的工作。

沒想到，未到六月，太陽已經這麼猛烈。

我跑到廣場，試圖再次重組過去六個月來，整場運動的來龍去脈。花了很多時間，與廣場各組織談天說地，還有一直觀察廣場運動的外國記者，得空大家便坐下來分享各自的看法。

大批抗爭者包括本地政黨仍駐紮在廣場上。說到政黨，各反對派政黨早在示威初期，便爭相趕至廣場插旗，向示威者提供支援。有些參與者直言告訴我，他們接受了反對派政黨的資助，其中包括「自由黨」(Svoboda Party)，他們每天接送一大批人到廣場充當示威者，每人每天收取約九十至兩百一台幣。

至於提摩申科的「祖國黨」，其營地在廣場亦占有不少空間，白色帳篷以紅色寫上黨名，甚是搶眼。當過渡政府成立，提摩申科即獲釋放，坐著輪椅出現在廣場上向群眾講話，大力推銷「歐盟夢」，她咬牙切齒，大有「我回來了」之勢。她表明將重返政壇。

此外，廣場上到處可見軍綠色帳篷和各類旗幟飄揚，還有罹難者的照片，綿長如布匹。照片底下，曾經燦爛過的鮮花及燃點過的蠟燭早已乾枯。我細看照片，其中有不少是年輕人，他們都是革命的先頭部隊，死傷也特別慘烈，人生才剛開始便隨革命而去，令人黯然。

我邊走邊讓思緒在腦海隨意翻騰。但，高掛的太陽曬得我渾身是汗，這才五月，烏克蘭人也說，這不是五月份應該有的天氣。無論如何，太陽讓駐紮者的生活很不好受，營地傳來陣陣酸臭味。

冬去初夏至。他們曾經歷最嚴寒的冬天，雪深至膝。現在，他們汗流浹背。可是，抗爭者堅持不離開，就好像廣場上的「媒體中心」，繼續組織記者會和座談、發放與廣場相關消息等。歐洲各公民團體和政黨亦不斷派出考察團來探訪廣場，有些甚至索性紮營，插一支他們的旗幟，以示對廣場運動的支持，弄得廣場一片旗海，人潮絡繹不絕。

當時過渡政府不停呼籲大家離去，還訂下期限。我在媒體中心認識了一批年輕的抗爭者，他們表示過去六個月經歷了死亡的恐懼，克服種種困難，目的是要建設一個新烏克蘭。現在，廣場已成為一個新公民社會的精神符號，不再僅限於一個地方。

他們說，只要廣場已住在他們心中，那是不是住在廣場已不再重要。「我們的運動，有很多不完美之處，但只要讓我們繼續走，不斷學習，夢想可期。」

這批年輕人當中，不少穿上烏克蘭民族服裝，並訂下一個規矩，誰要不慎說出俄語，就要罰錢，捐給媒體中心。事實上，廣場上的民族情緒非常高漲，不僅年輕人，民族服裝已成為愛國象徵，廣場內外出售許多具民族象徵的紀念品，藍黃色的烏克蘭旗幟隨處飄揚，週末還有民族歌舞演出等。

被西邊烏克蘭人視為民族英雄的「獨立之父」斯捷潘．班傑拉（Stepan Bandera），其巨型畫像懸掛在廣場中心處。他雖已逝世超過半世紀，但一生爭議頗大。所領導的「烏克蘭民族主義者組織——革命派」（OUN-B），乃是上世紀西烏克蘭民族主義者的軍事組織，二戰時與納粹德國合作，接受他們的訓練，以換取納粹對烏克蘭獨立運動會的重大援助，德方亦樂意利用班傑拉來對抗蘇聯。因此，看在西方眼中，不無忐忑，俄方亦然。

伴隨著班傑拉的畫像，一幅同樣巨大的標語布條在飄揚：Hail Ukraine（光榮歸於烏克蘭）！

以上種種景象，對於跑過「阿拉伯之春」和拉丁美洲二十一世紀革命的記者，可謂似曾相識。每場革命幾乎都會讓參與者內心的民族情感爆發，成為凝聚的力量。革命後，民族主義更是大派用場，被視為重建國家、走上建設大道的重要引擎。

可是，在烏克蘭，「民族」一詞可謂非常複雜，多少民族曾在這塊土地上留下足印與血汗？所謂民族，乃是在價值上、信仰上、文化上，抑或血統上做出認同？無論如何，族群矛盾總是容易變成一種政治操弄的手段。殖民者喜歡拉一派打一派，政客們則是利用矛盾轉移視線，達到一己政經利益。

在基輔獨立廣場這場革命，激進民族主義勢力異軍突起，被視為極右組織的「右邊界」(Right Sector)乘勢崛起，一時間令西方觀察家猜疑(可參考美藉學者理查德・薩克瓦〔Richard Sakwa〕在二〇一四年十二月出版的*Frontline Ukraine: Crisis in the Borderlands*)，俄國官方媒體更是重點報導，形容他們為法西斯勢力。

與「右邊界」同樣引人注意的自由黨，一樣被視為是個有新法西斯特徵的極右政黨，前者有武器，而且力抗外力干預，包括歐盟與俄羅斯；後者則是非暴力的親歐政黨。除了與歐洲的親疏有所不同外，兩者的其餘主張，都與歐洲的極右政黨不謀而合，有人擔心當他們一旦合作，將會改變歐洲的一番政治景觀。

自由黨原名「社會民族黨」，它在二〇一二年國會選舉中摘下三十八席，一躍成為第四大黨，主要選票來自烏克蘭西部地區。它的崛起可謂是藉助族群矛盾，而以狹隘的民族主義來爭取受挫的選民支持。

除自由黨外，在廣場上到處可見一群又一群身著軍服人士，我問其中一位，你們是警察或軍人？他回說：「我們是廣場的守衛者，沒有我們，廣場早就淪陷。」

我偷偷看了他掛在腰間的槍一眼。他拍拍槍枝，語氣堅定的表示，它不是用來殺人，而是用來保衛人民，請我放心。跟著向我派上一份傳單，傳單上有位著軍裝的健碩中年男子的照片。此時，一名義大利記者走過來，警告我千萬不可帶著這份傳單往東部去。

他說：妳知道嗎？他們就是「右邊界」，剛正式註冊成為政黨。傳單上那位男子便是代表「右邊界」的總統候選人德米特羅．亞羅什（Dmitro Yarosh）。東部的俄羅斯裔人最怕他們，其曾多次攻擊老百姓村落，而親俄分離分子亦不甘示弱，打著保衛老百姓之名還擊。

義大利記者指著前方建築，該建築原是郵政局，半年前示威爆發不久，被這群武裝人士迅速占領做為基地，不少成員更以此為家。他們在這座前郵政局內外貼滿右邊界的標語，充滿激進民族主義排外口號，指「烏克蘭只屬烏克蘭」，除反俄、反歐盟外，有人甚至指他們也反猶。

我表示欲進入他們占領來的基地看看，站在門口的一位「右邊界」成員隨即引領入內，讓我自由拍攝，還向我解釋，他們如何自衛，讓我誠惶誠恐。旁邊有位當地記者說，他們的武器奪取自西部的兵工廠，還有從歐洲各地方運來。該記者說：「唏，在歐洲，買賣武器有何困難！」

當我想仔細參觀四周環境時，領我入內的那位成員卻一手將我按到座椅上，要我洗耳恭聽他們的主張。他只消一隻手，就已讓我全身動彈不得，恐懼油然而生。與他爭論？當然不會。一心只盤算，如何脫身，走為上策。

另一方面，有些廣場抗爭者對「右邊界」十分友善。「外界對烏克蘭極右派實在有誇大之嫌。我想問一下，什麼叫做極右派？」一位經濟系大學生域托瞪大眼睛向我反問。

域托一開始便已參與廣場運動。他心有忿懣，怎麼眼中的愛國者，都被一些媒體描繪成新法西斯。新法西斯排他性強，但廣場人士來自四面八方，不同族群、性別、年齡、職業都能聚在一起。而外界所指的極右派「右邊界」，對廣場所有人不分彼此的都做出保護，從未因歧視而引發衝突。

域托表示，廣場如果沒有「右邊界」，治安不會如此良好。他知道我曾去過埃及開羅的解放廣場，請我做個比較。我不得不承認，獨立廣場看似一個軍事區，不過，氣氛卻是寬容的，治安確實不錯，少有偷搶砸。我和其他記者都笑說，現在廣場可能是全基輔最安全的地方。

另一名廣場抗爭者尤利，負責廣場上的資訊設備。他說，外界太敏感了，當「右邊界」高呼誓死保衛獨立廣場時，即指他們暴力。過去多少民族英雄亦曾做出如此的呼喊：不自由，毋寧死，又或為自由戰鬥到最後一口氣。難道這都是暴力語言嗎？

沒錯，有不少廣場抗爭者認為「右邊界」充其量只是民族主義者，當國家危難時，他們勇於站出來，為人們利益而戰，把槍口指向敵人，有何不妥？為什麼愛國者竟等同於法西斯？

我就此專訪了當時充當「右邊界」發言人的士高洛柏斯基，請見附錄。

此外，我在廣場還見識了由哥薩克人（Cossack）組成的半軍事組織，一樣身穿軍服、配刀，禿頭中間留有一撮頭髮，嘴唇上留著有趣的大八字鬍子，微微上翹。他們走進廣場，自許要保護革命，抗衡俄羅斯在烏克蘭的勢力，但如細讀歷史，他們曾是沙俄最大的支持者呢。（見附錄二）

烏克蘭大選：換湯不換藥

革命過後的大選，總是令人充滿期望。但，反觀候選人名單，排名前列的不是財閥、便是舊體制的人，從中可見烏克蘭政治人才的凋零。

我與一名教授談到烏克蘭的政治人才。他指出，由於一九九一年之前烏克蘭在歷史上從未真正獨立過，且先後被多個帝國管治，尤其在蘇俄帝國時期，即使有好的政治人才，也全被調到莫斯科，為帝國服務。當一九九一年烏克蘭成功取得獨立，政治人才卻明顯不足，再加上統治菁英只顧爭奪利益，未想到培養接班人。

還有一點，就是寡頭們控制社會資源、緊握媒體喉舌，以致競選活動變得非常昂貴，把有心人全排除於外，讓選舉遊戲容易成為權貴的天下。

無論如何，二〇一四年五月二十五日，烏克蘭大選日，選民還是興致勃勃的出來投票。

早上天晴，我在首都基輔相約了一對年輕夫婦，採訪投票情況。他們住在基輔近郊的衛星市鎮，位於某條地鐵線的終點。我一出地鐵站，環顧四周，有點意外，怎麼如此破落？

這對年輕夫婦同是醫科畢業生，竟然都找不到工作。男的叫尤利，女的名麗斯。麗斯已轉行做資訊科技，她說這一行的工資比醫生高十倍；尤利則是打零工，他哀嘆自己沒有能力養家。

我好奇問，為什麼不自己執業開診所？原來在烏克蘭沒有個人執業這檔事，醫生一定要在醫院打工。找不到工作的醫生，被迫轉行，簡直是浪費人才，更何況尤利還是個醫學博士！原來，在烏克蘭，專業人士包括大學教授，一個月薪水僅三百多美元。

「在這個國家，我們有太多委屈！」

當大示威在獨立廣場爆發，尤利第一時間就前往搖旗吶喊，抒發心中的不滿。他曾冒著生命危險，穿梭子彈間大難不死，只希望國家能有所改變。

他和麗斯自稱愛國務實派，追求國家能在東西兩大強權的夾縫中，獨立站起，所以希望帶領國家走出危機的領導人，能有足夠實力。他們並不喜歡大亨彼得．波洛申科（Petro Poroshenko），認為他是個從舊體制走出來的人，但仍會投他一票，因為沒有比他更具實力的候選人，不如就給這位大亨一個機會。有點無奈吧！這多少反映了烏克蘭多數人的心情。

我跟著這對年輕夫婦走進投票站，他們還帶著一位七歲的女兒。這個小女孩嚷著她也要投票，我好奇問她，選擇哪位候選人？她隨即大喊波洛申科的名字，表現得如此胸有成竹。我怔了怔，再問原因，她不慌不忙地告訴我，「我相信他成為總統後，會向我們每間學校派發巧克力，小孩子都會有免費巧克力吃呢！」

至於一般老百姓，則期待這位巧克力大王，能為人民重拾和諧正常的生活、國家的主權及廉潔的社會。尤利這樣說著，卻禁不住苦笑。這位前外交部長真的做得到嗎？尤利有點忐忑。不過，他表示，經過這次廣場運動後，烏克蘭的公民社會已然成形，做好監督新政府的準備，曙光乍現。

投票站內人頭湧動、空氣混濁，充斥濃濃的汗臭味，連呼吸都有困難。不過，選民還是耐心地排隊等候投票。他們明白這次大選有多麼重要，甚至希望第一輪投票，就可選出超過百分之五十選票的候選人，不想再有第二輪。因為他們深知夜長夢多，以目前的局勢根本容不下第二輪投票，國家已瀕臨分裂。

正由於東部選民投票有困難，基輔和西部選民更覺任重道遠，於是傾巢而出，想給予新總統足夠的合法性來治理國家。

孩子們在投票站內來回奔跑，透明的投票箱幾乎可看到選票上的選擇。站在我前面的一位投票站職員轉過頭來，原以為他欲阻止我這位來歷不明的外人拍照，孰知他是給我讓路。

我的天！投票站內沒有嚴格的規範。尤利笑說：我們的民主很年輕，給我們成長的機會吧！

結果波洛申科一如所料，勝出大選。在親歐反俄陣營中，他算是比較溫和，而烏克蘭選民也的確較為務實，所以連東部的多數選民也投了他一票，但這或許是沒有選擇中的選擇吧。因排在前三名的候選人，其他兩位都是極為反俄的親歐派。

可是，波洛申科這位巧克力大王本身也是寡頭，更是來自烏東地區，是東部親俄政黨「地區黨」的發起人之一，與亞努科維奇曾屬同一黨派。現今他既傾向歐盟，又與俄方保持友好，選民認為這種左右逢源的路線，更符合烏克蘭的政治現實；而他在競選時承諾箝制寡頭勢力，改革壟斷狀況，選民們姑且信之。

只不過，踢走一個寡頭，迎來另一個寡頭，體制一如既往，做為一場革命的「成果」，不免感覺諷刺。

獨立廣場開始出現對罵的人群，他們就選出來的新總統，爭得面紅耳赤。有人質疑來來去去不還是由一個大亨當權，和過往有何分別？又有人再度追究革命初期朝抗爭者開槍的狙擊手是誰？年輕人為了什麼要犧牲，有價值嗎？這時，突然有人揮拳高喊「繼續革命」。

再嘈雜的聲音，最後都歸於平靜。隨著大選過後，廣場的帳篷愈來愈少。月色朦朧，映照著散落在街頭的凌亂雜物，不時在微風中飛舞。

西邊風景獨好？

為了掌握更多革命的來龍去脈，我專程從基輔前往西部的利維夫，因為那裡是引發獨立廣場運動的源頭。沿途綠油油一片，西部有肥沃的農田，一直是盛產農作物的地區。想到西部的農業、東部的重工業，烏克蘭真是地靈人傑，奈何置身東西強權的夾縫中，以致一己的主體性十分脆弱。

甫下火車，即感到濃濃的歷史氣味。古老的建築，古老的故事，全充滿歐洲的塵埃，此刻在我眼前展現、於我耳邊細訴，我無法按捺心中的興奮與喜悅。更何況，火車一大清早抵達，在柔和的陽光裡，我還聽到鳥兒的鳴叫、教堂鐘聲在噹噹作響。

利維夫，烏克蘭西部名城，真是久仰大名！其舊城更是聯合國認證的世界文化遺產。這時我就在它懷抱中晃蕩，又怎會聯想到這座城市在革命初期曾一度處於內戰邊緣？

該地曾被波蘭占領，可謂是烏克蘭歐化最深的城市，人口多數以烏克蘭語為主，民族情緒也最濃，曾在烏克蘭獨立運動中扮演重要角色。它在這次廣場運動中同樣是個先鋒，如前述的當地年輕人表明，示威首先於此地爆發，隨即在臉書延燒全國廣傳。在基輔讀書的利維夫學生立刻響應，跑到獨立廣場發動抗爭。

他們振臂一呼，就有不少不滿現狀的年輕人隨即應和，主要來自基輔。就在這個時候，一個網路電視台出現，每天全程直播獨立廣場的一舉一動。網路效應如滾雪球般發酵。政府知道事態有可能不受控，欲先發制人，派出軍警鎮壓，然後又修改法例，限制示威。

此時，有多個右翼激進組織藉機介入，力主以暴易暴，並發揮不成比例的影響。隨後，廣場變得愈來愈暴力血腥，保守估計死亡數字為七百多人，實際可能逾千人。

二〇一四年二月十九日，就在基輔的獨立廣場運動處於腥風血雨之時，利維夫多個政府建築物也遭抗爭者占領，隨後利維夫議會自行宣布獨立，一幅又一幅藍色的歐盟旗幟，隨即高懸於大學和官方大樓外。直至亞努科維奇落荒而逃、親歐的過渡政府成立，利維夫的獨立之聲才告終止。

這個也曾經被奧匈帝國統治過的城市，至今仍與匈牙利關係密切，這必須「感謝」索羅斯在匈牙利開設的中歐大學（Central European University），每年有不少利維夫大學生獲獎學金前往該校進修。此外，中歐大學亦在利維夫開設許多教育項目。無怪乎我在利維夫遇到的多位知識分子，都與中歐大學有關。

在利維夫，有一個相當活躍的基金會叫Vozrozdeniye，英文即Renaissance，文藝復興之意，它與當地的非政府組織幾乎都有關，被視為美國霍克基金（Ford Foundation）的延續。

霍克基金，是何許基金也？若是對國際關係稍有認識，就知道在上世紀五〇年代，中情局曾利用該基金做掩護，在某些地方贊助親美勢力。索羅斯曾就Vozrozdeniye澄清說，他在烏克蘭所做的一切，只是欲扶助該國公民建設開放與民主的社會，並幫助他們度過國際金融危機。

無可否認，利維夫與西歐城市無異，這裡的天主教堂特別多，即使東正教會也和俄羅斯不一樣，原來這裡一直上演無煙的宗教角力戰。

烏克蘭首都基輔最令人嘖嘖稱奇的，就是大大小小、多不勝數的聖堂，差不多每個街口都能看到一座。只要站在小山丘上，遠眺的景致離不開散落在不同街角的金色圓頂東正教堂，那種金色耀眼得能在黑夜點亮某些城市的角落。

東正教是東斯拉夫民族地區的主要宗教，只是當宗教成為掌權者的統治工具後，就變成另一回事。老百姓仍然非常虔誠地在聖堂裡禱告，但背後不同宗教派系的互相暗鬥，隨著政治氣候而起伏，從未休止。

換言之，烏克蘭的衝突，不僅表現在東、西地區的政治分歧，也延伸至宗教上。二戰時，納粹德國利用烏克蘭對抗蘇聯，便大力資助當地自主教會，來制衡莫斯科牧首聖統教會在烏克蘭的主導力量。

因此，自主教會受到烏克蘭民族主義者的歡迎，甚至視為獨立運動的主要部分。當十月革命爆發，沙俄瓦解，烏克蘭曾一度獨立，自主教會乘機崛起；後來烏克蘭與蘇聯合併後，自主教會被清算，直到納粹德國與蘇聯對峙，自主教會再次有機會與莫斯科聖統教會鬥得你死我活。直到現在，兩者持續爭奪聖堂。

對於烏克蘭東正教教徒而言，他們過去有兩句話，「羅馬是父親，莫斯科是母親。」現在，親歐的烏克蘭政府自然唾棄了母親，自主教會從二〇一四年革命後也轉向羅馬。

有趣的是，東正教在耶誕節計算上用得是儒略曆，有別於天主教和新教，他們在一月七日才慶祝耶誕節。但由於過去東歐紛紛加入歐盟，連耶誕節也早與西歐接軌，現僅存俄羅斯和烏克蘭。可是現任總統波洛申科上任不久，也立刻改例，以展示烏克蘭決心國際化。

看在普丁眼裡，當然不是滋味。波洛申科愈往西跑，俄羅斯把烏克蘭東部抓得愈緊，熱戰繼續。東西間的較量，比我們所知的尖銳。

在利維夫的咖啡廳，我與一位歷史學家M（不願公開其名）談烏克蘭的前世今生。

M指利維夫原屬歐洲文明的一部分，二戰後被蘇聯併入聯邦，始終同床異夢，即使一九九一年獨立後，從未放棄過擺脫俄羅斯的影響。利維夫人感到自己在烏克蘭與眾不同，更是和以俄裔人口為主的東部格格不入，因大家的文明程度不一樣，東部專制的思維與西部民主開放的作風，壓根就是兩個世界。

M感嘆連語言也有高低之別。烏克蘭語是利維夫的主要語言，利維夫人對俄語很感冒，以致當地的俄裔人也只能低聲說話，而僅有的一份俄語報紙甚至因此停刊。

曾有利維夫人高喊東部的俄裔人滾回俄羅斯去。總之，他們認為一切與俄羅斯有關的都是壞東西，必須與之分道揚鑣。看來，利維夫可謂是烏克蘭最具民族主義情懷的地方，但也讓這裡的知識分子擔憂，狹隘的民族主義漸漸腐蝕多元文化的利維夫。

M又告訴我，在獨立廣場運動爆發前，有不少利維夫人認為東、西烏克蘭分裂並無多大影響。但自廣場運動發生後，利維夫的民族情緒再度高漲，他們認為烏克蘭的主權及領土不可欺，當地男丁紛紛簽名參與自願軍，即使年歲已高也要加入行動。一部又一部的大巴士將他們運往東部去打仗，大有「風蕭蕭兮易水寒，壯士一去兮不復還」，這個美麗的城市突然平添了幾分悲壯。

本來灰沉沉的東部，突然處於紅紅的怒火中。之前，每當遇到外國記者都會問我，今天去過獨立廣場沒有？大選過後，他們都轉往戰況激烈的東部去了。大家碰面時，便會問對方：去過頓內次克州（Donetsk）或盧甘斯克州（Luhansk）了嗎？或什麼時候啟程？好似一切都是這麼理所當然。中國人說，不到長城非好漢。而對於駐守在烏克蘭的記者，是否不到烏東就不是好記者了？

蒙面的彪形大漢手持重型機關槍，這是東部親俄武裝分子的鮮明形象。後來還傳出，他們當中更有來自高加索俄語地區的傭傭兵，情況變得愈來愈複雜，這明顯是俄羅斯幹的「好事」。

另一方面，從利維夫到基輔和中西部各地，一批又一批熱血的烏克蘭青年趕赴東部戰場，東西兩邊的激進民族主義者搖旗吶喊，為自家陣營增加聲勢。在此，內戰格局已成。當時有評論形容為新冷戰，但事實是一場明槍明砲的血腥熱戰。這再也不是冷戰的意識形態之爭，而是攸關勢力範圍的爭奪，一個想東擴，另一個想西進。

三訪烏克蘭：後革命時代

當我在二〇一七年夏天再次來到烏克蘭，已經和二〇一四年前的情況大不相同。至少人們已不能隨便進出東部的頓內次克和東南部盧甘斯克，因這兩地分別強行成立了親俄的共和國，揚起不同的國旗。

首都基輔美麗如昔，東正教教堂鐘聲在和煦的陽光下此起彼落，當地人拖著閒適步伐，而獨立廣場已回復至革命前的醉生夢死，食肆酒吧林立，實在令我很難想像烏克蘭東南部的戰火……但只要和烏克蘭人一講起那個地區，心就會痛。

「不，你不可以這樣坐火車去頓內次克，妳必須取得簽證。」這是烏克蘭人回答我如何前往頓次內克的問題。我瞪大眼睛，再問：簽證？在哪辦？大家一陣苦笑，因為沒有答案。

三年前，我還可以坐十八個小時的火車去克里米亞，現今火車幾乎全面停駛，而烏克蘭政府更立了一個新法，只要遊客從俄羅斯進入克里米亞，一經發現，如護照上的蓋印，日後一律不准入境烏克蘭。嘩，好嚇人。

一位烏克蘭人這樣告訴我，她有不少朋友原本在克里米亞有度假屋，每逢夏天都會到該地享受陽光與海灘，但現在這一切已成往事。最惱人的是，由於俄羅斯在二〇一四年以迅雷不及掩耳的速度併吞克里米亞，以致他們連賣掉房子的機會都沒有，唯有人屋兩隔，空餘恨。

不過，從烏克蘭前往克里米亞的途徑還是有的，可自行開車到邊境，再步行進入，只是大家都不想冒這個險。何況，烏克蘭根本不承認那一條由俄羅斯設定的邊境。

而烏克蘭東部，二〇一四年的衝突延續至今仍未平息，這場名為頓巴斯戰爭（Donbass war），即指烏克蘭東部頓巴斯地區，包括頓內次克州中部、北部及盧甘斯克州南部一帶，該地區的親俄叛軍發難，高喊獨立，與烏克蘭政府軍開戰，導致上萬平民死傷。

從基輔到烏克蘭西部城市，當我與當地居民一談及處於分離狀態的東部，均感無奈，表示不願談論和前往。猶記二〇一四年時，不少烏克蘭廣場革命參與者積極前往東部捍衛主權的情況，人們表示為了自救，願組自願軍到東部打仗。看著一群又一群年輕人排隊簽名加入自願軍行列，心中戚然。

如今這些人表現消極，我表示想前去一探究竟，他們聳聳肩說：「沒有必要呢。那裡的人有槍，打家劫舍，無所不做。」烏克蘭人把東部描繪成人間地獄。

不過，有不少退役軍人仍然意氣激昂，放下手邊的工作前往東部協助烏克蘭政府軍打仗。

基輔獨立廣場附近有一家薄餅酒吧，由前軍人經營。我一推門進入，眼前有一大幅頓巴斯地區地圖，細看才發現它原是由空彈殼堆砌而成，銅鏽色的彈殼在酒吧昏黃的燈光下，努力地想發出一點微弱的光芒。地圖旁的整面牆則貼滿勳章，還有一把來福槍做為展品。

老闆阿倫知道我是記者，很友善地朝我走來，為我介紹這間特別的酒吧。他看起來三十多歲，短束的金髮和疲倦的眼神，身上背心露出他結實的手臂肌肉。他說自己剛從東部回來，而酒吧的前軍人職員都主動輪流上戰場。言至於此，正在調酒的一名職員望著我使了個俏皮的眼色，表示他們願意保家衛國。

既然是戰場，就不免有死傷，這方面他們並不想碰觸，只見阿倫不時低下頭，若有所思。而他告訴我，會創辦這家酒吧的意念源於二〇一四年那場革命，不少生活困頓的退伍軍人也參加了，當時他想為同僚們做點事，希望能為他們創造就業機會，同時可透過酒吧把大家連結在一起。

「前進、前進、前進……」這時DJ突然打起高分貝的音樂來。

現在的東部戰區，俄裔居民占八成，烏克蘭裔幾乎全部離開。近年，西部城市利維夫有一區正在大興土木，但這不是因為房地產市道暢旺，而是從克里米亞和東南部逃往中西部的烏克蘭人數飆升，他們被視為境內難民(IDP, internally displaced people)。除了照顧這些境內難民居住外，還有成年人就業及孩童教育問題。就這個現象，無論是本地的和國際的，有不少相應的非政府組織成立，積極提供援助。

烏克蘭人對加入歐盟的熱情，隨著「內戰」的發展有所退卻，一來是歐盟本身出現不少問題，再者則是他們自知依國家目前處境也難加入歐盟，不過最主要的原因，還是境內難民的問題。如今是否能免簽進入歐盟，已不是他們首要考慮的事。

由於東部武裝分子滿是敵意，綁架外國人時有所聞，如無突發之事，外國記者也不願多去。更何況，敵對雙方都不尊重停火協議，二〇一四年於白俄羅斯簽署的停火協議書「明斯克協議」，根本解決不了當地的深刻矛盾。

不過，俄烏間的恩怨情仇，也非一日之寒，而是有著千年歷史難解的結。

大饑荒與大核爆

烏克蘭不愧為歐洲糧倉，到處都是美食，即便是平民快餐，亦可讓人大快朵頤。溼貨市場更不用說了，烏克蘭婦女穿上傳統服裝排排坐，出售不同色彩的水果、香料，種類之多，目不暇給。而肉檔上的鮮肉，一看便知是上乘貨色。當地朋友向我介紹烏克蘭著名的前菜薩洛(Salo)，一厚塊的肥豬肉，像極東坡肉，不過當中卻有一段歷史故事，真是不說不知。原來這是烏克蘭人在十七、十八世紀用來嚇走鄂圖曼穆斯林的進攻。

朋友又說，烏克蘭大部分的食物，都是有機的。原因是當地有一大片黑土帶，占全世界四成，根本就不需化肥。黑土之所以又稱為黑土，因其土壤顏色為棕至黑色，近似中性土，富礦物質，腐植質豐富，因而地力肥沃，十分適合農耕，是世界重要的農業地帶。

在蘇俄時代，位於烏俄邊境上的「中央黑土區」，便成為蘇俄的核心糧倉。從中可以想像，對俄羅斯而言，烏克蘭東部不僅具有重要的戰略位置，更是糧食供應之地，自是不容有失。

擁有這麼豐富的土壤，烏克蘭在上世紀三〇年代初，竟然發生了一場大饑荒，因飢餓致死的人數高達三百萬至七百萬之間。當時蘇聯政府極力掩飾此一真相，直到蘇聯解體前後，才釋放出一大批歷史檔案，西方和俄羅斯學者都爭相研究。

引發饑荒的原因，雖說當時發生旱災，但主要還是史達林強制推行農業全盤集體化政策，集體農莊為了完成糧食徵購任務，把農民家裡僅存的一點糧食也搜掠了。此外，蘇聯政府為換取工業生產設備而加緊出口糧食，過度提高產糧區的糧食徵購量。當饑荒出現，政府企圖掩蓋，禁止人們外出討飯的種種措施，導致饑荒情況加劇，且一發不可收拾。

有學者進一步認為，這是史達林有計畫利用饑荒，對烏克蘭人進行種族滅絕。這一定論刺痛了烏克蘭人的靈魂最深處，他們將之等同於猶太大屠殺，並發明了一個名稱叫Holodomor，近年來力爭國際社會承認。

此外，位於烏克蘭偏遠北部的車諾比地區，在一九八六年發生人類有史以來最嚴重的核電廠外洩爆炸事件，當時還是蘇聯時代，這可謂是繼上世紀三〇年代大饑荒後，又一蘇聯刺痛烏克蘭人的悲劇。

該座核電廠由蘇聯在烏克蘭境內興建，是當時蘇聯發展核能的重要基地之一。原來車諾比區內還有一個蘇軍祕密基地，裝有DUGA遠程警戒雷達，屬那個時代最先進裝置。當第四號機組反應爐突然發生爆炸後，不僅破壞了核能發展，也影響了蘇聯的軍事部署，因此前蘇情報機構KGB曾一度懷疑是否是美國所為。

無論如何，因前蘇聯企圖掩蓋核爆事故，未做迅速善後，以致大量輻射物質外洩至鄰近多國，且核電廠周圍逾六萬平方公里土地受到污染，超過三百二十萬人受到不同程度的輻射影響。與此同時，世人對於前蘇聯核能工業的透明度及安全措施，提出了很大的質疑。

莫說對這宗上世紀冷戰時代的慘劇充滿問號，即便時至今日，我們仍不清楚那次核爆的後遺症，例如對居民的影響有多深，因為始終沒有清楚的調查報導。種種疑慮下，就在慘劇發生二十周年，烏克蘭經濟陷入困境之際，核廢墟開放供遊客參觀，收費當然不便宜。

我與烏克蘭友人談起這個黑色旅遊景點，他們不禁嘖嘖稱奇，並表示烏克蘭人是不會去的，只有外國人才肯冒著健康風險，花錢來滿足好奇心。

當進入車諾比的那一刻，時間彷彿靜止在一九八六年四月二十六日那一天，曾經是蘇聯時代的模範社區，其中居民不乏高級科技人員及其家屬，他們信心滿滿要推動蘇聯核能工業發展，與此同時，這也是冷戰競賽的體現。

戈巴契夫曾語出驚人地說：「車諾比核事故可能成為五年後蘇聯解體的真正原因，其重要程度甚至要超過我所開啟的改革事業。」這位前蘇共總書記這樣做出評價，可想而知這次核爆所帶來的後果深不可測。

這樣一個人類歷史的最大核災難，遠比廣島原爆殺傷力高出四百倍，加之當時蘇聯在經濟上亦無力應付善後工作，五年後整個帝國隨之瓦解，只能交由一窮二白、貪汙成災的獨立烏克蘭去處理。

上述兩宗悲劇，可謂是美蘇冷戰時期在不同意識形態的現代化霸權較量下，不惜讓其附庸地成為犧牲品。對於多數的烏克蘭人來說，可謂是聞核色變。雖然核電一直是烏克蘭依賴的能源之一，但早在一九九四年於美俄勸說下已自廢核武，換取兩個強權的安全保護。只是，在革命過後，有烏克蘭民族主義者竟重談要發展核武。

「核武？開玩笑吧！我們的經濟還沒弄好呢。」不少烏克蘭人這樣反應，如果經濟搞不好，懷舊潮就會再次於老一輩間流行起來，在東歐地區屢見不鮮。

追憶舊時代

在基輔獨立廣場大街上，有棟古老的龐然大樓，大樓頂豎立了一個五粒星，很明顯是前蘇聯標誌。當地友人告訴我，這是民宅，蘇聯時代住在該處的都是菁英。烏克蘭獨立後，居民的過渡期如何處理，很值得研究。

友人這樣一說，引發了我的好奇心。第二天，獨自探訪該棟大樓。一推門進入大堂，管理處有位面帶愁容的婆婆靜靜地坐著，她應是位管理員吧。還有兩名住客。我上前問：有人懂英語嗎？大家有點錯愕，搖搖頭卻爭相致電他們能說英語的朋友，透過電話幫忙翻譯。

窮國人民特別好客，且熱心幫助他人，我這個印象一再受到印證。一陣忙亂過後，他們知悉我的來意後，便引領我去探訪一個家庭，表示主人家會說英語。

門一開，有位六十多歲的女子站在我面前，叫妮娜，她二話不說便請我這位陌生人進入家中參觀。原來她自出娘胎以來便住在這間寓所，其母更是橫跨兩世紀的活歷史，有不少歷史學者曾專訪她，可惜現已陷入半昏迷狀態，躺在床上。

妮娜在我耳邊輕聲說：「她不行了，大家都在等待她的死亡。」大家都在等待她的死亡？我看著皮包骨的蒼白身軀，噢，突然悲從中來。一個時代與一個人的命運在交匯點同歸終結，歷史是否有其客觀的定律，正如黑格爾所言；而人又是否有其不可抗拒的宿命？

老人家床頭擺放著年輕時風華絕代的個人照片，真是位美人兒。但，滄海桑田，妮娜為我介紹她的家族歷史與那棟大樓歷史時，特別百感交集。她說，自烏國獨立後，這麼多年來，鄰居不停轉換，如今人面全非，整棟大數就只剩下她一家是「原居民」。

妮娜先向我介紹她的房子。有趣的是，由於她沒錢裝修，除了為牆壁翻新粉刷外，基本上保留了前蘇聯原貌，那個有腳的鐵浴缸、別具一格的洗手盤、中央垃圾箱等，都讓我這個好奇的訪客檢視一番。

原來這間房子，在前蘇聯時期一分為三，即三個家庭被分配到這裡合住，每個家庭各自占有一個房間，共享洗手間和廚房。妮娜表示，他們就像一個大家庭，互相幫忙照顧。兒時父母外出，她便會交由鄰居義務看守，還記得鄰居曾充當她的補習老師，所做的一切都不求回報。

我向妮娜求證，過去住在這裡都是菁英嗎？她立刻澄清，不不不，她爸爸只是某一政府部門的司機，媽媽則是位祕書而已。當然，住客中也有國家英雄、知識分子，什麼人也有。至於她，在蘇聯倒台前任職於俄航售票部，俄航後來為員工提供英語課程；烏克蘭獨立後，轉往美國航空工作，她的英語便是這樣學會的。

提到蘇聯時代，妮娜突然表示要坦白告訴我，「我知你們做為旁觀者，總以為那是個不堪的時代，但實情並非如此，我這代人及我父母那輩都很喜歡，甚至懷念蘇聯。你們指我們沒有自由，不，我覺得很有自由。」說到這裡，妮娜把嗓子提高了八度，似要把心中受抑的聲音一吐而出。

接著她給我看家庭陳舊的旅行照片，說：「看，在那個時代，父母的工作單位經常安排員工及家屬到其他蘇維埃共和國旅行，自由出入，不用簽證。我讀書也是免費，教育水平很高的……」此刻，下午的陽光強行進入，來偷聽我們的低喃。

妮娜慨嘆說：「一九九一年後，大家高呼自由了，然後我們國家隨即出現許多邊境，想要跨出去卻因為簽證問題變得困難重重，還有金錢問題，沒有經濟能力的寸步難移，做什麼也不行。百貨公司較之過往確實多了不少的消費產品，但有多少人買得起？自由這一名詞，請妳告訴我，有何意義？」

她跟著望向窗外，指著獨立廣場一帶，這原是基輔房地產最昂貴的地方，當全球房地產上漲之際，基輔獨憔悴，不升反跌，為什麼？烏克蘭人太窮了，沒有人買，自然有行無市。

而談到族群矛盾，妮娜就有點氣憤，說：「民族主義和自由一樣，都是當權者用來蠱惑人心。」她指自己是烏克蘭裔人，但烏克蘭人又代表什麼？過去幾百年來透過通婚，誰敢說他／她在血統上是百分百的烏克蘭人？現在，為何硬要把烏克蘭裔和俄羅斯裔分得這麼清楚？

她也明白時代早已今非昔比，新一代有他們的訴求，但她擔憂民族主義會進一步撕裂烏克蘭，中央政府終日忙於應付紛爭，根本無法強盛起來，經濟便一籌莫展，最終受苦的仍是人民。

展望新時代

不僅在烏克蘭，其實在其他東歐地方，如若與上一代普通老百姓談起蘇俄時代，他們大多充滿懷念，就好像多年前德國電影《再見列寧》(Goodbye, Lenin)，那位躺在病床上昏迷的母親，在無知覺下過渡至新時代，醒來時，兒子不敢告訴她實情，讓她仍活在過去裡，即使虛假。

我特別強調普通老百姓，是因為知識分子在共產政權下會有不同的故事和感懷。例如我在車諾比核廢墟探訪那位八十二歲的回歸者，也表示寧願返回蘇俄那個時代。他是俄裔人嗎？不，他強調自己是百分百烏克蘭裔人。

可是，對烏克蘭新一代來說，他們要為獨立的烏克蘭奮鬥，希望能當家做主。自由對他們而言，就是免於活在威權的恐懼中。他們揚起那面黃藍旗幟，穿上烏克蘭民族服裝，乃是二〇一四年革命後的一種時尚。

與新一代提起蘇俄時代，大多嗤之以鼻。他們或許未經歷過那個時代，但過去二十多年來，俄羅斯儼然大阿哥，不斷干預獨立的烏克蘭，已讓他們感到厭煩，甚至把國家的一切貧窮貪汙問題，都歸咎於過去的親俄政權。

若你去探訪前親俄總統亞努科維奇的數萬呎豪宅，便可知他在位時有多貪，現已成為「貪腐博物館」。事實上，不僅親俄的，親歐的一樣貪，從尤申科到提摩申科。老一輩會這樣對你說，他們適應不了無情的西方個人主義及貪婪的資本主義。

如今的巧克力大王總統又如何？談到這個問題，烏克蘭年輕人便有話要說。沒錯，波洛申科至今仍未能實踐箝制寡頭勢力的承諾，傳統媒體依舊受控於寡頭集團，但新興的公民媒體在革命後已如雨後春筍，在爭取發出自己的聲音，傳統媒體再不能主導輿論了，個別領域的年輕人開始勇於參政。

一位三十多歲的前廣場抗爭者李察先科（Sergii Lechchenko），在二〇一四年國會選舉時勝出，成功進入國會，為烏克蘭年輕人的參政路打了一劑強心針。李察先科是名網上媒體記者，雖然競選時倚仗波洛申科團隊的資源，但現在在國會則成為總統最有力的批評者。

他樂觀地表示，在革命中有不少寡頭的財富其實損失了很多，已大失原來的影響力。就以鋼鐵大王艾哈邁托夫為例，東部的烽火令其在當地的工廠停工，無法生產，加之他鼓勵工人抵抗親俄軍人，後者大怒，威嚇要將他的企業國有化。現在，這位首富在東部已變成一條小魚。再者，烏克蘭另一個財閥菲爾塔什（Dmitry Firtash）因涉嫌賄賂，被美國政府通緝，已是窮途末路。

他又說，寡頭政治在後革命時代已不如過去牢固，這是烏克蘭的轉變時機。但問題是，即使舊寡頭受到打擊，新寡頭很快又出現。烏克蘭體制一天不變，結構性的問題就無法得到改善。在烏克蘭，東與西，新與舊，理想與現實，統一與分離，互相拉扯，成為一首極為複雜的交響樂，在這塊土地上不停演奏。生存，有它的方程式嗎？不過，希望總是在人間。

記者朋友達斯又帶我來到了國會，指著這座建築物說，以前它絕對是寡頭們的俱樂部，現在我們有決心要把它變成人民真正議政的地方。革命後有何重要改變？達斯表示，

「我們不再沉默了！」

「自由是我們的信仰」，正是新一代的口號，一大幅印有該口號的布條在獨立廣場飛舞著。

詭異的公投

克里米亞，這是一塊在歷史上注定要東西權力撞擊的地方，多個東西文明曾在此交鋒。它是黑海上一顆明珠，東北部背靠俄羅斯草原，卻在西南部通往地中海海域，成為西方力量向東延伸的橋梁，同時也是東方往西擴張的跳板，只是大家卻在這裡相互抑制對方，而引發多場戰事，戰略地位不言可喻。難道地理真的決定了它的命運？

就在衝突不斷的二〇一四年，充滿爭議的公投過後不久，我踏上前往克里米亞的路上。

從烏克蘭首都基輔開出，經過漫長的十五小時，窗外仍是闃黑一片，火車車速逐漸放慢，接著突然前後搖晃，便停了下來。未幾，啪啪的敲門聲響，睡在下鋪的烏克蘭乘客宇迪趕忙打開睡卡之門。烏克蘭海關人員浩浩蕩蕩來到，他們非常認真地把每位乘客的行李徹底檢查，卻沒在我護照打上離境章，因為烏克蘭政府至今仍認為克里米亞屬於他們，所以我們沒有離境嘍。

不過，我很好奇，既然如此，為何烏克蘭還要派海關人員來檢查護照和行李呢？這不就表示承認這是一條邊境嗎？與我同一睡卡的烏克蘭年輕商人宇迪向我解釋說：「妳有所不知了，如果他們不設檢查，擔心俄羅斯會派打手跑到烏克蘭東南部支援當地獨立運動，甚至運送武器。檢查，乃是基於安全理由。」

至於克里米亞居民得身懷兩本護照，因為他們不能用俄羅斯護照往來於烏克蘭和克里米亞兩地。

烏克蘭海關人員走了。兩小時後，當太陽徐徐爬上之際，又輪到俄羅斯海關人員。他們高大嚴肅，一身黑色制服，一隊人馬好似操兵而來，在這個還未完全光亮的時刻，很有震懾效果。

噢，真的這麼快便設有邊防，進入克里米亞就等於踏上俄羅斯領土？我不得不打起十二分精神。再者，我也不肯定，在這個敏感之地，是否需要特殊簽證？我的心突然慌亂起來，噗噗地跳，面對這一荒謬邊境，不斷咒罵。

一名眼睛凌厲的俄國邊防官員很快走到我們睡卡，壓低嗓子問說：passport，passport（護照）。似擔心把我們吵醒。我戰戰兢兢遞上我的中國香港特區護照，他細閱每一頁，然後掃了我一眼，當我再度看到他那銳利的眼神，不禁心跳加速。

其後高聲告訴隔壁的同僚，他碰到一本中國的香港特區護照，引得幾位海關人員走過來看。其中一名打了個電話，應該是查問簽證問題。接著他們的上司過來，拿著一本小冊子，翻查又翻查，口中不停念著：香港，香港。最後，他點了下頭，另一名海關便在護照蓋上入境章，我這才舒了一口氣。

我在沒有離開烏克蘭的情況下，跨進了俄羅斯，那是二〇一四年五月的旅程。克里米亞甫於同年三月透過公投，「回歸」俄羅斯懷抱。「回歸」一詞乃是出於睡卡內另一名乘客之口，她是位六十來歲的俄裔退休醫生叫娜塔莉亞，克里米亞居民，和宇迪整晚鬥嘴，不過氣氛友善。

宇迪自稱是百分百烏克蘭裔，直指俄國「併吞」了克里米亞，令他心傷透，至今仍無法相信。怎麼一個烏克蘭地方，可以在一夕間，變成他國領土？娜塔莉亞搶著表示，大多數的克里米亞人都為此轉變感到高興。宇迪一臉木然說，沒辦法啦，總比打仗好。

我夾在中間，少講為妙。娜塔莉亞總是倚在我身旁，不停強調克里米亞本身就曾是俄羅斯領土，而今她很欣慰該地終於重回俄國聯邦，因為她有不少親戚住在俄羅斯西部，鄰近克里米亞，經常往返兩地，對她來說兩邊都是家。

護照檢查後再過兩、三個小時，火車終於抵達目的站，克里米亞首府辛菲洛普（Simferopol），我按捺不住心中激動。之前我曾就克里米亞危機做過多次評論，如今終於能親身採訪這個爭議之地。我慢慢讀著Simferopol這個名字，感覺不好記。此外在這半島上，還有其他地名一樣難記，如塞瓦斯托波爾（Sevastopol）、費奧多西亞（Feodosya）及葉夫帕托里亞（Evpatoria）等等。

這些名字不全是俄語，也不全是烏克蘭語，而是屬於希臘式的，印證了古希臘人在此半島上留下的足跡。由於克里米亞擁有眾多港口城市，它很自然被視為最佳的貿易重點。希臘人早在西元前八世紀，做為首位西方文明踏足克里米亞，活躍於黑海的商業活動，打開了與東方的通商途徑，並在半島上建立他們的殖民地，留下了希臘式建築和生活方式。

娜塔莉亞就是住在曾受歐洲文明影響至深的塞瓦斯托波爾。下車後，即將各奔前路之際，她特別邀請我到塞瓦斯托波爾探訪她，表示會告訴我更多的故事。

民族隱痛始終未癒

當大家揮手道別，獨留我在月台上有些不知所措，我連旅館都沒訂呢。之前有人告訴我，火車站外會有不少人拿著民宿的廣告牌，但我一個也沒有看到。後來才知道，由於政治局勢突變，導致遊客消失，民宿主人也就懶得花時間到車站攬客。

抵達當天，剛巧第一天全面改用盧布貨幣，市面有點混亂。不少店鋪得先暫停營業，以調整價目表和收銀系統。即便是開門做生意，也缺乏零錢找換，巴士面臨同樣窘境。

所有烏克蘭銀行關門大吉，僅一家俄羅斯銀行開門營業，一時間門庭若市。聽聞有些人因此損失部分存款，卻是欲哭無淚。那就更遑論在提款機提款或使用信用卡。在系統未調整妥善前，一切現金交易。

我知道此時必須鎮定，先是調校好時間。克里米亞自此劃歸莫斯科時區，比烏克蘭快一小時。接著換錢、找旅館。我在車站隨便找了間青年旅舍，旅舍由一對年輕夫婦開設，我成了他們唯一一位的客人。他們嘆氣說，三月危機高峰時，世界各地記者湧至，連小旅舍也擠滿人。他們走後，旅舍就一直在拍蒼蠅。

克里米亞原是旅遊勝地，自從併入俄國版圖後，至今都是敏感之地，歐洲旅客不願意來。小夫妻表示，如果情況繼續，他們只能關門大吉。

直到現在仍有不少人感覺荒謬，怎麼僅一個公投，不費一兵一卒，也不用簽署任何國際文件，克里米亞一夜之間便改頭換面。歐盟指克里米亞是歐洲二十一世紀最大的危機，俄羅斯則說這是尊重民意的和平回歸。

克里米亞韃靼族的前世今生

辛菲洛普屬內陸中部城市，克里米亞韃靼人曾在此建立過一個名為「Aqmescit」（白色清真寺）的小鎮，而來自東方草原遊牧民族在內陸留下更多足跡，與沿海城市很不一樣。

除了希臘人外，還有在中世紀早期崛起的熱那亞和威尼斯人，同樣垂涎黑海港口，企圖成為這片海域的霸主，更與當時的拜占庭人展開爭奪戰。與此同時，克里米亞也一步步被整合到歐洲體系裡，榮景一片。

另一方面，被歐洲人一直視為東方蠻夷的斯拉夫人和遊牧民族，在與歐洲人的商貿交往中，逐漸崛起。首先是大蒙古帝國，中世紀時期四大汗國之一的金帳汗國分裂出諸多獨立汗國，而克里米亞汗國便是其中之一。他們征服了克里米亞，令歐洲人震驚，接著是鄂圖曼帝國和俄羅斯帝國也在這個半島上競逐。

克里米亞汗國的主體民族是韃靼人，韃靼人又是突厥語系族群的其中一支。老實說，韃靼人在克里米亞的歷史並非始於克里米亞汗國的建立，而是更早期，即希臘人、威尼斯人、熱那亞人等活躍於黑海商貿活動時，與草原民族的突厥人通婚，形成了克里米亞韃靼人（Crimean Tartar）。他們在語言和文化上都有其獨特之處，不應與其他地方的韃靼人混為一談，如俄羅斯的韃靼人。

這是我與不同地方的韃靼人接觸後，他們不斷提醒之間的分別。當我遊走於烏克蘭、俄羅斯及黑海一帶地區，民族之複雜，總弄得我滿天星斗。

根據這段歷史，克里米亞韃靼人遂認為他們是克里米亞的原住民。

在辛菲洛普第二天，我便迫不及待去找一位大學教授。她是塔夫利達國家大學政治系專任教授，名叫慕華杜娃（Elmira S. Muratova），聽說她是敢言的克里米亞韃靼人。

一坐下，我即慼嘆克里米亞有太多傳奇故事，如要述說克里米亞的故事，教授會從哪裡說起？

果不出所料，她想從這塊地方的歸屬者說起。

她問，究竟克里米亞應該屬誰？這正是爭議之處。俄國一直指說克里米亞是屬於它們的，但它們是在十八世紀，即一七八三年，才兼併克里米亞。在此之前，說得具體些，就是在一四四一年至一七八三年間，已存在一個龐大的王國：克里米亞汗國，這是一個以克里米亞韃靼族為主的國家，十八世紀前仍是東歐的軍事強國之一。

可是，慕華杜娃慼嘆說：「自俄國併吞克里米亞後，並不尊重克里米亞韃靼人做為原住民的地位。甚至到了一九四四年蘇俄時代，更被史達林集體流放至中亞與西伯利亞。」

在此，需要補充的是，克里米亞汗國統治半島時期，也正是鄂圖曼土耳其人崛起之時。他們本生活在中亞草原，為了逃避蒙古大軍，遂逐漸往安那托利亞（Anatolia，又稱小亞細亞）的方向遷移。到了十五世紀後期，他們竟然打敗拜占庭帝國（東羅馬帝國），攻陷了君士坦丁堡，鄂圖曼帝國慢慢形成。從克里米亞到君士坦丁堡，就這樣成為突厥人的天下。後來克里米亞汗國更臣服於鄂圖曼帝國之下，前者以俘虜及販買斯拉夫貧農到君士坦丁堡，做為他們主要的經濟支柱，同時也為突厥民族注入了斯拉夫血統，蘇丹蘇萊曼的王后羅克珊拉娜就是來自西烏克蘭的奴隸。

此時，在黑海領域，東風壓倒西風，讓歐洲人不知所措。最令他們意想不到的是，北方的莫斯科大公國也跟著蛻變成強大勢力，沙俄帝國雛形初現，不甘困在內陸，欲向海洋擴張。到了十六世紀葉卡捷琳娜女皇時代，聲稱要成為拜占庭的繼承者，多番嘗試攻占黑海，沿途掃平韃靼人的勢力。俄羅斯人終於在十八世紀併吞了克里米亞，然後在塞瓦斯托波爾興建海軍基地，至今仍是俄羅斯防禦西邊及向西伸展的重要戰略之地。黑海艦隊不容有失。

從俄羅斯一進到黑海開始，克里米亞韃靼人便不斷逃往鄂圖曼帝國的領土，直到蘇聯時代，史達林指控他們勾結納粹德國，而將其放逐到中亞，旅途中不少克里米亞韃靼人餓死或病死。直到一九八九年戈巴契夫推行改革開放，他們才得以重歸故土。

女教授慕華杜娃也在那時隨家人返回克里米亞。但一九五四年時，具有烏克蘭血統的前蘇聯領袖赫魯雪夫，將該地送給了當時仍是蘇聯加盟共和國之一的烏克蘭，且以俄裔為主。

那麼教授是認為克里米亞應該回到克里米亞韃靼人懷抱嗎？教授搖搖頭，表示大部分是穆斯林的克里米亞韃靼人，現今在克里米亞是只占兩成的少數人口，他們唯一希望且不斷爭取的，是無論哪個政權上台，都應該承認他們做為克里米亞原住民的法理地位，給予應有的權利與賠償，並寫進憲法裡。

原以為獨立後的烏克蘭，有利於克里米亞韃靼人爭取他們的人權，怎知現在半島又落入俄國手裡，她擔心自己的族群會再次受到歧視和打壓。我問教授，她會如何面對？她沉默了好一會兒，表示前景不太樂觀，再次離開已在她的考慮之列。

公投後，不可知的未來

為了多了解克里米亞韃靼人的處境，我跑到他們聚居地巴赫奇薩賴（Bakhchysaray）。沒想到從辛菲洛普坐車才兩小時，卻像是到了一個截然不同的山城。來之前就已聯絡好位處古城某村落的韃靼民宿女主人蘭妮莎（Leniza），其民宿收費不便宜，但因她曾是英文老師，溝通起來方便許多。

巴赫奇薩賴在韃靼語中的意思是「花園的宮殿」，這個曾是克里米亞汗國首都，因此「花園的宮殿」這個稱謂當之無愧。到處矗立著一座座的奇山異石，山路上有奇花異草搖曳，陣陣的樹香和花香於空氣中飄送，當地人驕傲地告訴我，該地的獨特清新空氣有治病功能，以前不少歐洲人都愛到這裡來休養生息。

我還留意到這座山城的建築，甚有土耳其風，同時亦不乏遊牧式帳蓬，似想保留祖先的生活方式。城中有座古樸中見華麗的可汗宮殿，成為這裡的重要指標。它結合了鄂圖曼與韃靼的傳統藝術，在四方形建築的深紅屋簷下，有木柱與圓拱的迴廊、彩繪的外牆及明黃色的窗框。我有幸在此遇到韃靼婚禮，一對新人穿著傳統的韃靼婚衣擺姿拍照，讓我一飽巴赫奇薩賴韃靼東方情調的眼福，加上小館裡的拉麵餃子菜式，一時間還以為自己置身在東方的土地上呢。

當天民宿女主人蘭妮莎邀請我與他們一家共進晚餐，除沙拉外，主菜竟是阿拉伯人愛吃的一款飯 Up Side Down，就是羊肉與薑黃飯混合煮熟後，將整個鑊倒扣在碟上，因而得名。蘭妮莎好奇問我，為何會覺得它是阿拉伯菜，這在中亞也大行其道。

蘭妮莎出生烏茲別克，父母是在史達林時期被驅趕到那裡。父母親念念不忘故土，每天都會向子女們講述故鄉的事。因此，蘭妮莎雖不曾踏足克里米亞，卻已萌生出濃厚感情，並以回到該地定居為人生最大心願。

男主人開始對我說教：伊斯蘭教。克里米亞韃靼族大多數是穆斯林，但如何理解自己的信仰，就修行在個人了。蘭妮莎夫婦看來是非常虔誠的伊斯蘭教徒，認為是阿拉真神幫助他們回歸故鄉。

一九九〇年，機會終於來了。當時蘇聯正處於開放而混亂的局面，剛成功奪得蘇維埃主席的反對派領袖葉爾欽（Boris Yeltsin），歡迎遭流放的克里米亞韃靼人重返故鄉，並訂立許多優惠政策做為補償。蘭妮莎和丈夫快速處理完烏茲別克的房子，興奮地舉家前往夢中土地，決心在那裡落地生根。

她告訴我，他們取得了土地賠償，但蓋房子則需自費。一家人分工合作，女的耕種，男的蓋房子。她驕傲地說：「我們韃靼人家裡都會培養出不同技能的人，可以做到自我照顧、不依賴他人。」

一九九〇年開始蓋房子，至今已逾二十年，工程仍在繼續，但已建好幾棟平房、一幢兩層高的樓房和一大片花園，園中種有不同的蔬菜果樹，還有養了數隻羊的羊欄，自成一個世界。

「這是我們真正的家，是從一磚一瓦親手搭建的，但總覺還不完美，所以到現在仍要這裡修、那裡補……沒有盡頭……」蘭妮莎的先生補充說，接著一陣笑聲，大夥兒七嘴八舌、好不熱鬧。

可是一講到過去，大家的心情又沉了下來。男主人說到克里米亞韃靼族過去慘遭蘇俄壓迫的悲慘故事，簡直是咬牙切齒。即使現在的俄羅斯，也難讓人信任。因此，韃靼人在公投時堅決反對克里米亞併入俄羅斯。

蘭妮莎說了一個有趣的故事。由於他們不信任俄羅斯人，回歸後都把錢放在家裡，不會放在俄羅斯的銀行。一九九一年蘇俄解體，一夕間，一個大帝國突然消失，大家震驚不已，只有她是既驚且喜。因蘇俄的銀行體系也隨即崩潰，很多人失去存款，蘭妮莎表示幸好逃過一劫。自此對銀行更是充滿恐懼，於是繼續保持將錢放在家裡的作法，怎知這次克里米亞因併入俄國而再次引發銀行大混亂，導致不少存戶蒙受損失，蘭妮莎又一次幸運逃過。

談到那場讓俄國奪下克里米亞的公投，源於二〇一三年底至二〇一四年初，烏克蘭首都基輔和西邊發生牽動國際社會的大規模示威，要轟走貪腐的親俄政府。孰知親俄政府下台後換來的卻是親歐過渡政府，引來烏克蘭東部的親俄勢力反彈，於是克里米亞議會支持俄羅斯介入，隨即舉行公投，決定了半島的前途。

最具爭議的烏克蘭克里米亞自治共和國公民投票，在全球關注的情形下，於二〇一四年三月十六日舉行，結果有接近百分之八十三的選民參與投票，而百分之九十六點六的選民贊成克里米亞脫離烏克蘭，加入俄羅斯聯邦。

基輔過渡政府抗議，美國和歐盟也都對公投與俄羅斯的介入提出制裁警告，有評論形容這是新冷戰的開始。公投結果迎來了烏克蘭東部的連場熱戰，多個東部城市發生武裝衝突，單方面宣布獨立，自立為王。

烏克蘭被撕裂成東西兩邊，激烈碰撞，如今更失去克里米亞。俄羅斯一再的在這個半島上展開爭奪戰，不禁令人聯想到發生於十九世紀中葉的克里米亞戰爭（一八五三—一八五六）。

克里米亞這個「黑海門戶」，誰占領了它，誰就控制了黑海，特別是塞瓦斯托波爾，兩旁山丘間有一條狹窄水道進入深水港，這樣易守難攻的天然環境，成為絕佳的海軍基地，甚至可長驅直入君士坦丁堡，因此沙俄在十八世紀取得半島時如獲至寶，挑起向西擴張的野心。

托爾斯泰的足印

沙俄此舉讓歐洲備感威脅，無法坐視不理，遂協助鄂圖曼帝國反攻，組成聯軍與沙俄展開戰線，但主要戰場仍是在克里米亞，當中又以塞瓦斯托波爾打得最為激烈。托爾斯泰就曾參與這場著名的塞瓦斯托波爾保衛戰，並在此寫出了著名的《塞瓦斯托波爾紀事》。

我搭公車來到這個海港城市，找上那位在火車上認識的女醫生娜塔莉亞。當她提到托爾斯泰在此留下足印時，一種民族自豪感油然而生。又說，俄羅斯詩人普希金也是在塞瓦斯托波爾創作了知名的詩體小說《葉甫蓋尼．奧涅金》。

在塞瓦斯托波爾的海岸地區，到處可見俄羅斯奮力捍衛克里米亞的紀念碑。其實沙俄當年並未取得勝利，在巴黎和約中雖願妥協而保住克里米亞，但另一邊卻失利於巴爾幹半島，也讓沙俄西擴的野心在此止步。在克里米亞戰爭中，歐洲的現代化軍事力量硬是把沙俄比了下去，自此沙俄走上衰敗之路，剛進入二十世紀的一九一七年，內部便爆發二月及十月革命，未幾改朝換代，蘇聯正式登場。

有趣的是，當葉卡捷琳娜女王奪取了克里米亞後，因其對歐洲文明甚是嚮往，把許多公共場所的韃靼名稱統統改回古希臘名，並在克里米亞推動西式文明生活，以此做為俄羅斯現代化的前哨站。

只可惜沙俄帝國始終無法成功擺脫農奴的封建制度，軍力強大四處擴張，但百姓的生活卻是貧困潦倒、生產落後，最後窮人及農奴揭竿起義，由揮舞共產主義旗幟的蘇聯取而代之，展開與西方現代化的比拚。

娜塔莉亞帶我來到塞瓦斯托波爾南灣港口，太陽猛烈得只能瞇著眼，但一睜大雙眼，面前是排成一列的俄羅斯黑海艦隊，心情為之一振。啊！聞名不如見面，終於親睹這個重要的海軍基地，而黑海不黑，反之是一片蔚藍，微波蕩漾。港灣附近全是兵營和軍工廠，看來有不少已經荒廢，殘破景象與艦隊的氣勢極不協調。

塞瓦斯托波爾過去主要經濟來源，就是環繞著軍事基地而展開，這裡有很多俄裔人，但不是海軍家眷，就是為海軍基地打工。他們全說俄語，有些甚至不懂烏克蘭語。

事實上，自十八世紀俄羅斯奪取克里米亞後，便鼓勵俄裔人遷移至此，俄化政策改變了半島原有的人口結構。克里米亞有兩百多萬人，目前約七成為俄裔，與俄國關係深厚，不少人的祖父母輩是從俄羅斯遷移過來，都還有相當多的親友在俄羅斯，一直視俄羅斯為他們的祖國。

一九九一年蘇聯解體，烏克蘭獨立。在法理上，克里米亞自然是烏克蘭領土的一部分。但克里米亞始終蠢蠢欲動，一九九二年曾短暫宣布獨立，但隨後與烏克蘭達成協議，成為境內唯一的自治共和國。

與年長一輩談到克里米亞的轉變，他們總是這樣回應：「我們愛國，自然支持這個轉變，難道妳不愛國嗎？」但不要以為年輕一輩會像老人家的想法，即使俄裔年輕人擔心俄羅斯的威權統治會影響他們的自由，政治的轉變恐怕也會改變他們的生活方式。

一名俄裔女學生指著大街上的商店說：「看，普丁的肖像和俄國旗幟這樣肆無忌憚地掛在商店門口，更在碼頭邊耀武揚威地豎立著，我不喜歡這種膜拜方式。」

俄裔的高中女學生如是說，更遑論住在半島上的烏克蘭裔人，他們原就是少數，如今更憂心受排斥。之前有一名烏克蘭導演被控以間諜罪，在辛菲洛普遭到逮捕，接著又有好些烏克蘭人被俄方控告為反俄武裝分子，以反恐理由拘禁。

當我離開克里米亞後不久，收到一名年輕烏克蘭記者的電郵，她說：「幾天前，我在CBC的報導中，看到一名克里米亞年輕人，父親是來自俄羅斯的黑海艦隊成員，自己卻是烏克蘭海軍；待克里米亞入俄後，自己想去烏克蘭，但又不捨前妻帶著女兒留在克里米亞。這些故事不斷提醒我們，國家層級的政治紛爭，受苦的卻是平民。」

另外，在克里米亞有度假屋的烏克蘭人，都表示他們現在很少回到該地，因交通變得極不方便，最主要的原因是不想惹麻煩。我在二〇一七年重訪烏克蘭時，曾查詢如何前往克里米亞，沒人說得準，甚至指烏克蘭這邊的火車已停駛，必須先飛到莫斯科再轉機。

曾是旅遊勝地的克里米亞，現在卻有如關山阻隔，這麼近又那麼遠呢。

附錄一

「我們不是法西斯」

——專訪烏克蘭極右黨「右邊界」發言人士高洛柏斯基

● 高洛柏斯基 Atrem Skorpadsky

烏克蘭東部戰火不斷，烏克蘭極右黨「右邊界」(Right Sector，烏克蘭語 Pravy Sektor) 主張以強硬態度對付東部親俄叛軍，甚至派出屬下軍人參戰，讓形勢更為險峻。「右邊界」被俄羅斯媒體形容為新法西斯政黨，而有西方媒體亦指該組織在革命發生之初，煽動了基輔獨立廣場的暴力事件。究竟「右邊界」是一個怎樣的組織？它對烏克蘭局勢又有什麼影響？

在離開烏克蘭基輔的前一天，筆者終於找到被視為極右黨的「右邊界」發言人高洛柏斯基做訪問。我被告知他不懂英語，遂帶來翻譯，怎知這位發言人連烏克蘭語也不懂，只說俄語，幸好翻譯精通烏、俄、英語。發言人甫坐好，便垂下頭，一臉木然。我輕聲詢問翻譯，他看來很嚴肅。怎知發言人隨即抬頭表示：我不嚴肅，只是太累罷了。

這下把筆者嚇了一跳，訪問於焉開始。

問 你不是不懂英語嗎？

答 聽得懂，說不了。

問 怎麼不懂烏克蘭語？

答 我不是烏克蘭人，是俄羅斯人，來自莫斯科。

問 哦？但「右邊界」是個烏克蘭愛國政黨啊！俄羅斯正是這黨的敵人，你做為俄羅斯人，怎麼會成為發言人，來對抗俄羅斯？

答 妳這個問題，之前有不少記者好奇問過我了。事情是這樣的，我一直痛恨普丁，名義上他是個民選總統，卻實行威權統治，我受不了他，曾參加反普丁運動，結果成為敏感人物。二〇〇五年，我跑到烏克蘭小住，暫避風頭。然後兩年前我決定留在烏克蘭，結識了這裡的愛國組織，認同他們的民族主義，因為只有徹底擺脫俄羅斯，烏克蘭才能有真正的獨立。

問 你在二〇〇五年來烏克蘭，那是橙色革命後第二年；獨立廣場運動爆發前兩年，你再來烏克蘭，那你已入籍成為烏克蘭人了嗎？

答 還未入籍，我仍是俄羅斯國民。不過，我已把自己視為烏克蘭人，戰友們也一樣以同胞看待我。

問 今年一月十九日，獨立廣場上發生了一場讓國際關注的暴力衝突，有矛頭直指「右邊界」挑起事端，更指「右邊界」為新法西斯，企圖武力控制廣場運動。當時你在現場嗎？對此有何看法？

答 去年十一月底我就已在廣場上了，當時「右邊界」剛成立，而它的成立是在回應政府軍警對示威者的打壓。這可回溯至去年十一月二十四日的晚上，示威者正準備紮營，軍警卻來了，他們騷擾一群協助紮營的女孩，將她們手中的營布狠狠撕毀。有人遂跳上平台高呼：各位愛國者，站在右邊，保護右邊的女孩！當時廣場上有多個愛國組織隨即響應。事後我們認為繼續站在一起以示團結，並合併為一個組織「右邊界」。

問 外界還以為你們組織名稱是在反映一種右翼的政治光譜……

答 妳也可以這樣說。我們的價值觀與左翼和自由派確實不一樣。我們強調民族主義、反對同性戀和墮胎、絕對遵守東正教教義。

問 說起民族主義，聽聞合併的組織中有軍事背景，他們二戰時曾經對抗蘇聯為國家去打仗？

答 沒錯。這包括「烏克蘭愛國者」(Patriots of Ukraine)、「三叉戟」(Trident)和「烏克蘭國民大會——烏克蘭國家自衛隊」(UNA-UNSO, Ukrainian National Assembly-Ukrainian National Self Defence)、白錘(white Hammer)等。「右邊界」目前的領袖就是「三叉戟」領袖亞羅什先生。

問 我知道，他代表「右邊界」剛參與過總統大選，經常穿著軍服，他是一名前軍人？有人說，他在一九九一年烏克蘭脫蘇後，曾參與訓練軍人。

答 對。「三叉戟」本身就是一群軍人自發組織而成，目的是在保衛國土，這還包括上述其他組織在內。因此，「右邊界」就是烏克蘭愛國軍事傳統的延續，就好像二戰時的烏克蘭起義軍。

問 我留意到，廣場上有一幅巨大的海報，正是「右邊界」尊崇的烏克蘭民族鬥士斯捷潘·班傑拉，二戰時他為烏克蘭的獨立，奮力抗蘇。他逝世雖已超過半世紀，但其一生爭議大。二戰時曾與納粹德國合作，以換取該國對烏克蘭獨立運動的重大支援，德方亦樂意利用班傑拉來對抗蘇聯。可是，正由於他與納粹的關係，而你們又奉他為民族英雄，外界便憂慮「右邊界」傾向納粹主義思想。對此你有何看法？

答 （舉起手機上的一張圖）看看，這是我和一位猶太拉比（rabbi，相當於基督教牧師一職的猶太教職銜）合影，我們與猶太裔人相處良好。事實上，走到廣場的示威者來自四面八方，不同族群、性別、年齡、職業，都能聚在一起。「右邊界」不分彼此，對廣場所有人都做出保護，從沒有因歧視而引發衝突。更有不少人表示，廣場如果沒有「右邊界」，治安不會如此良好。外界太敏感了，當「右邊界」高呼誓死保衛獨立廣場時，即指我們暴力。過去多少民族英雄亦曾做出如此的呼喊：不自由，毋寧死；抑或為自由戰鬥到最後一口氣。難道這就是暴力語言嗎？「右邊界」充其量只是民族主義者，當國家有危難，我們勇於站出來，為人民的利益而戰，將槍口指向敵人，這有何不妥？為什麼愛國者竟等同於法西斯？這全是俄羅斯媒體和西方親俄媒體抹黑「右邊界」的伎倆，目的在合理化俄羅斯的侵略行為，打擊烏克蘭愛國運動。

問 不過，在今年初廣場運動突然轉趨血腥暴力，導致上百人死亡，特別是在一月十九日當天，有國際傳媒報導指「右邊界」手持槍械向軍警襲擊，又向群眾派發汽油彈及其他攻擊性武器，時任總統亞努科維奇將你們定調為極端危險組織。首先，我想知道你們是否為一個武裝組織？武器從何而來？

答 今年年初，政府用狙擊手射殺示威群眾，「右邊界」為保護群眾而還擊。如不還擊，死傷的數字會更多。之前我已說過，「右邊界」是由多個自發軍人組織組成，不少成員是退役軍人，他們都擁有合法槍枝，亦懂得製造簡單武器自衛。當廣場受政府軍圍攻，變得危急時，「右邊界」有義務負起保衛廣場的責任，於是我們組織廣場自衛隊，也有哥薩克（Cossack，東斯拉夫裔於十六世紀成立的民間軍事組織）加入。

問 在廣場，除了「右邊界」的紅黑旗幟外，也看見來自歐洲其他國家的右翼民族主義組織旗幟，例如匈牙利的JOBBIK（匈牙利明天更好黨），「右邊界」與他們有關係嗎？

答 他們只是來支持廣場運動，「右邊界」絕對與他們沒聯絡。事實上，歐洲一些右翼民族主義組織，就好像法國的「民族陣線」(National Front)，他們曾公開表示支持普丁對抗歐盟。

問 「右邊界」在大選舉行前即已註冊成為政黨，那你們有解除武裝嗎？

答 我們這個政黨擁有兩個部門：政治部與軍事部。現在，軍事部的多數成員已前往東部去打仗，也有進入克里米亞。當烏克蘭遭受俄羅斯侵略之際，「右邊界」不能解除武裝。

問 克里米亞已併入俄羅斯，而「右邊界」是俄羅斯的眼中釘，你們怎可在那裡活動？

答 當然是地下活動，烏克蘭必會收復失地。

問 怎麼一個合法註冊的政黨可以擁有軍事部？這還涉及大量費用。可以解釋一下「右邊界」的財政來源嗎？

答 現實是我們必須擁有軍事部，來協助國家對抗外敵。我們主要靠愛國者的捐款，絕無外國捐獻。

問 最後一個問題。你們與烏克蘭另一個被視為右翼的民族主義政黨「自由黨」有合作嗎？

答 沒有。他們是親歐的，「右邊界」一直反對親歐和親俄，只主張烏克蘭民族獨立自主。

附錄二

哥薩克人

哥薩克人在突厥語的意思是「自由自主的人」，最早出現在東歐的大草原，分布於現今的烏克蘭及俄羅斯南部，屬遊牧族群，以驍勇善戰和精湛騎術聞名，十七世紀時成為俄羅斯帝國東擴的主要武裝力量。

那個年代，他們堪稱人強馬壯，特別是在十五、十六世紀時，俄羅斯及烏克蘭的一些都市窮人，與不願成為農奴的農民們，為了爭取生活自由，大舉遷往哥薩克聚居的黑海北岸地區，由此壯大了「哥薩克」人的勢力。

由於貧下中農與哥薩克混在一起，當中包括俄羅斯人、烏克蘭人、土耳其人和其他來自高加索的貧農，全都自稱哥薩克人，因此後來哥薩克不被視為一個民族，只是一個特殊的群體。驍勇善戰是哥薩克人的品牌，他們喜歡以軍服佩刀示人。這次再見他們時，我會大叫：嘿，我已把你們搞通了。

說到哥薩克人，即使不認識他們，相信也聽過蘇聯名著《靜靜的頓河》，宛若電影般蕩氣迴腸的經典，作者肖洛霍夫花了十二年時間完成。該書前三冊於一九三〇年推出時，即震驚國際文壇，在德銷量甚至超過《西線無戰事》，並於一九六五年獲諾貝爾文學獎。

《靜靜的頓河》讓我們體會到俄羅斯文學的重量與厚度，史詩般的磅礡氣勢。小說中的主人翁正是驍勇善戰的哥薩克青年士兵，故事背景橫跨了第一次世界大戰和蘇聯內戰，以及兩次革命：二月革命及十月革命。

先講一下頓河，這是俄羅斯的主要河流之一，源於莫斯科東南的圖拉附近，全長近兩千公里，流入亞速海。在最東部與伏爾加—頓河運河相連。綿延的長河見證了無數激越的歷史，但它總是默默的流淌。頓河更是孕育了不少族群文化，哥薩克人就是崛起於頓河流域，然後輾轉於聶伯河和伏爾加河下游地區，最後才遷徙至黑海、裏海流域。

哥薩克這名稱，本身是自由人士之意，而他們也的確愛自由、討厭獨裁，因此聚居於頓河的哥薩克人團體曾於沙俄瓦解後，在一九一八年短暫建立頓河共和國，其政體具有民主的雛形，但亦有其凶殘的一面，因不尊重人權，而犯下多次屠殺罪行。

二戰期間，哥薩克曾參與反猶太人行動，惡名昭彰，並且演變成一軍事組織。人們對哥薩克可謂是又愛又恨，過去英勇騎士的浪漫形象，漸漸消逝。我們只能在《靜靜的頓河》裡，回味他們在戰場騎著戰馬衝鋒陷陣、在槍林彈雨中閒庭信步、生活中大口喝酒大塊吃肉、在倒映著篝火的河畔聞歌起舞等浪漫身影。

因此，二〇一四年在烏克蘭的一場人民革命中再見到他們時，令不少人猜疑，而我則補了那個地區的一堂歷史課。

「你是土耳其，要有膽大的夢想。」

——土耳其總統，艾爾多安 Recep Tayyip Erdoğan

第二章

土耳其：鄂圖曼的幽靈

—

TURKEY

1

İHRAÇ EDİLDİM
İŞİMİ İSTİYORUM
ACUN KARADAĞ
NURİYE GÜLMEN
VE
SEMİH ÖZAKÇA
AÇLIK

2

5

3

4

1　生活在美索不達米亞平原上的庫德族孩童。

2　遭受打壓的土耳其反對派老師，以絕食抗議。

3　公投時親政府的伊斯蘭婦女。

4　艾爾多安展示高高在上的國家權力。

5　土耳其東南部失業青年閒暇無聊在街頭上泡咖啡。

向烏克蘭說再見後，我從基輔飛往伊斯坦堡，二者很近，只有兩小時的航程，飛機橫跨黑海進入博斯普魯斯海峽，看似正要從一個基督教國家踏進與之毫無關係的伊斯蘭文化土地，但原來歷史上這兩地曾有著深厚的交往和關係呢。

正如第一章所言，烏克蘭知名前菜「薩洛」，當初是為了要力抗鄂圖曼土耳其人的進攻，烏克蘭人遂想到烹煮肥豬肉，用肥豬肉的味道來嚇走穆斯林敵人。當時家家戶戶都在奮力做這道菜，孰料竟演變成今天的名菜。現在聽來，仍不免教人哈哈大笑。

文明交鋒之地

被視為鄂圖曼亡魂轉世的土耳其，其所在的安那托利亞地區，又稱為小亞細亞（Asia Minor），在鄂圖曼土耳其帝國吞併前，乃是拜占庭帝國，即是以東正教為主的東羅馬帝國主要版圖。而君士坦丁堡是拜占庭文明最重要的行政中心，鄂圖曼帝國改為伊斯坦堡。

坐落於伊斯坦堡的聖索菲亞大教堂，原是拜占庭頗具代表的教堂。有民間傳說指「基輔羅斯國」（建都於基輔的一個以東斯拉夫為主體的東歐君主公國，第一章已有詳細說明），它的其中一位統治者——弗拉基米爾，因聽了一名自拜占庭回來的使者形容，大教堂的神聖氣氛讓人不知是身在天堂、還是人間，讓弗拉基米爾深受感動，遂下令全民皈依基督教（東正教）。

或許這只是個傳說，弗拉基米爾高舉基督教的旗幟，可能只是要神聖化自己的地位而已。不過，早在中古世紀，基輔與君士坦丁堡就已經通商頻繁，前者也確實深受後者信仰文化的影響，兩者並曾透過皇室聯姻建立同盟，這也解釋了俄羅斯為何以拜占庭繼承者自居。

即使鄂圖曼帝國瓦解了拜占庭，烏克蘭人和俄羅斯人對易權的伊斯坦堡充溢著複雜的情感，這是他們難忘的歷史印記。事實上，沙俄時代一直是鄂圖曼帝國的威脅，前者不斷擠壓後者，至其倒下為止。而現在的俄羅斯人傾向的大斯拉夫主義，至今仍讓土耳其惴惴不安。

下機後，我不禁大呼：伊斯坦堡，又見到你了。前往市中心的機場大巴，沿著迷人的博斯普魯斯海峽緩慢前行。我留意到司機座位上掛了一個由玻璃石頭做成的圓圓眼球，隨著巴士的速度搖晃。這是非常道地的土耳其文化飾物「藍眼睛」（Nazar Boncuk），被視為可避邪的護身符，顏色則是海水的藍。

為什麼是這種顏色呢？從黑海到地中海，更是歐亞大陸的交匯處，讓土耳其擁有非常遼遠的海岸線。土耳其人深感能被這樣的藍擁抱著，遂認為他們的命運與藍色分不開。藍色，就是他們的守護之神。可是，這一片蔚藍的汪洋，無論在歷史上、文化上、貿易上都是重要的紐帶，各大文明在此交鋒，從古至今。

正由於這種種歷史淵源，現今的土耳其和俄羅斯總是互相抗衡，雖然有時也會因利益而短暫結盟，但在現代國際政治上仍是繼續針鋒相對。

打從十六世紀開始，土俄兩大帝國為了取得黑海的出海口，你爭我奪。俄羅斯的彼得大帝在克里米亞半島與鄂圖曼土耳其兵戎相接，到了二十一世紀，土耳其和俄羅斯雖都已不再是個帝國，但「阿拉伯之春」後的敘利亞內戰，兩國仍在背後一決勝負，二〇一五年十一月二十四日，一架俄羅斯戰機遭土耳其戰機擊落，土俄間的數百年恩怨再度走進世人的視野。

抹不走的「呼愁」

帝國遠去，可是土俄兩國的大國復興夢卻縈迴不散。土耳其總統艾爾多安曾揚言，土耳其到了二〇二三年建國百年，必須實現「土耳其夢」的目標，成為全球十大經濟體之一。有評論甚至指艾爾多安有意推動「新鄂圖曼主義」。

「新鄂圖曼主義」讓艾爾多安這位總統逐步將土耳其劃出了一條分水嶺：從世俗化到伊斯蘭化，向西跑到往東轉，由民主邁向威權，其崛起讓外界驚訝，鄂圖曼的滅亡看來只是在政治上，其文化與認同早已根植在每個土耳其老百姓心中。國父凱末爾（Mustafa Kemal Ataturk）建國時的西方現代性（western modernity）思想價值基礎，隨著艾爾多安進一步鞏固權力，可謂是奄奄一息。

不過，凱末爾做為國父的地位，未受動搖。有次我在一位土耳其學者面前談到凱末爾，我說：「凱末爾……」該學者隨即插嘴說：「嗯，妳指的是阿塔圖克！」原來在土耳其人面前提到這位國父，最好稱阿塔圖克（Ataturk），這個土耳其字就是「國父」之意，土耳其人都這樣尊稱，甚少直呼其名，從中可知他的尊貴地位。

原來國父本也是位知名的鄂圖曼將軍，生於帝國時代管轄的希臘某港口，因此他較西化，穿西服，喝酒，與土耳其中部及東部的穆斯林很不一樣。

這也沒什麼奇怪，雖然鄂圖曼帝國以伊斯蘭信仰為主體，但它對宗教極為寬容，並不會強迫其他信仰的族群改教。它畢竟是橫跨歐亞非的大帝國，中央集權不算嚴格，有相對的自治傳統。

但是自十七世紀法國大革命後，自由平等博愛及民族自決的觀念逐漸流行，以致帝國的統治手段相當不合時宜，特別是歐洲的巴爾幹半島率先起來爭取獨立，再加上歐洲的大航海發現、軍事技術及勢如破竹的工業化，使得這個大帝國無法趕上之餘，還得面對治下各地高漲的民族主義，衰落已是無可避免，被西方列國嘲弄為「西亞病夫」，與中國清末時期遭西方列國恥笑是「東亞病夫」一樣，面對滅亡的命運。

無論如何，鄂圖曼帝國的統治維持了六百多年，是人類歷史上最持久的帝國之一。因其占有的地理優勢，牢牢掐住歐亞大陸的咽喉，於是靠著壟斷中西貿易渠道，享受了好長一段時期的繁榮昌盛，直到這個壟斷地位受後來崛起的西方海權國家打破。

來自中亞阿姆河流域的鄂圖曼土耳其人，原只是突厥遊牧部落的一支，十三世紀為了逃避蒙古人來自北方的凶猛進攻，唯有不斷往西跑。直到與拜占庭帝國接壤的安那托利亞高原西北部地區逐漸強大，然後宣布獨立，並向君士坦丁堡出發，一舉成功推倒千年的拜占庭帝國，繼續東征西討、擴張版圖，成就了鄂圖曼帝國的一頁傳奇。

當我與土耳其人談到他們的歷史時，老一輩人可以侃侃而談鄂圖曼帝國歷任的蘇丹國王。即使在當代的土耳其，從博物館到旅遊區，蘇丹王的一切仍在人們的視線之內，這包括事跡、圖片和服飾等。但為何以蘇丹做為封號呢？這與曾在安那托利亞文明上大放異彩的羅姆蘇丹國有關。他們整合了突厥諸小國，而鄂圖曼人在獨立為小酋長國之前便曾臣服於其下。最後蘇丹國因不敵蒙古大軍而衰亡，取而代之的鄂圖曼人在建立帝國後，便以蘇丹為君主的稱號。

難道歷史的定律真的是盛極必衰嗎？

鄂圖曼土耳其曾創造出輝煌的文明，亦曾嘗試多次的現代化計畫，卻輸在西方的科技革命上，最後更險被列國瓜分。凱末爾身為將軍力抗列強，得以保住安那托利亞高原，讓土耳其人在帝國瓦解後仍能安身於此，並揚起民族主義的大旗，一九二三年創立共和國，自此土耳其成為鄂圖曼土耳其的繼承國。只是，站在現代化的十字路口上，該何去何從？

凱末爾振臂一呼，清楚表明土耳其要與過去的鄂圖曼帝國說再見。在一次公開演講中表示，土耳其不能老是幻想自己是世界的主人，應該放棄做為伊斯蘭世界的領航者，集中於一國一族的利益建構。換言之，他以「國家大義」抑制了伊斯蘭，並因在外交上維持中立而逃過捲入二戰的悲劇。

事實上，建國時擺在凱末爾面前有三大挑戰：現代化、民族主義、伊斯蘭，而其中的「現代化」和「伊斯蘭」，兩者在西方眼中是有衝突的，因為世俗主義是現代化的主要基礎之一，神權只會窒息社會發展。

凱末爾排除萬難去伊斯蘭化，創立世俗化政權、拉丁化土耳其文字、關閉宗教學校、取消宗教法官和伊斯蘭法律、禁止伊斯蘭服飾及採用現代憲法，帶領土耳其走上轉向西方的現代化自強之路，同時將伊斯蘭徹底排除在政治之外。並賦予軍隊特殊的角色、位置和權力，以捍衛所謂的凱末爾主義。若是有任何政府不願奉行凱末爾主義的世俗政策，就算是民選政府，軍隊也有權將其推翻。

不可諱言，這個位處歐亞十字路上的國家，擁有極其重要的戰略位置，而其現代化的項目就是歐化項目，它是大中東地區最早實現世俗化的伊斯蘭國家，早於上世紀五〇年代就已加入北大西洋公約組織（NATO），成為成員國，目的就是要忘記過去，向西方學習繁榮富強之道。這種獨特的土耳其模式，被視為伊斯蘭世界，特別是中東地區的典範，一直受西方世界所稱許。

可是，只要人在伊斯坦堡，便能感受到鄂圖曼帝國的餘暉仍悄悄散落於博斯普魯斯海峽的波光上，這道橫跨歐亞兩大洲的海峽總有著一抹薄薄的煙霞，船隻的笛鳴聲更是引人遐想。

這個像霧又像花的海峽，成為了土耳其諾貝爾文學獎得主帕慕克得獎作品《伊斯坦堡：一座城市的記憶》（*Istanbul: Memories of a City*）的封面圖片，圖片有著濃濃歷史感的淡黃色彩，可能是作者有心凸顯出書中的主題「呼愁」吧。

「呼愁」一詞，土耳其語叫hüzün，意指憂傷，是土耳其獨有的文化詞匯。該詞匯出自伊斯蘭蘇菲派的神祕主義思想，他們認為生命的失落與憂傷，源自於如何能夠靠近真主阿拉。

但對土耳其人而言，憂傷乃因失落於輝煌的帝國歷史裡，並感受到過去與現在那一段無法挽回的距離，因此湧現「呼愁」的強烈感覺。而在帕慕克筆下，這「呼愁」正籠罩著曾是鄂圖曼帝國首都的伊斯坦堡，難以言形。

土耳其人在骨子裡是否擁有深刻的鄂圖曼情結，不得而知，但這種集體的「呼愁」，反倒造就了艾爾多安，一位土耳其世俗派女作家畢格蒂．烏素娜（Buket Uzuner）這樣對我說。（附錄一：烏素娜的專訪）

凱末爾主義的挑戰

在伊斯坦堡的蘇丹艾哈邁德老城區某一圖書館裡，館長從書架小心翼翼取出一本真皮古書，打開後，一頁又一頁的鄂圖曼土耳其文出現在我面前。館長細心講解文字的結構，原來當中存在大量的阿拉伯語和波斯語借詞，乍看猶如小蟲在蠕動，與拉丁化的現代土耳其文完全是兩碼子事。他很高興有外國人向他查詢。

近年來，艾爾多安除了積極推動恢復鄂圖曼文字，鼓勵中小學校設立相關課程，還增加了對鄂圖曼節日的紀念活動。總統如是，總理也一樣，不斷強調鄂圖曼的遺產，不少西方觀察家將他們的舉措形容為「新鄂圖曼主義」，並猜想土耳其在精心策畫恢復鄂圖曼時代的伊斯蘭國家發展規畫，打造與凱末爾主義背道而馳卻又殊途同歸的強國夢。

當西方認為現代化與伊斯蘭有矛盾時，在伊斯蘭圈子裡卻有人努力證明上述兩者可以兼容並蓄。被艾爾多安指控為二〇一六年政變的幕後推手葛蘭（Fethullah Gülen），便是這方面的代表。但艾爾多安曾是葛蘭的弟子，後因權力鬥爭而翻臉，至於兩人的恩怨情仇，且容後分解。

土耳其反對派對於艾爾多安的強國夢，則是有著不同的見解。他們指土耳其近年經濟明顯下滑、教育素質惡化、外交政策混亂，艾爾多安的地位聲望已大不如前，二〇一三年的大規模抗議便說明一切，那何來與凱末爾相比，更遑論強國夢。

艾爾多安也自知聲勢下滑，於是不惜一切鞏固加強總統的權力地位，二〇一七年四月中推動修憲公投，這是自前一年轟動世界的流產政變後，艾爾多安要測試選民對他的強人政治還有多少的支持？修憲成功後，土耳其會從二〇一九年的大選開始，由議會制改為總統制，總統集國家領袖與政府首腦於一身，並且能多次連任。

換言之，總統權力將無限擴張，他有權規畫國家預算，對內閣部長和法官進行提名或解職，還可在某些領域頒布行政命令，更可從屬於某政黨，不免讓人質疑一國元首究竟是為國、還是為黨服務？

該次修憲可謂是土耳其在歷史上一次重要的轉捩點。

對於艾爾多安將成為超級大總統，西方和土國反對派都戲謔他想要做「蘇丹王」，認為這是個警訊。前者有感他更難應付，後者則有感國家將邁向集權主義，削弱權力平衡機制，悖離民主。

事實上，凱末爾主義從未與民主搭上關係。在其有生之年，財富和權力都集中在軍方和西北部菁英手上，而他在大國民議會通過新憲法、實行一黨制，只是西方因凱末爾的親西方政策，視其治下的土耳其為民主國家而已。因此，有土耳其伊斯蘭組織譏諷西方，說他們不是支持土耳其的民主，軍方才是他們真正支持的對象。

土耳其多黨制的出現，乃是在凱末爾去世及所創建的共和人民黨亦逐步失勢之後。有趣的是，民主制度的確立讓伊斯蘭組織能蓄積不可忽視的政治力量。

雖然土耳其的民主特色仍擺脫不了軍方角色，所以政變對土耳其而言並不陌生。幾乎每一次政變，軍隊都是以凱末爾主義守護者的姿態出現，不是推翻專制政權，便是捍衛世俗政體為由，扶助政治重拾正軌，回到凱末爾的立國精神。

可是，每次的政變都為土耳其帶來微妙的變化。而一九八〇年九月十二日的一場政變，就為一直蠢蠢欲動的伊斯蘭勢力提供了干政的機會。

自上世紀五〇年代在冷戰的國際大環境下，土耳其左右翼劇烈纏鬥，軍隊試圖要從孱弱政府中恢復秩序而介入政治，且為了打擊左派，遂與右翼民族主義與伊斯蘭傳統結合，實行在一九七〇年便已主張的「土耳其——伊斯蘭綜合體（Turkish-Islamic synthesis）」，以伊斯蘭凝聚民心。

此大門一大開，凱末爾主義正式受到挑戰。八〇年代初當選的總理厄扎爾（Turgut Ozal），便是來自中部的虔誠穆斯林，他為了讓財富和權力能更公平的分配，推行一系列改革措施，包括私有化國營企業、放鬆進口管制，又為西北部之外的穆斯林聚居省分製造參政機會，讓穆斯林中產階級和穆斯林民族主義順勢興起。

到了一九九七年，信奉伊斯蘭主義的福利黨更是大張旗鼓的上台執政，最後雖被軍隊以違反政教分離而推翻，但其他的伊斯蘭勢力已尋找到有利的土壤，而艾爾多安所領導的「正義發展黨」（AKP，前身為繁榮黨，自我標榜為「保守民主黨」）便在此時乘機崛起。到了艾爾多安執政，軍方勢力即不斷受削弱，而二〇一七年的修憲更是讓軍方變成了無牙老虎。

土耳其模式第二階段

我專程飛往土耳其首都安卡拉，觀察這場被視為土耳其歷史重要轉捩點的修憲公投。從機上俯瞰土耳其，南有地中海，北有黑海，而安那托利亞高原就像一條大陸橋，橫跨在歐洲與西亞之間。看見如此壯觀景致，心想，這樣特殊的地理環境，是否就是促使一個龐大跨國帝國出現的原因之一？

安卡拉地處於安那托利亞內陸核心地帶，雖不及伊斯坦堡繁榮，卻有較高的防禦作用。有歷史學家指出，凱末爾遷都於此，除了安全考量，另一原因就是伊斯坦堡與舊體制有著千絲萬縷的關聯，他要沖淡人們對過去帝國的幻想，因此把行政中心設在安那托利亞中心，建立以土耳其人為主的現代國家。現在，安卡拉已成為土耳其第二大城，更是交通樞紐。

修憲前夕，各地記者陸續來到安卡拉，西方世界對此特別關注。近年由於艾爾多安與美國、歐盟關係惡化，他甚至提出終止加入歐盟的入會談判，歐美媒體更是經常批評這位愈來愈獨裁的總統，有把國家推往伊斯蘭化的傾向，反對派對此憂心忡忡。

過去數年曾發生連環恐怖攻擊的安卡拉市中心，在修憲公投前最後一星期，群眾無懼走上街頭，目的是為支持或反對陣營打氣，兩陣營同樣揮舞國旗，播放震耳欲聾的愛國音樂，參與者唱歌跳舞，使得吉齊雷廣場（Kizilay Square）宛若嘉年華派對。

廣場上，與支持陣營拉票隊伍僅一街之隔的反對派拉票隊伍中，一名反對派領袖哥瓦曼茲（Emin Koramaz）在現場積極拉票，而他身旁還有受政府政治打壓遭解僱的前公務員卡克麥克（Murlist Cakmak），他們向我表達了擔心之情。萬一憲政通過，艾爾多安對異議者的打壓行動勢必更如火如荼，而哥瓦曼茲並指出總統隨修憲提出恢復死刑，讓人不禁懷疑其目的為何？

二〇一六年七月爆發以失敗告終的軍事政變。與前五次的政變相比，可謂是非常不一樣。當有人以為那場政變一如既往，由維護凱末爾主義的世俗派軍人發動，結果卻是同屬伊斯蘭派系的葛蘭及其信徒受指控，葫蘆裡到底賣得是什麼藥？

無論如何，政變後，艾爾多安隨即展開一連串的鎮壓行動，對政敵葛蘭及其追隨者大規模「追殺」，十多萬人受到波及，卡克麥克便是其中一個。他被解僱後沒人敢聘用，現在只能靠工會援助，生活捉襟見肘。卡克麥克說，有些處境更是堪虞，甚至缺水缺糧。

另一方面，艾爾多安又藉著成功擊退政變、民心凝聚之際，提出需要推動大幅政治改革，建立強勢政府以應付危難。其實自二〇〇二年他在位以來，他不時批評多黨政治在黨派惡鬥下，使得國家缺乏效率，就曾多次表示有需要修憲以強化中央權力。

而流產政變讓他再次提出修憲，也確實有一定市場，猶如美國總統川普在競選時高呼要讓美國再次強大一樣，當時局不穩、人心脆弱之時，人民青睞強人政治，易受強國夢打動。艾爾多安因此抓住機會，修憲提案最終獲國會通過，再舉行公投以取得人民授權，只是此舉讓原就紛擾不安的社會更形分裂。

反對陣營中的年輕人，當中有部分甚至表示，若修憲通過，他們便想離開土耳其，因為不願留在不再擁有民主理想的威權祖國。

當我從反對派拉票隊伍跑到對面的支持隊伍，他們正祭出鄂圖曼帝國歌舞，參與者無不興奮跟隨扭動身體。集結的人群中不乏草根階層和衣著傳統人士，頭包絲巾的女士們揮動旗幟，高呼EVET，即YES（支持修憲之意），她們告訴我，土耳其需要強勢總統推動強勢改革，國家才有希望再次強大，一旁的男士們也跟著點頭。其中一名做傳統伊斯蘭打扮的女士說，不同於過去世俗菁英，艾爾多安尊重伊斯蘭，讓土耳其穆斯林重獲尊嚴。

可是，這正是外界與土耳其世俗派擔憂之處。艾爾多安在國內不斷推出伊斯蘭化政策，二〇一三年解除官方禁止女性在校園佩戴頭巾的禁令，又規定晚上十點後商店不得出售酒精飲品，同時批評稱節育不符合伊斯蘭教法。最讓世俗派不安的是，清真寺和伊斯蘭學習中心愈來愈多，甚至把伊斯蘭課列為全國中小學必修課程。

這方面，伊斯坦堡的城市菁英比安卡拉更為敏感。

「看！」我和一位土耳其文化界朋友馬曦爾，在伊斯坦堡市中心的塔克西姆廣場（Taksim Square）閒逛時，他突然指向正在興建中的建築物說，這將是一座清真寺。這樣的工程在城中不難見到。他說：「總統認為這個廣場有基督教教堂，不行，一聲下令，就蓋起清真寺來。」友人擔憂，做為世俗化橋頭堡的伊斯坦堡，會被賦予過多的伊斯蘭面孔。

對外，艾爾多安取消了波斯灣遊客的簽證要求，鼓勵他們前來土耳其欣賞偉大的建設。因此，在具有現代城市文化標誌的塔克西姆廣場，歐洲遊客少了，取而代之的是大批阿拉伯旅客，當中不乏一身黑袍的女性。馬曦爾不時提醒我，她們不是土耳其婦女。觀察家則直指，這是總統欲與阿拉伯國家加強關係的舉措。

馬曦爾老家就在附近地區，他對我說：「我爸爸那個年代，前來塔克西姆廣場，都會盛重其事地穿上西服，就像赴宴一樣。這是中上階層愛消遣之地，現已今非昔比。」

由於小時候是在這裡度過，見證了這個廣場地區的滄海桑田，他撰寫過一本以回憶文體做為寫作方式的小書，又以畫作記下這裡的變遷。

塔克西姆廣場豎立著共和國成立五周年時的環型紀念碑，緊鄰獨立大街的行人專區。另一邊則是蓋齊公園（Gezi Park），這一帶過去曾上演無數激動人心的事件，從足球賽事的歡呼到示威抗議的吶喊，而二〇一三年全國大示威便是在蓋齊公園展開。馬曦爾說起當時情景，仍然心情起伏，「那時候，整個公園布滿抗爭者的帳蓬，日日夜夜守在這裡，守著共和國的精神。」

馬曦爾形容這是一場民眾與政府的拔河賽。蓋齊公園的示威引爆點，雖以力保公園不被強行改建成商場，實際上是大家都覺得總統想成為「蘇丹王」的企圖太明顯。遂藉此表達他們對總統的不滿，這正是標誌著土耳其城市世俗菁英與艾爾多安伊斯蘭派系的一場決戰。

當時國際媒體都把該場土耳其反政府大示威，與「阿拉伯之春」相提並論，結果土耳其軍警殘酷鎮壓，導致數百人死傷。現在公園又歸於平靜，但馬曦爾指著他的胸口表示，「此處傷痕未去。」

在他的指引下，我跑到廣場的某一條小街，它正好與獨立大街平行，舊建築櫛比鱗次，當中有一棟古老民房，土耳其少數仍然存在的獨立網媒T24的辦公室便坐落於此，其年輕總編就曾參與蓋齊公園的抗爭行動，這場行動也啟發他加入T24捍衛自由。

T24編採人員不到十人，捐款有來自本地及歐洲團體和個人，至於為何成為不被打壓的少數，總編聳聳肩，說：「我們都是有一天努力做一天，天曉得哪天我們會遭消滅！」我們坐在陽台上，美麗的城市景致就在眼前。總編喝了一口茶，慨嘆大家都預想不到土耳其將來的命運。他說，其實自艾爾多安於二〇〇二年創建正義發展黨（AKP），然後執政以來，土耳其對外政策已出現新的起點。這可從土耳其伊斯蘭事務的權威機構宗教事務局「迪亞奈特」說起，時任局長的麥赫邁德．戈邁茲在就職演講這樣說：「本人將根據原則精神致力於服務全世界的穆斯林，全球被壓迫的民族和所有穆斯林少數民族。」

這可謂是一巨大轉變，因為凱末爾的現代化項目，首先就是放棄領導伊斯蘭世界的幻想，並苦心扭轉宗教干預政治的傳統，可是現在凱末爾主義卻處於花果飄零的危機中。

不過，凱末爾主義並非現在才衰落，根植於土耳其傳統社會裡的伊斯蘭勢力，一直不滿凱末爾過度去伊斯蘭化的政策，他們堅決反對取消阿拉伯文字母改以拉丁文拼寫的文字改革、反對用土耳其語舉行祈禱儀式和禮拜、堅持用阿拉伯語誦讀《古蘭經》及伊斯蘭規條與裝扮，伊斯蘭勢力自建國以來都未曾放棄復辟之意。

當做為凱末爾繼承人的共和人民黨在多黨制中落敗，加上凱末爾主義守護者的軍隊亦無法再以政變手段打擊伊斯蘭勢力，而讓艾爾多安在二〇〇二年登上總統之位。他配合當時資本主義全球化，大力推行自由化市場經濟，帶領土耳其經濟進入黃金十年，有「安那托利亞之虎」（Anatolia tiger）的稱號。他也穩固地建立其強人形象，令世俗菁英難以制止他不斷削弱土耳其制約伊斯蘭化的機制，這包括國會、媒體和軍隊。

他在位十多年後，如今更是變本加厲。一位安卡拉大學的學生私下對我說，現在能留在大學的教授已不像過往那般敢公開在媒體上批評政府；過去一年來，總統更是對自由派媒體進行清剿，以致現有媒體幾乎清一色地站在政府這邊，國會也受執政黨ＡＫＰ

主導。至於軍隊，二〇一六年政變流產後，艾爾多安大規模整頓軍隊，已讓這個凱末爾主義守護者名存實亡。

從葛蘭運動到獵巫行動

孰料一場流產政變，隨之而來的卻是一場大規模的政治清洗行動，並以國家安全名義進行。

「眼看著上司同事被逮捕扣留，我會想，那何時會輪到我？是否該在惹上麻煩前及時離開？」就這樣，這位土耳其中學老師穆斯塔法（化名）在政變後隔週，便倉皇踏上「逃亡」之路。

還有他一旁的友人薩林（化名），他們千叮萬囑，不要洩露其姓名所在位置，顯得非常緊張。因為僅是在政變後一個月內，遭解僱或扣留的，光警界有八千八百人、軍隊有一千七百人、司法部門兩千七百多名法官受影響，教育界更是驚人，總共有四萬兩千七百六十七人，傳媒也是重災區，共一百三十間報社、電視台、出版社強迫關閉。

遭關閉的不僅傳媒，還有醫院三十五間、中學和大學共一千兩百八十四間，連銀行也無法倖免。聽聞數字還在上升，他們全被指控與葛蘭的「志願服務運動」(Hizmet movement)有直接或間接關係。而葛蘭現正在美國自我流亡，是一名伊斯蘭蘇菲派教士。

「志願服務運動」是從葛蘭思想所衍生的實踐行動，在社會不同領域實踐葛蘭的信仰哲學主張。葛蘭自上世紀六〇年代以來，對外一直高舉溫和伊斯蘭的旗幟，強調現代化教育和科學的重要性，又倡議與人權、民主、跨信仰及跨文化對話，以還伊斯蘭真正的面貌。因此，建校推動教育和透過公民社會展開對話，成為世界各地追隨者的核心工作，其中也包括香港和台灣，有評論視其為一場伊斯蘭復興運動。

由於葛蘭追隨者在土耳其遍及各公共與私人領域，逐步形成具影響力的系統網絡。艾爾多安早年上位時便是仰賴與葛蘭及其網絡合作來鞏固權力，繼而感到其對政權的威脅，反過頭來進行打壓，指控他們在搞平行結構、國中之國，必須除之後快。

穆斯塔法回憶道：「政變平定沒幾天，我返校上班，怎知大門緊閉，數位軍警把守，他們告訴我，學校已被政府下令關閉，任何教職員全都不得進入，而我留在校內的物品也不能取回。最慘的是，我的畢業證書在學校裡，隨後我們的教學執照也被取消。」七月二十三日，他收到校長的手機短訊，正式通知學校停止運作，工資至今沒有發放。

至於薩林，他是銀行家，服務的「亞洲銀行」(Bank Asia)主要以伊斯蘭金融體系為主，在土耳其境內四十九間銀行中排名十三，共有兩百八十家分行、五千兩百名職員、三百萬名客戶，政變後被迫暫時關閉，所有帳戶遭凍結，不得提款。

原來薩林與一批同事早於政變前一年十一月就已遭解僱。而在此前一年的一月份，當艾爾多安結束日本訪問之際，致電財政部，表示回來後要見到亞洲銀行的鑰匙放在他辦公台上。他指控該銀行的大股東們與「服務運動」有關，而銀行內的職員則被懷疑是葛蘭系統的人。

薩林承認自己欣賞葛蘭思想，成為他生活道德標準，但是不曾參與政治，只是一名普通的銀行家，想不到被解僱後便受排斥，未能再獲其他銀行聘任。

換言之，艾爾多安的整肅舉措早於政變前就已展開。微妙的是，葛蘭卻罕有批評艾爾多安鎮壓蓋齊公園示威的作法，後者本來與前者亦師亦友，但不和傳聞卻逐漸浮出水面。而艾爾多安更直指葛蘭是流產政變的幕後推手，讓土耳其的局勢轉向變得詭異。看來，當中除了有不同陣營的鬥爭，也有同一派系的內鬥。

先不談他們是否涉及政變，現在的問題是，艾爾多安如何界定某某與「服務運動」有關係，直接關係是什麼意思？間接關係又是什麼意思？有土耳其人指出，他們正活在一片獵巫的白色恐怖裡。

穆斯塔法指出，只要你上過「服務運動」開設的學校、在「服務運動」主辦的醫院內打過工、曾訂閱「服務運動」出版的雜誌及與「服務運動」合作辦活動的其他組織，一律成為

「嫌疑犯」；只要你被貼上與「服務運動」有關標籤，隨時會面對被扣押的危險。

穆斯塔法又說，在總統命令下的多數遭解僱者，都無法找到另一份工作，不少的家庭生計慘受牽連；最要命的是，其銀行戶口亦有可能受到凍結，特別是那些被指控與「服務運動」有關的銀行關閉後，客戶遭池魚之殃，哭也與事無補。

據估計，在土耳其，葛蘭的追隨者和同情者約莫兩百萬人，因此這場大清洗受牽連者為數眾多。事實上，艾爾多安的清剿已從國內擴及至全球。他把葛蘭網絡定調為「恐怖組織」後，便呼籲全球政府起來行動，關閉他們興建的學校。

就我在中亞的觀察，葛蘭網絡的學校自中亞脫蘇獨立後，在該地區特別活躍，並成為優質教育的標竿。現在艾爾多安卻向這些中亞威權國家領導人說，葛蘭運動威脅他的政權，同樣也會對他們的權威有潛在性的威脅，必須盡早打擊之。

結果，從中亞到高加索的威權政府，隨之對在地葛蘭網絡進行一輪肅清行動，與葛蘭網絡有關的學校全部被勒令關閉，抑或由政府接管，校內的土耳其籍教師遭驅逐出境，中亞地區僅哈薩克未有跟隨。

事實上，葛蘭及其網絡不是沒有爭議的。葛蘭雖旅居美國，但美國政府並未應艾爾多安的要求將其引渡回土國，據「維基解密」一份機密文件指出，美國國務院內部形容葛蘭，在溫和包容的口號背後，其實是位不尋常的「伊斯蘭主義者」，企圖以教育及在各領域的影響力，來推動他的伊斯蘭議呈，而這種有關葛蘭的陰謀論在西方媒體甚為流行，有人更是以「異端」來形容他，從中反映西方對伊斯蘭復興運動的步步為營。

土耳其國內也有世俗派人士形容葛蘭網絡為神祕力量，就像「共濟會」。有土耳其社運界人士指葛蘭網絡多年來在土國掌控不少公營部門，不是他們的人，你很難有升遷機會。是耶？非耶？

現在，「志願服務運動」已被土耳其政府定調為恐怖主義組織。只要你走進書店，就可看到多本新書以葛蘭為題材，大字標題指其為恐怖分子。與此同時，非葛蘭主義者的世俗左翼陣營也一併遭殃。

「我們不是葛蘭追隨者，反之是其批評者，怎麼一樣遭無理解僱？就只因為我們過去批判艾爾多安走向獨裁的左翼立場！」

我在首都安卡拉採訪了兩位為了抗議政府剝奪他們的工作權，自二〇一七年初便無限期絕食的土耳其老師Nuriye Gulmen和Semih Ozakca，他們無所畏懼地表示屬於左翼組織，致使受政府打壓。因此，即便後來他們異常虛弱，躺在醫院病床上，徘徊在死亡邊緣，政府仍無意與兩位教師對話，反之拘捕他們的父母，迫使其停止絕食。

無論是葛蘭的追隨者，或世俗派知識分子，又或是左翼政治人物，有為數不少者都想逃離土耳其。當我重訪伊斯坦堡，欲再見前述的土耳其女作家烏素娜，卻被告知她已離開。

在安卡拉市中心某人行道上，有一大塊紅色長木板上寫著「街道屬於人民」。當政變發生時，不少人上街向政變說不。一名曾參與反政變街頭示威的年輕人多次向我強調，他們上街是為了國家，不是為了總統，卻讓艾爾多安借勢以英雄形象出現，迅速打擊政變立功，企圖贏回民心，再以穩定壓倒一切，因人民在恐懼中對穩定有極大渴求。

總統始終拿不出葛蘭政變的真憑實據。究竟是誰發動的政變？民間社會莫衷一是，真相始終是個謎，有人甚至直指是總統自編自導的把戲，目的在剷除政敵、削弱軍隊，鞏固並擴張自己的權力。

可是，隨之而來的修憲公投結果顯示，百分之五十一支持，百分之四十八反對，票數差距比政府預期中相差甚遠，大城市如伊斯坦堡、安卡拉、伊茲米爾，反對票更是占多數。被視為艾爾多安起家的大本營伊斯坦堡選區，即便總統在投票日親自坐陣，仍未能爭取更多支持票，這是否已反映艾爾多安的民意基礎並不似他所想像的牢固？這無疑是一場慘勝。

魂牽夢縈強國夢

無論如何，公投通過後有人快活有人愁，不過大家都認為，土耳其從此不一樣了。艾爾多安全力改變土耳其國內的政治版圖，帶出土耳其模式的第二階段，以前是往西跑，現在則是向東走。當加入歐盟無望及歐洲經濟下滑，即使如願加入但利益已遞減，倒不如尋回在伊斯蘭世界的角色。艾爾多安不畏言的公開表示，土耳其不再需要歐盟，並向美國提出「我們要做自己的主人」。

多年來，土耳其建構歐洲身分的努力，不時遭到國內兩股曖昧的泛伊斯蘭主義和泛突厥主義力量的挑戰。當然，歐盟對土耳其成為歐洲大家庭一員的態度，始終是欲迎還拒，不願放棄也不願接納。一方面，土耳其對歐盟有著十分突出的地緣戰略位置，無論在經濟、安全、政治等領域，都存在著廣泛和重要的利益關係；另一方面，雙方卻在歷史、文化和宗教信仰上存在著明顯差異，以致土耳其在融入西方文明的追求上，充滿困惑與艱辛。

在與土耳其人論及於此時，他們心裡都滿含委屈，於是讓民族主義有機可乘，信仰成為身分的寄託。艾爾多安近年來經常強調民族自信，並有意推動泛突厥主義，藉此擴大土耳其的勢力。事實上，土耳其民族主義者一直視土耳其為一切突厥語系族群的祖國，當中包括新疆的維吾爾族。艾爾多安政府向他們拋出橄欖枝，使得中國不時抗議土耳其與疆獨的曖昧關係。

在伊斯坦堡有一個維吾爾族社區，有次我甫進入便有維族人上前詢問，「妳是漢族嗎？」當我點頭時，即招來憤怒的目光，活像不揍上一頓難以消氣似的。土耳其人視維族人為突厥語大家庭裡的兄弟姊妹，尤其自艾爾多安上台後，便有不少維族人湧到土耳其來，還有來自中亞的突厥語系人，都可在伊斯坦堡街頭碰到。

當鄂圖曼倒下，「大突厥帝國」便是一個矇矓的夢。在這個矇矓的夢想下，強人政治是不二之選。

現今在土耳其，走到哪都無法逃避總統艾爾多安的肖像，似乎要告訴大家，透過贏得修憲公投後，他已逐步成為握有更多權力的大總統，正如與其肖像配搭的口號，「你是土耳其，要有膽大的夢想」，這與美國總統川普在競選時高呼「要讓美國再次強大」，有異曲同工之妙。

除了肖像和口號外，大家還可能留意到，土耳其國旗比以前更多、更醒目地在空中飄揚。這面旗幟的一抹紅映照著大街小巷，在猛烈的陽光下變得非常熾烈。而在旗幟上的中間偏左，卻有一彎白色新月和一顆五角星，或許能柔化剛強的紅吧。

外人來到土耳其，不免感覺奇怪，為什麼隨處可見土耳其國旗，且特大幅懸掛，似在耀武揚威的提醒人民愛國精神的重要。

國父凱末爾的肖像亦不遑多讓，其建國時可能也喊著與艾爾多安相同的口號，可是相比之下，前者已是歷史的過去式，人們對他做最後的禮敬。

西化的方案已漸行漸遠，取而代之是艾爾多安的伊斯蘭方案。儘管土耳其經濟面對不少問題，不過，艾爾多安仍欲做出一大膽實驗，現代化不需要走西方的路，他看中了正在崛起的中國。土耳其政府提出「中間走廊」(Middle Corridor)的倡議，以對接中國的「一帶一路」。艾爾多安向外界介紹，「中間走廊」的目標是通過土耳其將歐洲、中亞和中國連在一起，沿途經過喬治亞、亞塞拜然、裏海、土庫曼、哈薩克、烏茲別克、阿富汗、巴基斯坦，最終抵達中國。

事實上，艾爾多安早有「中間走廊」這個構思，做為他「強國夢」的主要政策。這走廊除了對接新絲路外，更可成為重要的能源運輸管道。雖然土耳其本身並非產油國，但過去土耳其就是靠著做為東西方輸送能源、石油的橋梁，在國際間擁有極高的話語權，其中的利益呼之欲出。

想不到，入不了歐盟的土耳其，卻一步一步來到了「一帶一路」，帶著「強國夢」與「中國夢」會合。過去以西方為中心的國際貿易市場上，土耳其僅是個邊陲國家，如今在「一帶一路」上將再度走回中心的位置，土耳其對此充滿期待。現在土耳其各大城市到處在大興土木，迎接新時代的來臨，但是仍不無挑戰，特別是維吾爾族的問題，處理不好勢必成為其與中國兩者關係的障礙。

事實上，土耳其曾是古絲路的重要驛站，特別在東南部的美索不達米亞平原及兩河流域（幼發拉底河與底格里斯河）地區，絲路的復興為這片寂寞的土地帶來盼望。

說它寂寞，也的確是。東部長期受到忽略，發展極度不平衡，貧者愈貧，富者愈富，土耳其西邊的城市有不少人從未到過東南部，也無意前往了解，對他們而言，那是個陌生遙遠又貧困落後之地，更是庫德人聚居區域，庫德游擊隊就盤據在當地的深山裡。再加入敘利亞內戰爆發，難民湧至，伊斯蘭極端組織勢力擴展到土耳其東南部邊境一帶，局勢動盪不安。

東邊與西邊大相逕庭，儼如存在著兩個土耳其。可是，復興古絲路卻又避不過土耳其東南部，這裡的駱駝鈴聲早已準備作響。但，有人開始懷疑，從「一帶一路」到「中間走廊」，滿途風險，能否成功仍是個大問號，畢竟敘利亞一場戰爭就已讓土耳其不得面對許多不確定因素。再者，「中間走廊」路線包括俄羅斯勢力範圍的高加索地區，當中的亞美尼亞，在鄂圖曼帝國晚期慘遭滅族屠殺（見附錄二），使得後來的土耳其也背上這個罪名，雖然兩國最終在二〇〇九年關係正常化，但隔年美國國會卻舊事重提，要求定調為「種族屠殺」，痛苦的歷史記憶再次纏擾著土亞兩國的感情，這會否成為土耳其往東走的其中障礙？

東南部：另一個土耳其

二〇一七年的夏天，我從伊斯坦堡先飛抵東南部與敘利亞接壤的邊境城市加吉安特（Gaziantep），一探究竟。土國最大的敘利亞難民營就在這裡。鄂圖曼帝國時，加吉安特原屬敘利亞阿勒坡的一部分。現在，阿勒坡難民視這裡為第二故鄉，到處可見敘利亞人。

如果沒有邊境的話，從加吉安特開車到阿勒坡市中心，只要兩小時車程。因此，有不少外國的獨立記者，便以加吉安特為基地，方便進出敘利亞採訪。敘利亞反對派亦在這裡成立敘國臨時政府，只要現政權一倒台，他們便可即刻返國執政。

當然，聖戰組織也會跑到這裡來從事特務活動。他們一般不會打正旗號，而是以營運教育中心或社區中心來做身分掩飾。但土耳其的情報機關同樣不是省油燈，他們在此的反恐行動來得特別狠。看來，加吉安特真是個龍蛇混雜之地，媲美間諜電影《北非諜影》（*Casablanca*）。不要以為它位處邊陲的小城，它原是土耳其第六大城市，都市化頗深，擁有成熟的工業園區，是東南部的工業及經濟中心。

來到此，你要能抵受八月的熱力，下午氣溫總是在四十度上下，一外出太陽便如熨斗般燙在身上，陽光刺眼，走不到五分鐘，便得找個有空調處休息一會兒。

這裡並非處處有空調，民居更不用說，他們連風扇也沒有，只會在庭院的樹蔭下乘涼，不然就乾巴巴熱著，任由汗水從額頭滴落。

對我而言，最難忍受就是在酷暑時還要吃烤肉。在這個城市，到處是烤肉餐廳，沒別的選擇。令我想起某年夏天在巴格達，溫度比這裡還要高出十度，酒店附近只有一間小餐館，獨沽一味烤肉串，客人說出要多少串，隨即就會在你面前烤，炭爐擱在你面前，沒空調，地方擠迫，估計室溫高達六十度。我的天，宛如在十八層地獄接受火刑。

我告訴這裡的朋友，他們一陣大笑，指我不應拿加吉安特做比較。加吉安特有不少公園，綠意盎然，而且太陽走了，微風馬上來。

我和朋友邊走邊聊，經過一棟小樓房，大門深鎖，在門上貼有各種各樣的標語字條。友人說，這原是個教育活動中心，後來政府發現背後的主事者與極端組織「伊斯蘭國」有關，旋即拉人封樓。二〇一六年這裡就發生過「伊斯蘭國」襲擊一場庫德族婚禮，死了五十多人，傷者也有百人。其後，該組織又襲擊當地的警察總部，讓這個城市成為「危城」。

這裡不僅是「伊斯蘭國」在阿拉伯地區外的盤據地，也是敘利亞反對派自組的臨時政府總部所在，他們有總理及各部門部長。我欲登門拜訪，試想能做個訪問。友人立刻出言阻止，指他們對外人相當敏感，即使土耳其媒體亦難接近。現在，他們索性表明只接受阿拉伯媒體的訪問。

不過也有消息指出，這些反對派四分五裂、醜聞不斷，連流亡政府也因資金缺乏，付不起總部租金，使得「總理」與各「部長」只能在自家工作，瀕臨解散。

無論如何，在婆娑樹影搖曳間，這座城市還隱藏著多少詭異組織和故事？有西方媒體曾出現這樣的標題「加吉安特：從絲綢之路到聖戰之路」，指伊斯蘭激進組織在這個城市有不少同情者。當地一名土耳其記者向我解釋，東南部教育和資訊相對落後，居民未必知曉「伊斯蘭國」的所作所為，加之該地區較為窮困，人們就這樣在「伊斯蘭國」的積極「傳教」下容易被洗腦。特別是近年大量敘利亞難民湧入，他們首先落腳於東南部，活在貧窮線下的難民成極端組織的招攬對象，然後再滲透到各階層。

敘利亞難民的確困擾著這個城市，他們占了該城四分之一的人口。再加上聖戰組織的存在，令外界有不安全的印象，除嚇壞旅客外，也嚇退了投資者。

一名酒店老闆頻向我抱怨說，加吉安特原是旅遊勝地，也是聯合國教科文組織（UNESCO）認證的「美食之都」，當地烤肉菜式（kebap）首屈一指，相當受遊客歡迎，更吸引了世界各地廚師前來取經。可是，自敘利亞戰爭爆發後，這裡便一直活在敘利亞的陰影裡。首當其衝的自然是與旅遊相關的行業。他表示，過去兩年發生過兩次襲擊，且不是針對遊客，卻也因此讓不少遊客取消行程。

老闆問我，在這裡是否感到生命安全受威脅？我搖頭，老闆隨即附和說：「對，我在這裡居住多年，生活如常，從未如美國或西歐媒體所描繪的恐怖，西方對這裡的報導實在太誇張了。」

自問我在這裡也沒有大問題，難道正如武俠小說作家古龍所說，最危險的地方反之是最安全的地方？一位在加吉安特工作的國際救援人員B君表示，沒錯，加吉安特被有些敘利亞聖戰組織視為隱居處，又或做為在外基地，正因如此，他們在此地行事相當低調，不想打草驚蛇，引來政府加強反擊。

B君又說，在大街小巷可能隨時碰上敘利亞反對派成員，但是很難碰上聖戰組織成員，他們基本上多留在室內不出門，日常食物和用品會由當地支持者代勞，儼如宅男。他們等待的是上頭發出的執行任務。不過，這聽起來也足以嚇人了。

聽聞從西方來的「伊斯蘭國」同情者，就是被安排到這裡，等候時機進入敘利亞「伊斯蘭國」勢力範圍。

我遇到一名突尼西亞遊客，他告訴我，突尼西亞政府對加吉安特特別感冒，對於來訪過的國民，返國後便隨時會被扣查問話，為什麼？由於過去數年約莫四千名突尼斯年輕人來到這裡轉至敘利亞，加入「伊斯蘭國」，這讓突尼西亞政府對加吉安特不免緊張。

不過，這裡的居民生活作息如常。穿梭於加吉安特老城的大街小巷，可見工匠們正辛勤打造手中的銅鐵工藝製品，聽到叮叮噹噹的聲音此起彼落；掛在庭院商店的絲製圍巾隨風飄揚、五彩繽紛；還有市集（bazzar）的各種香料和堅果，嗅到的盡是古絲路的味道。可是，幾許繁榮，多少衰落？在這個非庫德地區的加吉安特，人民在窮困中卻仰望政府的強人政治，期待艾爾多安這「安那托利亞之虎」再次飛躍，帶領國家走出困境，一切從絲路復興開始。

復興古絲路的盼望

「絲綢」的土耳其語叫Ipek，這個字在土耳其各地隨處可見，土耳其人深諳古絲綢之路，加吉安特更有一條名為「絲路」的公路，有趣的是，這條公路中間有一隊駱駝馬匹商旅的石頭雕塑，重現古代絲路的情景。

一位曾在某外國領事館商貿處工作的土耳其朋友奧斯姿（Ozge），她選擇從伊斯坦堡搬到加吉安特來，並且辭掉領事館的工作，與朋友拉美．沙瓦克（Rami Sharrack）計畫協助在這裡的敘利亞難民創業。沙瓦克本身是非政府組織「敘利亞經濟論壇」（Syrian Economic Forum）的執行經理。

奧斯姿說，在土耳其收容的三百萬敘利亞難民中，有能力開店做小買賣已算幸運了，有更多只能苟延殘喘，流落街頭行乞。我在伊斯坦堡旅遊區經常會碰上一群又一群的難民向遊客乞討，奧斯姿表示難民在加吉安特的生活更是苦不堪言，土耳其政府沒能力對每一位難民提供照顧，他們的處境可謂是自生自滅。

「毋寧坐以待斃，又或伸手等待救援，不如就為自己創造機會吧！」奧斯姿得知沙瓦克有這個計畫，願意貢獻自己在商界所長，為難民尋找創業的機會。她說，難民不一定是社會的負累，也可成為收容國的經濟資產。讓他們擁有奮鬥的目標、生活得到保障，這才是對抗極端思想的最好方法。

「貿易區代替戰爭區」便成為他們的口號，這也是艾爾多安對外推銷「中間走廊」時所展示的願景。奧斯姿指敘利亞有好些邊境城市已從極端組織解放出來，局勢漸趨穩定，有非政府組織正研擬該如何重建經濟活動，首個實驗城市是哲拉布魯斯(Jarabulus)，將成為對外的貿易區。

另一方面，滯留在加吉安特及其他土國邊境城市的敘利亞難民，已迫不及待出現回歸潮，陸續返回被解放的哲拉布魯斯和阿勒坡。訪問當地難民時，他們對敘利亞政權和反對派同表失望，但流亡在外又無以為繼，加之部分城市戰事已歇，願意先行回國。不過，回國的多是婦孺和老人家，男丁因害怕回國後被迫參軍，還是選擇留在土耳其。

土耳其老百姓對自家國境內這批龐大的敘利亞難民，不是沒有抱怨。加吉安特當地人把不斷攀升的通漲歸咎於難民推高需求，連房屋都供不應求，租金暴漲。最重要的是，他們感到社會較過去複雜。

不要忘記，伊斯坦堡早就是敘利亞反對派的基地，多場大型會議都在這裡舉行。走在伊城街頭隨處可見敘利亞人。首都安卡拉有一個敘利亞城，伊城也有，而且不只一個。

有天，我在伊斯坦堡市中心不經意進到阿拉伯難民聚居處，敘利亞人占多數，其次伊拉克人和少部分非洲阿拉伯國家難民，他們有些租用小店鋪經營小生意，見到我友善邀請到他們的店鋪喝杯茶。

一位土耳其朋友告訴我，伊斯坦堡市中心也因這些敘利亞難民而有所改變。以前他喜歡每天固定前往的某家小咖啡店，現已變成一間由敘利亞難民經營的香水店。此外，這一帶近年出現一間又一間阿拉伯店，土耳其商店反變成少數。朋友說話時不無感嘆。

不過，能有點資金做些小生意的敘利亞難民不算多數，正如前述，有不少生活在貧困邊緣，孩子則淪為童工。土耳其政府只管接收，卻缺乏資源與動力照顧。有救援組織甚至透露，政府以政治立場來甄選難民，難民會被問到他們對敘國總統的態度，反對的可留下，支持的請離開。

因此，有觀察家認為艾爾多安接收敘利亞難民，並非全出於人道精神。早於內戰爆發前，他已讓敘利亞反對派在土耳其活動，而他更是積極介入阿拉伯事務，從堅定要推翻敘利亞阿薩德政權，進軍伊拉克，到聲援受沙烏地阿拉伯和美國等孤立的卡達，並在該國建立軍事基地，評論指這是出於艾爾多安的泛伊斯蘭情結。自與歐美盟友不和後，他重返中東的意圖，再明顯不過。

在大中東地區的伊斯蘭世界中有三大勢力：以突厥民族為主的土耳其、阿拉伯民族為主的阿拉伯地區和波斯民族的伊朗，前兩者雖同為遜尼派，但阿拉伯人自視為伊斯蘭正統，曾受鄂圖曼統治，對土耳其保持一定距離，因此什葉派的伊朗更不用說了。艾爾多安的泛伊斯蘭主義，重拾鄂圖曼的榮光，可謂是明知不可為而為之。

或許這是土耳其地緣政治的詛咒，當把腳踩進阿拉伯地區的鬥爭漩渦裡，其命運便與之擁抱在一起。敘利亞難民現象成了土國的新常態，而「伊斯蘭國」的困擾亦無法擺脫，直至他們被消滅為止。他們要從「黎凡特」地區開始，再建阿拉伯帝國的美夢，同時也帶來禍端。

「黎凡特」（Levant）一詞在中古法語裡，即指太陽升起的東方。其實它是個不太清晰的地理名稱，簡單說就是「義大利以東的地中海土地」，大致包括中東托魯斯山脈以南、地中海東岸、阿拉伯沙漠以北和上美索不達米亞以西的一大片地區，後者就是在兩河流域間形成的半月彎，有「肥沃月彎」（Fertile Crescent）之稱，這是古絲稠之路的傳統路線，在鄂圖曼帝國時期更擔任著東西方重要的經貿橋梁。

國族主義的煩惱

從加吉安特走進「肥沃月彎」地區，其實不遠，當地人主要以小巴穿梭於該區各城市。往東去，行車時間大約兩小時，便可到達有「先知之城」稱謂的尚勒烏爾法（Sanliufra），這裡位處幼發拉底河上游，土耳其在一九九〇年為發展東南部的農業和經濟，便在上游建起西亞最大的阿塔圖克水壩，通過大壩的高壓提灌改道得到水利灌溉，滋潤著從尚勒烏爾法到哈蘭平原（Harran plain）、再往敘利亞邊境一帶的乾旱之地，灌溉出一個又一個的耕地。

司機沿途為我講解水霸如何改變了原有的生態，但是流向敘利亞和伊拉克的河水流量卻因而改變，造成兩國出現缺水現象，引來抗議。

「中東的水資源一向珍貴，而土耳其正好掌握了主要的水源。在政府的計畫中，他們要在幼發拉底河及底格里斯河流域建造二十一個水壩，到時水資源便成為土耳其可供販售的商品，成為水資源大國。」司機這樣說，他是名庫德人，原來也是一名社會活動家，不少外國記者來到這裡，都會找他做嚮導。他還告訴我，土耳其政府要在底格里斯河畔的哈桑凱伊夫（Hasankeyf）這個傳統庫德城市蓋水霸，使其有被淹沒的危險，政府的目的就是要把庫德人搬走。

這一帶的庫德人都這麼相信，他們與土耳其政府始終存在著緊張關係。說到庫德族的問題，的確非常複雜和棘手。二〇一七年十月伊拉克庫德族自治區在國際社會反對下，堅持舉行獨立公投。自治區政府表示，如不容許公投，便只有浴血戰。這讓土耳其政府大為緊張，惟恐境內庫德族的獨立議題再度死灰重燃。

翻看歷史，庫德族立國的問題已紛擾近一世紀。首先，庫德族在中東地區，乃是繼阿拉伯人、波斯人、突厥人後，第四大民族，共三千萬人口之多，散居於現今的土耳其、伊朗、伊拉克和敘利亞。在第一次世界大戰結束後，原有機會建國，因戰爭時協約國曾向他們做出許諾，其後更簽訂條約，容他們獨立公投。可是，戰後英國與法國在鄂圖曼帝國瓦解時祕密對西亞進行瓜分，激起土耳其民族主義者強烈不滿，爆發獨立戰爭，以致庫德公投條約遭到廢除。

一戰後，凱末爾在鄂圖曼帝國的灰燼上推行一國一族。但是問題來了，分布於東南部的庫德族怎麼辦？

可是，由於庫德人的土地在戰後的版圖變遷中，已融入眾多被國際社會廣泛承認的主權國家之內，如土耳其、伊朗、伊拉克和敘利亞，要再創建一個獨立的庫德國家，勢必影響既存國家的領土完整，過去國際主流輿論以反對任何在非殖民化進程後重繪地圖者居多，儘管庫德人在其宗主國飽受打壓，成立自治區已成為底線。

可是自凱末爾建國以來，土耳其政府一直採取高壓的民族政策，激發庫德地區的分離主義。當上世紀六、七〇年代左翼思潮湧現，東南部地區在一九七〇年亦催生了一個以馬克思列寧主義和庫德民族主義做為意識形態基礎的「庫德工人黨」(PKK)，主張武裝革命，建立一個獨立的社會主義庫德人民族國家，這包括土耳其東南部、伊拉克東北部、敘利亞東北部和伊朗西北部。

自此，土耳其政府與PKK戰鬥不斷，而PKK的暴力行為也被土國及西方定調為「恐怖組織」。直到一九九九年PKK首領阿卜杜拉．奧賈蘭遭逮捕，被判終生監禁，PKK才放棄獨立主張，轉而提倡民主聯邦主義，即爭取庫德地區高度自治。

可是，土耳其的庫德地區仍然暗潮洶湧，平靜過後往往又是新一輪的衝突，而該區首府迪亞巴克爾(Diyarbakir)，更是首當其衝。我在前往迪亞巴克爾之前，先從烏爾法到另一個庫德城市馬爾丁(Mardin)。

終於來到有「石頭之城」稱謂的馬爾丁，這裡的民房與公共建築清一色是以淡黃的花崗岩石砌建而成，充分表現出阿拉伯風格與敘利亞建築的特色，並保留有中古世紀的歷史厚度。

馬爾丁市中心位於山腰上，可俯瞰美索不達米亞平原、遠眺敘利亞邊境。這座古城混雜著不同宗教種族等多元文化，同時擁有最古老的基督教教堂和伊斯蘭清真寺。來到時將近日落，整座城市浸淫在黃昏和煦的陽光中，清風徐來，一洗剛才在小巴的悶熱。

我站在馬爾丁山頭上望過去，美索不達米亞平原一覽無遺，好似沒有邊際。在中小學歷史課裡，曾在課堂上聽著遙遠而複雜的美索不達米亞地區故事，都快睡著，不像現在竟有幸親眼目睹。此刻，感覺到這是多麼不可思議，有著時空交錯的幻象，心裡不禁激動起來。

這片「肥沃月彎」孕育了人類最古老文明的同時，在歷史上也是最血腥的遷徙路線之一，而這是否與其地理環境有關？我不想落入地理論，但由於河水造就平原的城市蓬勃發展，無可避免成為各部落的掠奪對象。他們在此爭水源、爭土地，打生打死，大小戰爭此起彼落。

弔詭的是，沿著兩河流域，王朝更迭。有歷史學家指出，美索不達米亞長久的動蕩不安，讓中央集權找到了它的位置。當各地部落割據，互相入侵對方的勢力範圍，企圖建立自己的王國，隨後統治者為求穩定，避免內部瓦解，便訴諸於獨裁專政體制，使得一個接一個的暴君出現，不斷大規模的驅逐異己。

此外，地理學家如十四世紀的伊本．赫勒敦亦加入解讀。他們又補充，美索不達米亞缺乏天然屏障來抵擋外侵，遂緩慢而痛苦地發展出具壓迫性的律法和官僚政體，以做為人工屏障，來確保統治者的權力不受動搖。再加上兩河不時氾濫成災，所發展出的複雜灌溉系統，必須有強大的中央政權來處理，而這都不會發生在尼羅河流域上。

如是者，美索不達米亞的地理特徵為專制和官僚集團埋下基礎條件。他們認為對於一個容易受到入侵和肢解的地區，專制成了不二之選。是耶？非耶？不過，這種決定主義論，多年來不無挑戰，但地理政治學或地緣政治近年又成為熱門話題。

我在馬爾丁入住一家叫「石頭」的小旅館，名如其館，石頭砌出的房間果然比外面涼快。對面有間兩層樓高的咖啡店，老闆告訴我，咖啡店這座建築物已有五百年歷史，請不要驚訝，在這裡所到的每個地方，石頭與歷史都交纏了數百年甚或一千年不等，石頭抵抗時間的耐力驚人。

人在這裡，可能會有一種「山中方七日，世上已千年」之感。懸在山腰上的市中心，只有一條街，大家互相認識，見面時熱情擁抱問候，或坐在路邊喝杯茶，一切來得如此平和。

不過，這也可能只是表象。在大街上一家文化咖啡店「暫頓」，幸好我進了這店歇腳，喝杯咖啡，不然就不會認識它的庫德族年輕老闆。

與老闆從電影、音樂、文學談到政治，少不了要把聲音壓低。在土耳其，我經常被提醒，周圍全是祕密警察。政治敏感啊，特別是庫德族的問題。

老闆告訴我，他的家鄉就在距離該城兩小時的哈桑凱伊夫一條村莊，多年前發生武裝對峙，政府軍與庫德工人黨（PKK）游擊隊打得死去活來，不少居民慌忙逃離，馬爾丁成為他們「暫頓」之所。嗯，我現在明白咖啡店名稱的由來，難怪店內從裝飾到音樂都非常庫德族。老闆表示，政府愈是想打壓他們，他們愈是要以這種方式抗拒遺忘，讓庫德族文化在每個角落都能夠生根。

此時，老闆的一位友人進來，他是庫德中青作家堯咸．高加錫（Ilham Gokce）。個人對庫德文學相當感興趣，但外界所知甚少。高加錫無奈表示，在所有受打壓的族群中，庫德文學最不為世界所知，因為他們在宗主國連以自己語言寫作都不被允許，甚至會惹來殺身之禍，更遑論出版呢？他們只能靠移居到西方國家的族人幫忙保留及推動。

「我們的文學乃是從黑暗中掙扎出來的……」高加錫的描述頗為貼切，他隨即念出知名庫德詩人Sherko Bekas的一節詩歌：

「我的名字是夢想，我來自魔幻之地，我父是山，我母是霧，我出生之年，其月份被殺，月份中的星期被殺，一天裡的時間被殺……」(My name is a dream, I am from the land of magic, my father is the mountain, and my mother the mist, I was born in a year whose month was murdered, a month whose week was murdered, a day whose hours were murdered.) (The Cross, the Snake, the Diary of a Poet.)

高加錫的庫德語如大珠小珠落玉盤，他們的語言有波斯的元素，難怪如此動聽。但在這樣高壓的環境下，光是念首詩也會讓人神經兮兮，土耳其政府近年放鬆了政策，庫德語不再是禁忌，但談到PKK，人們一定會向你「噓」一聲。馬爾丁的東邊是山峰叢林，是游擊隊隱沒的大本營，遊人止步。但其實這幾年遊人已止步於馬爾丁，加上敘利亞難民問題，美麗的「石頭之城」寂寞得詭異。

沒了旅遊業，失業飆升，人民生活更是艱苦。最受打擊的是年輕人，失去工作讓前途更是不明，每天蹲在路邊喝茶、與友人閒聊，抑或手拿一杯茶呆坐，不知該如何打發一天的時間。看似閒適，實則是計時炸彈，絕望的年輕人隨時成為激進組織招募對象。

夜幕低垂，我再度造訪「暫頓」咖啡店，並被邀請與一群NGO工作者喝酒聊天，當中有兩名來自敘利亞拉卡（Raqqa）的難民文化人。我們一聽到曾是ISIS大本營的拉卡，好奇爭相詢問他們在ISIS統治下的情況，有人還面露興奮，像等待有趣的天方夜譚似的。

其中一位對此表不滿，因對他們而言，這不是有趣，而是噩夢，一說起便泣不成聲。在昏黑的咖啡店天台上，我亦忍不住偷偷抹了把眼淚。一位國際NGO工作者得知我從尚勒烏爾法過來，好奇問我不怕嗎？據她所知，敘利亞聖戰者在尚勒烏爾法相當活躍，其實馬爾丁也不例外，不斷惡化的失業問題，讓激進組織有機可乘。

庫德族的死結

結束馬爾丁的旅程後，我繼續在土耳其東部遊走，終於來到迪亞巴克爾，這是東南部最大的城市，也是土耳其庫德族人口聚集之地，一直非常敏感。過去政府軍多次與庫德工人黨（PKK）在此激戰，二〇一七年那一場大規模衝突，甚至打到了市中心，民房受損，死傷慘重。

因此，陸路前往迪亞巴克爾，沿途要過檢查站，多處有軍人駐守。可想而知，這裡更是遊客絕跡、經濟凋零。PKK被土國定調是「恐怖組織」，但他們視迪亞巴克爾為抵抗中心，是他們想像中的「庫德斯坦」首都。

說到庫德斯坦（Kurdistan），伊拉克北部的庫德自治區，他們自稱「伊拉克庫德斯坦」（Iraqi Kurdistan），儘管伊拉克非常不悅，但伊拉克庫德自治政府已建立了他們的軍隊、有獨立的經濟體系，還有自己的一套外交政策，成為伊拉克的國中之國。

他們更在二〇一七年九月二十五日宣布舉行獨立公投。這對於伊拉克來說，無疑是個噩夢，政府剛從「伊斯蘭國」收復多個失地，現在又要面對庫德自治區獨立的問題。雖然過去也曾鬧過獨立，但這次自治區經過二〇〇三年伊戰後，因協助美國推翻薩達姆．海珊，而獲美國及以色列扶持發展，成為親美、親以的富強之地，如今羽翼已豐，再加上伊拉克中央政府積弱，他們咸認為是獨立的好時機。

本來按照現代世界中民族國家成為主流趨勢，擁有三千萬人口聚居在版圖相連的地區，實在有建國的理由，但就如前述，國際社會並不支持庫德族建國有其理由。加上庫德地區深處西亞內陸的高山上，高山的阻隔難以強化凝聚力，連交通發展都不易，無法成為一個核心區。

最要命的是，周邊的強勢國家各取其戰略的所需，畢竟庫德聚居區域分布於安那托利亞高原（土耳其）、伊朗高原（伊朗）、兩河流域（伊拉克）及南高加索等地最具地緣戰略的交匯位置，誰都不願意放棄自家境內的庫德地區，使得這個民族成為世上最悲情的民族之一，不斷被出賣。在這個處於地緣夾縫中的大中東地區，庫德可謂是處於夾縫中的夾縫。

可是，在民族國家形成前，中東一帶的人民多以宗教信仰為身分屬性，例如大名鼎鼎的薩拉丁（Saladin，一一三八－一一九三），他是埃及阿尤布王朝的首位君主，頭銜是蘇丹，本身是庫德族人，他以極大的勇氣謀略擊退從歐洲東來侵略的十字軍（羅馬教廷默許的軍隊），其後在歷史中他被視為是伊斯蘭世界的英雄，並未強調他的所屬族群。

鄂圖曼帝國瓦解後，西方殖民者在中東地區強行劃界，分裂出多個民族國家，阿拉伯人之下再細分不同族群，而土耳其人又獨享安那托利亞高原，新生國家紛紛以民族主義口號來凝聚國力，弱勢的庫德族受到擠壓，又遭到西方出賣，分別被併入鄰國裡去。

可是，民族主義的潘朵拉盒子一打開，庫德族在非我族類的土地上，不是被打壓，便是面臨被強行同化的命運。但因其所處的特殊地理環境，又讓同化政策倍感困難；另一方面，民族意識也在庫德族身上不斷高漲，只有獨立才能取得話語權，在國際舞台上占有一席之地，發揮自己的戰略優勢，保障民族利益。

現在，伊拉克庫德自治區率先尋求獨立的合法地位，但其實敘利亞的庫德人，在戰爭中比伊拉克更早建立了不被國際承認的「羅加瓦」國（Rojava）。（見附錄三）

就在伊拉克庫德自治區舉行公投前夕，我來到迪亞巴克爾。土耳其政府嚴密戒備，害怕自己境內的庫德地區受鼓舞，更或者兩地區合併成大「庫德斯坦」。事實上，商人從迪亞巴克爾開車八小時，便可以抵達伊拉克的「庫德斯坦」，即使局勢緊張，兩地仍通商頻繁。

幸好從馬爾丁來到這個首府，車程不到兩小時，抵達前還有一個軍事檢查站，所有乘客、車輛和行李都得接受檢查。之前有位當地人對我說，前往迪亞巴克爾較有風險，PKK不時會在土軍駐守處進行襲擊。不過也強調PKK不會向平民施襲，他這樣解釋。但前一、兩年在首都安卡拉發生的大爆炸，不就是PKK涉嫌所參與嗎？

終於來到迪亞巴克爾，原來整個市中心就是一座圍城，城牆歷史悠久，建於西元一一五年古羅馬帝國時期，目的是防衛。由於是由灰黑岩石砌成，因此又稱為黑堡，乃是世界第二大城牆。第一大是萬里長城。

啊！想不到我能親訪這個黑堡城。它屬老城區，每一寸地都有遠古的歷史在呼喚。曾是古絲綢之路的重要地段，商旅騎著駱駝、馬匹來到這裡交易，絲路驛站痕跡仍清楚可見，加上四周都是香料店，一股濃濃絲路氣味撲面而來。

此外，這個老城區充滿歷史美學，光是看著綿延六公里長的玄武岩老城牆保衛著上萬居民，已令我嘆為觀止。

摸著每塊石頭，觸及的是千年歷史。它由古羅馬帝國開始建造，完成於拜占庭帝國，其後受阿拉伯帝國占領，再歷經鄂圖曼帝國統治，因此，在老城牆內外可見不同帝國時期的宏偉建築風格，這包括基督教教堂和清真寺，還有閒適的偌大庭院，裡面設有多家咖啡店、茶館和絲綢店鋪。

只是現今城牆內的居民卻是傷痕纍纍，圍城民房外牆布滿彈孔，損毀嚴重，死傷慘烈，當人們談起二〇一七年的衝突，仍不免激動。我感受到的是「恐懼」偷偷在人群間流竄。衝突過後，政府展開新一輪的打壓，並藉機拆毀庫德族的文化遺產，還大言不慚說是為了重建城市，十多萬的舊城居民必須搬離。在舊城，推土機的聲音此起彼落。

衝突後的經濟本已一落千丈，現在還要痛失家園，我原想與一位面臨迫遷的老伯傾談，他卻坐在家中門前默默無語，望著四周已遭拆毀的鄰家房舍，昔日的歡笑聲，現只餘一片頹垣敗瓦。我問他搬遷的期限，他望著我好一會兒，然後手指向天，用非常堅定的語氣表示，「不走！我要誓死守護這個家。」說時滿臉通紅、眼神發光。

我再往前走，經過一處被鐵馬圍著、掛滿警方的告示牌，好奇往內探頭望，是一座正在拆毀的教堂和一排倒下的房屋。坐在告示牌旁與友人喝茶的中年人，隨即起身與我打招呼。大家言語不通，但可從他的肢體語言明白他想告訴我，他的小小茶室給摧毀了，沒生意做了。他指著周遭的彈孔，不斷拍打自己的前額痛哭。開個茶館養活家人，一生就只有這麼個卑微的願望，可是連這個卑微願望也被摧毀了。在迪亞巴克爾不論我走到哪裡，都會聽到同樣悲哀的故事。

一位當地庫德族官員告訴我，中央已開始委派土耳其人來接替原由庫德族擔任的公務職位，他恐怕很快就會失掉工作。還說，大家都說迪亞巴克爾將迎來另一場大規模衝突。不少當地人半開玩表示，或許第三次世界大戰就在他們這個地區開始。

迪亞巴克爾位於底格里斯河上游，河畔區設有飽含庫德色彩的露天餐廳，人們席地而坐，品嘗美食，呷一口水菸，已成為當地最具特色的好去處。橫跨河流兩岸的「十眼橋」（Dicle Bridge），在燈光照射下形成美麗的倒影。我站在大橋上往下凝視著滔滔河水，有時會有錯覺，這是否是已流了數千年的淚水？

此刻，好像又聽到老城區歌唱館傳來的歌聲。土耳其政府過去禁止他們學習庫德語及一切有關庫德族的歷史文化故事，他們便用歌曲來傳承，以對抗打壓和遺忘，這是庫德族知名的口述文學。第一次聽時，我感到既親切又好奇，以前中國也有如是的民間傳統吧。

庫德族自稱他們在迪亞巴克爾已有數千年歷史，這裡有他們深厚的文化傳統和語言。臨走前，我再訪底格里斯河，河水仍靜靜流淌，見證人類歷史所折射的光明與黑暗。

「從東方邁向西方，如同秋日般，既瘋狂又憂傷。」

——土耳其詩人塗古特・烏亞爾(Turgur Uyar)

附錄一

「我們不是個可參考的模式」

——專訪土耳其女作家畢格蒂．烏素娜

● 畢格蒂．烏素娜 Buket Uzuner

土耳其當代文學界最知名的作家之一，著有《伊斯坦布爾人》(*Istanbullu*)，被視為下一位帕慕克，同時也是時評家，經常在媒體發表評論，筆鋒辛辣，性格突出，是土耳其婦女運動代表。

二〇一三年六月，土耳其六十七個城市爆發大規模的連鎖性反政府示威，導火線雖只是民眾抗議政府一意孤行，將一座公園改建成商場，不過，警方對示威群眾殘暴的驅離手段，讓民眾對執政長達十年的總理艾爾多安積壓的不滿情緒一瀉而出，他們指責總理愈來愈獨斷。

我在伊斯坦堡訪問了畢格蒂．烏素娜，暢談土耳其種種問題，特別是婦女的困境。她是土耳其當代文學界最知名的作家之一，被視為下一位帕慕克，有可能為土耳其拿下第二個諾貝爾文學獎，而她的代表作適巧與帕慕克得獎之作品的名稱相類似，名為「伊斯坦布爾人」。

烏素娜是作家，也是時評家，經常在媒體發表評論，筆鋒辛辣，性格突出，因此給我留下

深刻印像。

在朋友的介紹下，第一次見她實是在一間高級餐廳裡，她一坐下便侃侃而談，我還未準備好聆聽，已經說完一個故事，之後望著我問：「妳在聽嗎？我認為妳沒有，但我不重複說了。我剛才告訴妳一件非常重要的事，政治上很敏感，我猜國家安全局正在竊聽我。」

接著她檢查手機。我有點不好意思，也覺得她太直率。只因為當時還有幾位朋友在，大家忙著互相介紹，我一時分了神，孰料甫坐下她隨即進入正題。我不敢怠慢，專訪隨即展開。

問 為什麼國家安全局要監視妳？

答 妳有所不知，執政的正義發展黨（AKP）的伊斯蘭化政策，對婦女尤其不利。我不諱言，我是位婦女解放分子，一直公開批評AKP，他們自然不滿，因為我的言論有一定的影響力。更何況，作家在政府眼中一直被視為國家的敵人，現在的情況並不比過去好。最近有兩名記者因出書被抓，但書還未出版呢！

問 看來表面開明的土耳其也有其言論禁區？

答 對，這個禁區讓我們很不安。隨著AKP勢力坐大，正如我剛所說，這個政府開始推行具伊斯蘭色彩的法規政策，例如禁止夜間賣酒、對婦女打扮的諸多限制。讓我氣憤的是，政府將「婦女及家庭事務局」改為「家庭及社會政策局」，企圖讓婦女隱沒在家庭裡。政府亦逐步控制媒體、關押記者，甚至不時利用宗教力量煽動群眾，以剷除異己。

問 妳是位敢言的女作家，剛提到土耳其政府對婦女的政策，與我們的認知實在有落差。可否讓我們了解一下土耳其的婦女問題？

答 可能妳也不相信，在土耳其，差不多一半的婦女經常受到暴力對待，特別是家庭暴力。這可歸咎於政府不僅沒有好好促進性別平等，反之加劇這個不平等，女性未能受到尊重。AKP執政期間，婦女遭虐的數字竟上升了百分之一千四百之多。

問 我們做為外人，可能只關注土耳其執政黨的外交政策，即使關注其內政，也鮮有主動認知該地的婦女權利……

答 沒錯，你們只留意AKP是否能維持高經濟增長？可是近年來當經濟出現高增長，婦女權利卻一步步受到限縮。要知道，婦女占土耳其人口的百分之四十二，差不多一半，手上都有選票，政府不應忽略我們。

問 那妳有什麼行動計畫？

答 我會繼續用筆鞭撻，喚起外界的關注和土耳其婦女的覺醒，直到「兩性關係平等法」確立為止。

問 除了時評，妳還會透過小說去反映這個問題嗎？

答 我正進行一個寫作計畫，已經做了好幾年資料蒐集，主人翁是一對母女，我會透過她們來反映社會文化與婦女地位間的關係，當中我還會加入土耳其的神祕文化傳統，如何影響土耳其人的生命觀，並塑造其人際關係。

問 如此說來，土耳其人對傳統是挺懷念的。我還以為土耳其人可以很西化……

答 因為妳在伊斯坦堡，而伊斯坦堡在土耳其是與眾不同的，它是一個矛盾混血綜合體。現在的ＡＫＰ政府企圖把這個國家拉到傳統去，這是不可能的。

問 妳的作品《伊斯坦布爾人》就是描述這種角力？

答 對，伊斯坦布爾人的內心角力，從而塑造出這座充滿顏色的城市。

問 有趣的是，我還留意到，伊斯坦布爾街道上那一雙雙的「藍眼睛」。其背後是否來自一個傳說？

答 是的，「藍眼睛」是有個傳說故事的。在土耳其語中，這飾物叫做Nazar Boncuk，已有兩千年的歷史。話說在很久以前，有一頭肥牛從一位富翁家門口經過，富翁對妻子說：「今天，我沒有看見比這頭肥牛更美妙的東西了。」當富翁緊盯著這頭肥牛，這牛竟倒地斃命，他的妻子便把肥牛肉割下來帶回家。人們知道這故事後，嘖嘖稱奇，紛紛認為肥牛是死在富翁「嫉妒的眼神」下。其後土耳其人總結「嫉妒的眼神」是可怕的邪惡力量，最容易傷害小孩、美女和在社會上脫穎而出的人，因為小孩弱小，而美貌和成功都容易招人眼紅。為了保護自己不受「嫉妒眼神」的傷害，土耳其人選擇了「藍眼睛」來招架。他們相信，「藍眼睛」能化解「嫉妒的眼神」，當「藍眼睛」爆裂開時，災難也跟著消失。

在我構思中的下一部小說，便是以「藍眼睛」開始。我很想解構一下，傳統是如何影響著我們，即使在現代的土耳其。

問 我看帕慕克的小說也有這個追尋。外界指妳是下一位帕慕克，妳怎樣看待自己的寫作志業？

答 我認為作家很難相互比較！帕慕克是位走純文學路線的作家。我始終相信文字的力量，因而我的文字也情不自禁地介入了政治。這可能是希望透過寫作，為社會帶來一些好的改變。因比，我寫作的目的就是面向大眾，期待大家都能看懂我的作品。

問 我知道，妳的《伊斯坦布爾人》也有漫畫版。

答 哈！沒錯。我不介意自己的作品通俗化，如果這樣可以接觸更多讀者的話。

問 妳很喜歡旅行，妳的另一著作叫《在路上》(*On the Road*)。旅行與寫作對妳而言，是怎麼一回事？

答 我的工作讓我有很多機會去旅行。我愛思考自己的文化，也愛研究別人的文化，然後去領悟共通的人性(humanity)，旅行正好為我提供許多探索的空間。除了文化外，這也包括政治和經濟。

問 那妳是怎麼看待「土耳其模式」？這即指擁有巨大影響力的軍人集團隱身民選政府背後，扮演「守夜人」角色，當伊斯蘭政黨有抬頭之勢就出手，以確保現代民主的運作。要知道，有人指埃及，包括那些軍方有特殊歷史角色的中東國家，可參考「土耳其模式」。更何況埃及軍方的影響力，已滲透到社會、政治、經濟各個層面，形成一個特殊的利益群體。多數埃及人至今仍認為軍方是埃及的最後仲裁者。如何處理軍方的角色，是革命後埃及的一個大難題？

答 我們不是個可參考的模式。埃及人想繼續活在警察國家的狀態裡嗎？我不認為土耳其有現代民主的精神。要活出現代民主精神，必須軍政分家，這是一條漫長的道路。

附錄二

亞美尼亞大屠殺

第一次大戰中，鄂圖曼帝國被歐洲巴爾幹與俄國夾攻，做垂死掙扎，認為他們的敗陣與亞美尼亞人的叛變有關。當時亞美尼亞共兩百萬人受帝國統治，信奉基督教，卻又靠向俄國，並且建立民族解放組織「第五縱隊」。一九一五年初，鄂圖曼開始打壓軍隊裡的亞美尼亞人。

同年，有亞美尼亞人在土耳其東部的凡城（Van）遭省長殺害，引發衝突，俄軍介入，亞美尼亞人成功擊退土耳其人，在凡城成立亞美尼亞臨時政府，卻成為鄂圖曼大規模屠殺亞美尼亞人的導火線。

土耳其人先是在首都伊斯坦堡殺害亞美尼亞知識分子和顯要人物，其後又掃蕩並處決土耳其軍隊中的亞美尼亞裔軍人，未幾更把全部亞美尼亞族裔流放到敘利亞和美索不達米亞的沙漠地帶，高達一百萬人。

在驅逐過程中，不少人遇害或餓死，最後僅存百分之二十。到了一九七八年聯合國定調為「種族滅絕」，與納粹的猶太人屠殺和盧安達種族大屠殺，並稱為「二十世紀三大種族屠殺」，只是至今土耳其並不承認是「種族滅絕」行為，與西方和亞美尼亞各執一詞。

說到底，這都是狂熱民族主義惹得禍。

戰爭受益者？

庫德族人散布於敘利亞、土耳其、伊拉克、伊朗等地，他們就像巴勒斯坦人，一直追求獨立建國。過去在伊拉克的薩達姆．海珊統治下慘遭屠殺，因此，他們支持美國對伊拉克開戰。

不過原因並不單純只是為了除掉薩達姆．海珊以自保。根據《紐約客》知名記者兼普立茲得主西莫．赫許（Seymour Hersh），早在二〇〇四年揭露，以色列祕密與庫德斯坦地區領導階層接觸，同時開出條件，如果庫德支援戰爭，並讓以色列在庫德斯坦地區設情報中心，那麼，以色列將扶助庫德人脫離伊拉克建國。

當然，建國只是誘餌，但土耳其對此非常緊張，而以色列和美國暫時不能失去土耳其這戰略夥伴。雖然如此，有關方面仍然給予庫德人建國的幻想，例如二〇〇五年伊拉克過渡政府通過新憲法，全國實行聯邦制，而庫德人在新政府中被委以重任，當時庫德組織領袖便高興認為，這是幫助他們踏上建國的第一步。

此外，有以色列媒體披露，以色列曾向伊拉克的庫德地區空投隊員，提供先進裝備，且派遣戰鬥專家加強其軍事訓練。以色列企業更是在該區投放建設資金，援助發展，讓庫德自治區轉成親以地區。

至於自治區與美國的關係更不用說了，該地區親以亦親美，伊戰後不久，他們匆匆通過石油投資法，並與美國石油巨頭亨特石油公司簽署巨額協議，而以色列也希望可恢復一九四八年時關閉的一條從吉爾庫克通往以色列海港的油管。

伊拉克庫德自治區儲油量占伊拉克百分之六十至七十，農牧產品非常豐富，美國和以色列在該區的投資不是白送的，在他們的扶助下，庫德自治區擁有軍事實力、政治權力和資金，成為戰爭最大受益者。可是這同時也為伊拉克未來的穩定埋下禍端。由於庫德被美國和以色列利用來做為對付伊朗和敘利亞的前沿之地，伊拉克境內的遜尼派和什葉派對此早就心生不滿。

至於敘利亞的庫德人，一樣被美國和以色利用來對抗阿薩德政權，並在敘利亞建立親美、親以的地盤。美國和以色列都希望藉由「代理人戰爭」模式，除庫德人外，他們還扶持了其他的反對派團體，卻引來俄羅斯和伊朗的強烈反彈，大力援助政府軍，致使政府軍與反對派的武裝鬥爭愈演愈烈，從而助長了極端組織的勢力。

除了上述大國在敘利亞土地上互相競逐外，有一點可能沒有留意，就是敘利亞鄰國土耳其亦有重大利益牽涉其中，這一切也要從庫德族說起。

土耳其東南部境內，過去一直受庫德工人黨追求獨立所困擾，當緊張關係緩和之際，無奈敘利亞內戰一再挑起庫德人建國的夢想。

以敘利亞庫德游擊隊為主的「人民保護組織」，與庫德工人黨關係密切，他們有聯合建立庫德國的野心，讓土耳其對兩者充滿戒心。因此，土耳其經常藉攻擊「伊斯蘭國」（ISIS）做煙幕彈，實是打擊庫德游擊隊。土耳其政府早言明「攘外必先安內」，就算ISIS大兵壓境，也要以控制庫德人為先。

可是土耳其的西方盟友，特別是美國，卻要軍援敘利亞庫德游擊隊，既可攻擊「伊斯蘭國」，又可分裂伊拉克，甚至藉此來壓制土耳其總統艾爾多安的勢力。事實上，美國和土耳其亦友亦敵，而且就體現在敘利亞戰爭中。

原來敘利亞的庫德人，早已藉敘利亞內戰的混亂，在敘利亞北部羅加瓦地區自立為國，叫「羅加瓦國」。羅加瓦在庫德語中的意思，是指「西方」，這片區域也被稱為「西庫德斯坦」。

有趣的是，羅加瓦的庫德游擊隊，主要依靠善戰的女兵部隊去對抗「伊斯蘭國」。「伊斯蘭國」一見到庫德女兵，便嚇得落荒而逃，但不是因為她們手中的武器，而是因為她們是女人。

在「伊斯蘭國」聖戰者的原教旨思想中，他們相信如果被女人殺死，便無法上天堂，使得庫德女兵站在了有利的位置消滅敵人，而且鼓勵了愈來愈多的女兵走上前線，保衛民族。

除了女兵外，羅加瓦國也正在進行參與式民主實驗，打破外界對伊斯蘭的印象，展示一條解放之路。

羅加瓦國強調經濟平等、社會正義、民主自決、草根參與、宗教自由、族群包容和生態保育，還有非常顯著的女性主義。羅加瓦這場革命有其深遠的意義，可等同於西班牙內戰時期，在共和軍控制的加泰羅尼亞等地區的社會革命，對中東地區絕對是一種顛覆。

「一千零一面鏡子／轉映著你的容顏／我從你開始／我在你結束」

——伊朗當代詩人埃姆朗・薩羅希 Emran Salahi

第三章

變化中的伊朗

—

IRAN

1　從保守走向溫和的魯哈尼當選新總統後，大批伊朗人上街慶祝，期待改革。
2　伊朗有它的特殊民主體制。
3　伊朗少見的反對活動，一出來即被壓制。
4　伊朗人好客，對外國人表現熱情。
5　德黑蘭的社交公共空間每天有不少人在討論時事。

3

4

5

走進波斯文明發源地

伊朗一直處於國際關係的暴風眼，我早已渴望能親訪這個承載古老文明的國家。事實上，在一九三五年之前，大家仍稱其為波斯國，直到巴勒維王朝出現，國王禮薩・汗才將國名改為伊朗。

從安那托利亞高原(小亞細亞)走到伊朗高原，是人類史裡最燦爛的文明——波斯文明的核心地區。波斯帝國可謂是古代第一個橫跨亞歐非三洲的大帝國，版圖浩瀚，而且充滿活力。帝國雖早已遠去，但其文化圈仍在。

再從伊朗高原向四周輻射，猶如一條巨龍的尾巴，不少歷史學家和地理學家驚嘆，從巴格達一直走到喀什米爾，又或在幼發拉底河與印度河、庫德人和阿富汗人，甚或高加索、中亞之間，都深受伊朗文化影響，包括語言，有所謂「大伊朗」之稱。例如鄂圖曼帝國就是使用波斯語做為外交語言，還有印度蒙兀兒王朝的王室與高級貴族，均以波斯語交流。

這個「大伊朗」無關乎政治，而是指一個超國家的文化地區。正如哈佛大學伊朗研究教授理察・納爾遜・弗賴伊(Richard Nelson Frye)說，不論在傳統上，還是今天，種族不是一個界定這個地區的標準。民族主義是十九世紀的一個主要現象，而西方殖民的干預及種族論可謂是大伊朗地區的分裂力量。

當我穿梭於伊朗大大小小的帝國遺址間，在死寂的空氣迴蕩裡，仍隱約聽到遠古沙場上的馬蹄聲，還有各國商賈在這條主要絲綢路上交易時所發出的嘈雜聲，不敢相信，我正踏在曾經把古文明推上顛峰的土地上。

波斯帝國就在這裡有深刻的痕跡，但我意想不到的是，當年龐大的帝國竟是如此低調，沒有華麗的墓塚和宮殿，卻為我們留下豐富的文化藝術，其中包含建築、詩歌、繪畫、紡織、製陶、書法、冶金、石工術等。伊朗一直飽受西方打壓，但當伊朗人一談到波斯文明，他們的自信又回來了，並為自己身為其後代而感到驕傲。

相對而言，波斯帝國算是個較仁慈的帝國，它不像蒙古等帝國以消滅其他文明來保一己利益，反之，從建立波斯帝國的居魯士大帝（Cyrus the Great）到大流士大帝（Cyrus the Great），都是採取大統一、小自治，尊重包容不同的文明。現代的伊朗人，一樣和善可親、樂於助人。伊朗人的好客，是否也有著波斯的文化基因呢？因為只要去過伊朗的人，都會對這個民族留下極佳的印象，完全推翻西方媒體的負面描述。

不過，諷刺的是，當今西方，特別是美國，與伊朗就像宿仇般。美國在中東的親密盟友以色列，與伊朗的關係更不用說了，大家都想把對方從地圖上抹走。但，歷史記載，居魯士大帝竟被古以色列人視為彌賽亞（救世主）。

話說居魯士大帝進攻巴比倫王國，當時以色列人遭到囚禁，變成奴隸，但居魯士大帝不僅沒有俘虜他們，反之全部釋放，讓他們返回耶路撒冷興建神殿，還贈送黃金、白銀、牲畜和祭品等。以色列人遂稱讚居魯士大帝是猶太人的救主。

現代伊朗就是波斯帝國當時的核心地區，而居魯士大帝的衣冠塚就位於伊朗南部城市西菈子（Shiraz）東北一百三十公里處，叫做帕薩爾加德。踏入二十一世紀之際，當美伊關係緊張，便曾傳過以色列有計畫先發制人，欲局部攻擊伊朗。

我走在居魯士大帝的陵墓附近，想到以色列如若真的向伊朗發動攻勢，居魯士大帝泉下有知，會有何感慨？昔日老子拯救了你們，你們子孫卻要攻打老子的子孫，還要摧毀你們口中救世主的土地，這豈不太大逆不道了嗎？

還有，古波斯所信奉的瑣羅亞斯德教（Zoroastrianism，又稱祆教，或俗稱拜火教）。這個被視為第一個以二元論為基礎的古老宗教、一神教的先驅，是由一名古波斯雅利安人瑣羅亞斯德（Zoroaster）所創立，並成為信徒眼中的先知。該教認為宇宙中所有東西都存在正反兩面，例如善與惡、光明與黑暗、創造與毀滅等，正如宇宙裡的上帝馬茲達與黑暗之神阿里曼之間的無邊鬥爭，人應該跟從馬茲達才能上天堂，並預言將有處女生下神子救贖世人。

瑣羅亞斯德教在阿契美尼德王朝（西元前六世紀至西元前四世紀）成為波斯帝國的國教後，到了薩珊王朝（西元三世紀至七世紀）處於全盛時期，並傳播到中亞廣大地區，甚至中國。我們看金庸的《倚天屠龍記》，有波斯光明使者之說、張無忌後來成為「明教」教主，雖是虛構的情節，但當時的確有「明教」，就是波斯拜火教在中國的分支。

影響深遠的德國十九世紀哲學家尼采，對瑣羅亞斯德相當崇拜，指其是超人，並以他為主角撰寫了名著《查拉圖斯特拉如是說》，而查拉圖斯特拉即瑣羅亞斯德的德譯名字。

但是，由於希特勒崇拜尼采，便視雅利安人為最優等人種，並把日耳曼人（德國人）說成是擁有最純正雅利安人的血統，與波斯人有著共同的祖先，後來更演變成納粹主義的思想，屠殺他眼中劣等又具威脅的猶太人。

另一方面，猶太人所信奉的猶太教，被指與拜火教有關。因為舊約聖經是在巴比倫時代成書，遂有學者指猶太教及後來的基督教、伊斯蘭教等宗教，明顯曾受拜火教影響。當阿拉伯地區興起伊斯蘭教，然後在西元七世紀征服波斯帝國，便以伊斯蘭教同化波斯人，瑣羅亞斯德教才漸漸消亡。

不過，現代伊朗國土上仍有約十多萬的拜火教徒緊守波斯祖先的信仰，在伊斯蘭世界裡守護著古老的波斯文明，說著未被阿拉伯化的最純正波斯語。

再者，當時（西元七世紀）有一批不甘被同化的波斯拜火教信徒，逃到印度西海岸，成為印度一個新的少數民族帕西人（Parsis，即波斯人），他們有不少人來到遠東經商，在當地留下波斯文化的足跡。原來香港大學本部正是波斯建築，創辦人摩地爵士就是波斯裔瑣羅亞斯德教教徒，還有其他波斯足跡不為我們所察覺，卻已成為我們生活的一部分。（可參考http://www.inmediahk.net/node/1029271）

可是，現今的伊朗已被西方抹上一層保守極權的神祕色彩，但想不到，前去伊朗是這麼容易的。這是二〇一三年夏天的事了，當時正值總統大選，我遂前往伊朗進行採訪。從新疆飛往伊朗，機上有不少中國留學生和生意人。伊朗正受西方制裁，主要日常貨品大多來自中國。

下機後，我立刻跑到機場的簽證處。有一間房的窗戶上寫著「簽證」，裡面有好幾位中老年男子在閒談。我表示要申請落地簽證，一男子滿臉笑容立刻上前，說：「歡迎到伊朗來！」接著給我一張十分簡單的表格，連下一程機票也懶得問；他致電酒店欲確認我的住宿，即使無人接聽也無所謂，更沒問我來伊朗的原因，還不用照片……就這樣，十分鐘內便發出簽證，十五天期限。而我之前備好的東西，全不需要。

哈，出發前的神經兮兮，原來只是我想多了。

人生煩惱多！很多時候就是我們太多假設、疑神疑鬼，無論對人對事，都想多了。我輕鬆愉快的步出機場。伊朗呀伊朗，我終於可以觸摸你、正視你！不過，在這之前，我得要拿出一塊大絲巾，先把頭部圍起來，這是宗教律法之一啊！

由於西方對伊朗大選密切關注，伊朗執政者在大選期間更是表現緊張，首先就是限制外國人入境。原來二〇一三年五月至六月為大選月，伊朗收緊簽證，導致遊客大減，有許多人更未獲十五天停留期，大家對我能順利取得落地簽證，兼獲得十五天期限，都嘖嘖稱奇，我也感到自己確實有點運氣。

如果說伊朗是當今世上最具爭議的國家，相信無人有異議。我們對伊朗總有一種莫名其妙的不安感。對記者而言，採訪伊朗更是一大挑戰，除了官方設下各種限制外，我們也得撥開所有西方對該國的一切刻板描述，重新認識這個伊斯蘭什葉派神權國家。

伊朗是古代絲綢之路的重要路線，但必須老實說，首都德黑蘭算不上漂亮，甚至有點醜陋。如果你向海關人員說，你只在德黑蘭旅遊，他是不會相信的，而且心裡想著你在德黑蘭一定另有所圖。

真正的旅者，在德黑蘭停留數天後，便會趕往北部爬山、往南部看古蹟和沙漠。是的，德黑蘭真沒什麼好看。整個城市像只有一種顏色，就是石灰色。可能正因為顏色沉悶，人們愛在牆上塗抹各種各樣的圖畫，特別在住宅區，居民親自用顏色燃點社區的一種生命力。

在一片灰沉的首都，如果你細心留意便會發現，其實德黑蘭人很懂得為自己構建一個私人世界，來抵禦外在壓力。就好像披著頭巾的婦女，頭巾裡可以另有天地。

在伊朗，到處可見現任與前任精神領袖（哈米尼與何梅尼）的畫像，他們被專稱為大阿亞圖拉（Grand Ayatollah），乃是什葉派宗教學者的最高等級，這裡始終是從神權的角度。

諷刺的是，這個神權角度近因可謂是一九七九年革命的產物，但遠因或許該從西元七世紀阿拉伯帝國崛起；八至十世紀阿拉伯帝國的阿拔斯王朝打敗由盛至衰的薩珊王朝，伊朗伊斯蘭化開始；到了十六世紀，外來的薩法維王朝統一伊朗，立什葉派為國教，企圖凝聚王朝力量；後來什葉派更成為伊朗現代民族國家的凝結劑，自此教士在伊朗一直扮演重要角色。

在伊朗，這些教士稱穆拉（Mullahs），原意為「保護者」，現一般指在宗教學院畢業、擁有較高宗教知識的宗教人員通稱，他們負責守護信仰，即使在十九世紀末至二十世紀初，伊朗企圖趕上現代化列車，仍擺脫不了宗教傳統的枷鎖。

十八世紀中至二十世紀初之間，伊朗不斷面對西方列強的軍事干預，並曾被英國和俄羅斯瓜分，成為西方手中的玩物。在此，我想到其他遭西方殖民的發展中國家，獨立後都有著共同情結，就是有感西方的強大，認為有必要向他們學習，甚至追趕西方的水平，而現代化亦不免參照西方模式，並且成為復興的主要鎖匙，民族主義和憲政主義則是現代化的引擎。

伊朗也不例外，十九世紀末新思潮湧現，風雲變幻，有識之士企圖推翻專制無能的王朝，舉起民族復興和憲制革命大旗，來抵擋西方的入侵。不過，當中卻有個特色，就是教士異常投入，並且起著領導作用，讓憲法革命諷刺地帶有宗教烙印。教士們害怕倉促的西式現代化會瓦解伊斯蘭社會的價值系統，以及他們的既得利益。因此，伊朗的現代化進程，不無內部衝突；世俗菁英要全速往前跑，教士卻緊緊抓著歷史文化傳統，使得現代化之路緩慢且曲折。

伊朗現代化的起伏

什麼叫做現代化？在政治現代化與經濟現代化之間，是否就只有西化一套標準，是否得考慮不同的國情？這都是今仍爭議不斷的課題。不過，有一點可以肯定的是，絕對權力會導致絕對腐化，在伊朗過去長達兩千五百年的君主集權制度中屢見不爽。

無論如何，二十世紀初的憲制革命無疑是伊朗現代化的里程碑，它確立了伊朗以憲法治國之道及導入議會民主元素，即使不是坦途。而教士也一直扮演著重要角色，成為一股政治力量，並為一九七九年的伊斯蘭革命埋下種子。

伊朗的現代化進程跌跌撞撞，到了一九二一年軍官李查汗（李查沙阿．巴勒維）發動政變，成功奪權，逐步改朝換代。李查汗與土耳其國父凱末爾甚為相似，就是一上台便企圖以世俗主義推動全速的現代化，希望一洗伊朗頹氣。他相信中央集權能更有效地大刀闊斧發展工業和都市化，又大撒金錢於基礎建設上，建立公共教育與醫療系統，鼓勵國民放洋留學，為國家帶來新知識與新技術。

李查汗的改革，可謂是轟轟烈烈。當中他毫不掩飾對昔日波斯帝國光輝的緬懷，還由伊斯蘭曆改回波斯曆，這讓教士懷疑他是否欲藉此削弱什葉派穆斯林的社會位置？

只可惜二戰中斷了李查汗的宏大改革，並被迫流亡，而伊朗則再次受到西方列強操控利用，他們更覬覦伊朗豐富的天然資源。其後李查汗之子穆罕默德—李查．巴勒維在美國的扶植下，繼承王位，他利用巨大的油元收入，欲完成父親未竟之志，再度推動由上而下的社會改革，歷史稱之為「白色革命」，曾為伊朗帶來經濟榮景。

可是，他向西方打開國家大門，西方跨國企業湧進伊朗，控制該國資源。與父親一樣，無論從政治到經濟改革，都觸碰到宗教力量的利益，而民族主義者則認為他的政策實際是崇洋媚外、華而不實，只是一心想鞏固其獨裁王朝政權。

對於教士而言，巴勒維國王新政只迎來糜爛生活、道德標準下滑及王室貪腐；老百姓和世俗知識分子則不滿在表面繁榮的背後，讓西方變相半殖民伊朗，使得貧富差距不斷擴大，社會嚴重不公，民間的抗議聲浪愈來愈高漲。

巴勒維未能鎮壓龐大的抗議聲浪，示威此起彼落，最後憤怒的群眾湧至皇宮，國王一家不得不落荒而逃。此時，伊朗大學生更遷怒於美國，引發舉世矚目的劫持美國大使館人質事件，一場浩浩蕩蕩的伊斯蘭革命於焉展開。

與此同時，為了重整道德，人們仰望信仰，革命遂把伊朗帶向政教合一的制度，使得在巴黎流亡的伊朗精神領袖何梅尼有機會班師回朝，肩負「潔淨」伊朗的任務。革命水到渠成，伊斯蘭共和國成立，與美國的正常關係亦就此停止，美國遂向革命後的伊朗實施制裁。

我與當地一位老知識分子阿巴斯談到這場革命，他表示當時世俗派完全預想不到何梅尼在人民心中的宗教力量。不過，他又指出，伊朗的什葉派阿亞圖拉（何梅尼）並非省油燈，請不要與遜尼派的神學士或其他聖戰領袖相比較，他們的阿亞圖拉和教士對知識持開放態度，對非伊斯蘭社團亦較包容。

真是不說不知，原來阿亞圖拉及其追隨者是勤奮的閱讀者，博覽群書，而且有不少機會接觸西方知識，包括德國哲學家黑格爾和馬克思理論思想。無怪乎在德黑蘭街頭報攤，隨便打開一份報紙，其副刊知識量豐富，從哲學到文學，上至天文下至地理，都可分別占上一整版。

這樣便可理解，一九七九年阿亞圖拉及其教士在背後推動的伊斯蘭革命，不僅爭取到年輕知識分子的支持，就連城市無產者和偏遠鄉鎮的青年也紛紛加入，他們更是把革命等同於同時代的尼加拉瓜左翼的桑定民族解放陣線，及爭取民權的南非非洲民族議會。

如此看來，伊朗的宗教人員可謂是個矛盾綜合體，他們因循保守卻對現代知識開放；上層一方面緊握最高政治與宗教權力，另一方面卻又推動普選制度。

革命後，阿亞圖拉為伊斯蘭共和國量身訂造的新憲法出爐，專家委員會選舉最高宗教領袖兼任國家最高領導人，他是政教合一的象徵。自一九八九年何梅尼去世後，哈米尼繼任至今。

在阿亞圖拉之下，就是民選總統和國會。伊朗所施行的是總統內閣制，總統是繼宗教領袖後的第二位國家最高領導人，由一人一票選舉產生，任期四年，可連任一屆。不過，總統候選人的資格卻要由憲制監護委員會確認。該委員會由最高精神領袖主導，除總統候選人資格外，還要負責監察民選國會的決議，確保合乎伊斯蘭教義和憲法原則。

在此，我們這才明白宗教信仰在伊朗的重要性，即使司法部門的領導人，亦是由最高宗教領袖任命。但，在憲法裡，行政、司法和立法部門間又擁有相對的獨立性。

總之，除了伊斯蘭宗教、體制、教規、共和制及最高領袖的權力不能動搖外，其餘皆可按人民的選票決定。如有人欲改變伊斯蘭革命建立的制度基礎，均一律被視為大逆不道。面對這個「金光圈」，自稱為改革派的政治領袖亦不敢觸碰，充其量只是在一個大框架裡進行修補工作，而人們也難輕言再革命。

此外，伊斯蘭革命政府成立「伊斯蘭革命衛隊」，與舊有的軍隊平行存在。兩者雖同是聽命於最高精神領袖，但前者是在革命中誕生，後者則曾服務過王朝，始終不被信任，故有遠近親疏之分。由此造成「伊斯蘭革命衛隊」享有特權和政治影響。

兩伊戰爭期間，由於西方對伊朗實行武器禁運，伊朗被迫重組和發展本國軍事工業，這職責便交付給了革命衛隊；而戰後重建又讓革命衛隊可成立公司參與其中。近年革命衛隊更不斷向經濟領域滲透，大舉進軍商界，逐漸形成一個龐大的「商業帝國」。有伊朗人對此表示不滿，指特權導致貪腐、製造社會不公，早已遠離了革命初心。

美國對伊朗革命衛隊的角色不斷擴張愈感警戒，指控他們通過特種部隊支援區內反美武裝勢力，並有意將衛隊定調為「國際恐怖組織」。

以美國為首的西方世界，一直期待伊朗會出現另一場翻天覆地的革命，推倒神權制度。例如二〇〇九年的一次大選，大批改革派支持者不滿選舉結果，指有舞弊成分，紛紛上街抗議，當中大多數是年輕人，他們揮動綠色旗幟，西方媒體迫不及待稱之為「綠色運動」（Green Movement），猜測顏色革命是否會一觸即發。怎知最後「綠色革命」在官方大力打擊下退潮，保守派內賈德在爭議中連任，改革派則遭大舉鎮壓。

四年過後，我走在德黑蘭街頭，那是新一輪大選前一週，西方媒體以為總會有人繼承上次「綠色運動」的理想，他們在首都尋找蛛絲馬跡，但德黑蘭異常平靜，人們只關心手中不斷貶值的伊朗貨幣里亞爾（Rial）。

雖然二〇一五年美國前總統歐巴馬在核談判上與伊朗終於打破僵局，但制裁未撤，而且歐巴馬的繼任人川普上台不久，便企圖撕毀核協議，並加強對伊朗的追擊。

經濟制裁下的生活

事實上，美國追擊伊朗一直不遺餘力。就在我於二〇一三年採訪伊朗大選前夕，美國宣布進一步制裁伊朗，這一輪制裁主要針對伊朗貨幣，目的是要讓伊朗貨幣被大舉拋售，如火箭般貶值，伊朗人民則成為最大的受害者。

在與老百姓談話的過程中，他們都會投訴，辛苦賺回來的工資，就這樣狠狠被制裁造成的大幅通漲及貨幣貶值吃掉，還有高漲的失業率，我所碰上的大學畢業生，都大嘆找工作非常困難；當家的男士們惟恐跌入失業大軍裡，家庭主婦則要每天盤算手中的家用，還有貨物短缺，生活每況愈下。

貨幣制裁實施後，里亞爾對一美元，隨即從一萬多下滑至三萬六，通貨膨脹則上升至百分之三十多。這只是官方數字，真正的膨脹數字應該更高。因此，在伊朗，外國人經常因貨幣有太多零，而搞得滿天星斗。

我曾去過多個受經濟制裁的國家，包括古巴、二〇〇三年前的伊拉克、敘利亞、塔利班時代的阿富汗，其所受的經濟制裁，立竿見影。特別是伊拉克，由於經濟制裁時間長，民生所受的打擊隨處可見，例如教授在街頭變賣書籍、父母要賣兒賣女等。不過，伊朗在經濟制裁下，人們抱怨之餘，無論情況怎樣糟糕，至少表面上仍可維持看似正常的生活。

這不是說制裁對伊朗民生沒有造成影響，只不過程度沒有其他受制裁的國家差。德黑蘭到處車水馬龍，市集裡人頭鑽動，店鋪販售各種各樣的貨品，商場霓虹燈閃爍。餐廳裡，人們繼續燭光晚餐，情侶含情默默；年輕人高談闊論，喝著沒有酒精的偽啤酒；一家大小則興奮地享受美食。

這一切都只是表面的現象。伊朗友人對我說，德黑蘭是個中產階級龐大的城市，這裡不少家庭有私家車，住的房子也不錯。與伊朗友人談起制裁，他指對伊朗人造成的影響，心理大過實際，就好像過去吃開羊脾，現在卻要改吃雞翅，人們難免怨聲載道。

但爛船也有三分釘，伊朗是個資源豐富的國家，本身就很富裕。所以伊朗不會有街童、沒有露宿者，人們生活如常。最有趣的是，每年都有不少女士花上大筆整容費，把鼻子弄小。有位女士告訴我，伊朗女性被迫從頭到腳包得嚴實，唯一露出的臉龐，她們便會極力以最美麗的狀態示人。難怪波斯美女多，唯一缺陷就是鼻子過大，於是大家爭相做矯形手術，因此即使在制裁下，美容生意依舊門庭若市。

在上述的表象下，經濟制裁的威力卻藏於細節中。雖然人民生活一切如常，女士們還有閒錢去整容呢！不過，只要深入民生，便知道制裁所造成的影響，對實際生活的衝擊未必比心理衝擊小。

伊朗人好客，不僅對外人，對自己人一樣熱情。他們過去都愛你請我、我請你，到家中開派對，大吃大喝，天南地北無所不談。這種社交活動至少每星期一次。星期五放假天，在德黑蘭住宅區，特別是中產住宅區，路邊都會停滿車，屋內傳出陣陣歡笑聲，伴隨著悅耳音樂。

伊朗雖然是個神權國家，社會規範嚴格，但在家裡什麼都可以做。因此，家，就是伊朗人私密的自由小天地。少女們回家後立刻除下頭巾，換上性感衣物，甚至抽起菸來；夫婦間互相調侃，親熱動作時而有之；男主人拿出珍藏的威士忌，與同好一品酒精的誘惑。

總之，家，不僅是居所，更是個可享受自由的社交場地。可是，在制裁後，人們手頭的錢少了，派對也少了。要減少派對的生活，對他們來說真是沉重的一擊啊！

由於工資在制裁下縮減了一半，大家只能多找幾份兼職。最常見的就是下班後當計程車司機，開著自家車在街頭到處兜生意；抑或上門做修理工作、顧問服務等。

我遇到一位開服飾店的中國女老闆，她說制裁比戰爭更厲害，就像是慢性毒藥，改變人的生活模式，打擊人的意志。貨幣縮水，租金上揚，消費下降，生意大不如前，利潤微薄，有時甚至是做白工，因此，她打算在不久的將來便結束營業，先回中國，再前往其他國家發展。

其實，制裁最致命的是藥物，許多藥物都無法進口。一名伊朗孕婦皺著眉頭告訴我，醫生建議她吃的補充劑都找不到，最後辛苦地在黑市找到一瓶，卻已過期，其他患者的情況更慘。

不過，就在大選前夕，美國仍不斷加大制裁，真是司馬昭之心。明眼人都知道，制裁是衝著伊朗大選而來的。美國認為制裁可以讓伊朗人怨恨政府，不去投票。低投票率讓伊朗新政府缺乏正當性，加上民生不穩、社會不安，美國期待人民起義。

美國《紐約客》雜誌資深記者西莫．赫許早有報導，美國手上有兩個選擇，一是在伊朗尋找代理人，拉一打一，讓伊朗內部推翻現有政權；另一選擇便是戰爭了。（作者按：本來美國前總統歐巴馬就核談判取得成果後，戰爭已不再是選項，有評論指這是因美國需要伊朗合作打擊「伊斯蘭國」。不過，川普上台後卻欲單方面撤消核協議，美伊關係再度緊張。）

事實上，過去美伊因核問題爭拗不斷，傳出可能訴諸戰爭。對美而言，「邪惡軸心」不能擁有核能源。但，伊朗人怎樣想呢？

先不要說核武，在核能的議題上，並不是每一位伊朗人都贊成因核問題與西方鬧翻，但不少伊朗人認為核能發展對國家不是沒有好處。我在德黑蘭認識一名年輕工程師，屬開明派，但一談到核問題，其立場竟靠近政府。他對筆者說，他相信核能可為伊朗節省燃油，讓政府可以出口更多的原油賺取外匯，改善國家經濟。即使是核武，他聳聳肩，反問筆者，伊朗鄰國從以色列到印度、巴基斯坦都擁有核武，為什麼伊朗不可以？

說到底，對多數的伊朗人而言，核能是民族尊嚴的體現，更是與經濟發展息息相關。無論哪一個陣營，都不會輕言反對。如果西方認為改革派上台，便會放棄核能發展，那只是個天真的想法。

不過，最重要的問題是，究竟美國是否以核借題發揮，制裁最終目的其實只是為了推翻現有政權？如果真是如此，恐怕制裁不能讓伊朗領導層就範之餘，反之加速其核能發展，並且合理化他們的反美邏輯，無助改善伊朗與西方的關係。

無論西方意圖為何，不少伊朗人希望能盡快打破西方的封鎖，改善與西方國家的關係。畢竟，伊朗人好客助人，渴望與世界接觸，更何況唯有如此才能改善國內經濟情況。

我所接觸的伊朗人，最關注就是經濟，能養家活口便感滿足。不要以為只有伊朗執政者追求穩定，老百姓也渴望能穩中求變，但他們並不力求大變。現只要一講起「阿拉伯之春」，伊朗人都不免搖頭，特別是面對敘利亞的殘酷內戰，他們似乎被革命嚇怕了。

一位伊朗藝術家說：「革命意謂把現有制度推倒重來。你們在外頭看伊朗，可能認為這個神權制度需要改變，但我們伊朗人過去數個世紀以來在伊斯蘭文化傳統裡生活，我們不是要否定伊斯蘭文化，而是否定那些不能把國家管理好的政客，我們追求具道德標準、合乎人道的廉潔政治。」他還說，伊斯蘭什葉派信仰是人民堅定的宗教信仰，他們以伊朗能成為什葉派的大本營而驕傲。在此，我先解釋伊朗為什麼選擇了什葉派。

有一點必須知道，伊朗人一直認為他們是古雅利安文化的繼承者，最討厭被誤會是阿拉伯人。

「雅利安」（Aryan）一詞在波斯文裡即是「有信仰的人」，古印度梵文則意指「高尚」，原居於今日俄羅斯西南部烏拉爾山脈附近（現為高加索地區）的古代部落，當入侵南亞次大陸和伊朗高原的部落時，他們自稱為雅利安人。隨後他們在歐亞大陸擴張，並創造過燦爛文化，使得當地不少部落爭相自認是雅利安後裔。

當阿拉伯帝國征服波斯後，波斯人有感屈居於阿拉伯人之下，卻又無可避免被伊斯蘭教同化。在此，他們對雅利安的強烈認同，讓他們選擇主張以伊斯蘭教先知穆罕默德後裔（聖裔）為繼承人的什葉派，就是在理念上正統、血統上純正高貴，這正符合他們眼中雅利安的屬性。

此外，主張公認選出繼承人（哈里發，Caliphate）的遜尼派屬主流教派，相比之下，什葉派變成少數，並經常受主流打壓，而穆罕默德的堂弟阿里繼任為第四任哈里發，後卻被殺害，長子哈桑未幾又被人毒死，次子侯賽因（Hussayn Bin Ali）公開反對伍麥亞王朝（倭馬亞王朝）哈里發亞茲迪（Yazid）的道德腐敗，也在卡爾巴拉之戰中被殺。

因此，什葉派充滿了悲劇情結，基本課題就是如何面對迫害，而「殉難」則是非常重要的精神。波斯人對此甚有認同感，終於到了十六世紀的近代伊朗薩法維王朝，什葉派被確定為國教。

在什葉派中有個悼念侯賽因的阿舒拉節（Ashura），被稱為是什葉派的「清明節」，信徒們浩浩蕩蕩上街遊行，男士會鞭打自己到出血以嘗皮肉之苦，女士則揪心哀號以感受聖裔被迫害的痛楚。在伊朗，這是個神聖的紀念活動節日。

每當腐敗統治者壓迫人民時，什葉派信徒便會以「亞茲迪」稱呼之，巴勒維國王就曾遭到這個指控，並催生了信徒的宗教信念。而為了抗衡迫害去為信仰殉道的這種精神，到了現代伊朗，更被結合到國族主義。例如上世紀八〇年代的兩伊戰爭，伊朗政府就曾以殉教之名，動員伊朗壯士參與戰爭、為國捐軀。宗教力量在伊朗，可謂是無遠弗屆。

雖然我們在媒體上得知伊朗有改革派，但改革派陣營中，一九八一年至一九八九年擔任伊朗總理的穆薩維，是出自伊斯蘭革命系統。即使前伊朗改革派總統哈塔米（M. Khatami），本身也是一位教士。從中可看出，伊斯蘭革命不僅為伊朗奠定牢不可破的基礎，同時也形塑出一種道德倫理標準，而深深根植在人民的思想中。

那麼，改革派支持者力挺穆薩維那場二〇〇九年的「綠色運動」，又是所為何事？

沒錯，二〇〇九年伊朗大選所引發的爭議，史無前例。代表強硬派的時任總統內賈德獲百分之六十三選票，成功連任，至於改革陣營的穆薩維只得到百分之三十四，遠低於預期。穆薩維及其支持者不服，指選舉舞弊，上街抗議，聲勢浩大的百萬示威人潮，吸引了國際媒體的廣泛報導。

內賈德對外形象並不討好，國際媒體自是緊盯他大選時的表現及改革派是否能取而代之，為伊朗帶來轉變。

在這樣一個年輕人口占六成的國家，的確有不少伊朗年輕人，發出強烈的改革渴求，當穆薩維黯然落敗的一刻，走上首都德黑蘭革命廣場抗議的絕大部分是年輕人，其中有相當數目的漂亮女生。他們選用特定的顏色——綠色，來代表他們追求的核心價值。這引來大家的揣測，顏色革命是否即將降臨在伊朗身上？

其實改革派支持者使用綠色，那是由於穆薩維競選時所用的代表顏色，綠色也代表伊斯蘭，或許因為該宗教源於沙漠地區，綠色讓人聯想到安詳、和平、希望，而內賈德使用的則是伊朗國旗顏色——紅白綠。

當西方媒體把二〇〇九年大選簡單地解讀為，反西方保守陣營勢力與親西方改革陣營之爭，我們不妨回看伊朗這個非常複雜的社會，當中其實存在著多樣化的力量，即使在同一派系裡也有矛盾與對立。

正如前述所指，道德倫理在伊朗占有極重要的地位。內賈德之所以能夠在二〇〇五年的大選中勝出，就是人民厭倦了其對手前任總統拉夫桑雅尼的揮霍奢華，而窮人亦不滿他在任時所推行的經濟自由化。因此，清廉儉樸形象又擁有博士頭銜的內賈德，正好代表了一股新保守力量，蓄勢待發。

內賈德的基層支持者中，大多來自農村，當中不乏認為哈塔米當政八年，有動搖社會信仰根基之嫌，因此轉向強硬的內賈德，期待他上台修補。

內賈德參選時承諾整頓傷痕累累的經濟、投放更多資源於貧困地區、正視社會不公及貪腐現象。而他上台後也的確大刀闊斧改善經濟難題，可是卻無以為繼，通膨與失業日益嚴重，城市的選民固然非常不滿，農村的支持者也開始抱怨。

因此，當大選結果顯示，內賈德不僅在農村取得高票數，城市如德黑蘭和大不利茲

(Tabriz)也取得過半數的選票，而後者甚至是穆薩維的家鄉，令人難以置信，選舉舞弊的說法不脛而走。

不過，國際媒體對德黑蘭以外的城鄉動態所知不多，亦未深究內賈德如何在競選中努力拉票，鞏固農村票數，反之大家全把焦點放在德黑蘭這個大城市，而這個城市也一直是傳媒、輿論、知識分子的聚焦之地。猶如置身在放大鏡之下，一有什麼風吹草動，都會引來極大關注。

毫無疑問，德黑蘭是改革的火車頭，雖然它只占國家七千多萬人口的一成，但這一成人口卻是全國菁英代表。當伊朗多數地區仍然高舉信仰道德旗幟之際，居住在德黑蘭的年輕人，特別在一九七九年伊斯蘭革命後出生的年輕人，不僅宗教革命包袱較輕，並早已透過蓬勃的資訊科技，默默受到世界社會運動潮流所感召，從婦女運動、學生運動，乃至公民運動，雖然伊朗社會仍缺乏公民參與(civic engagement)的空間，但新生一代已發出聲音，這聲音更是超越了改革陣營領袖的聲音。無怪乎此次浩浩蕩蕩的街頭抗爭，穆薩維表示這已超越了他，他無法控制其發展。

當官方打壓，審查手機和媒體，甚至禁止外國傳媒採訪，伊朗年輕人便利用社交網絡來傳達訊息，讓抗爭變得一發不可收拾，同時也因為超越一切，宛若無人駕駛的高速列車，展現出一定的危險程度。有伊朗年輕人大聲疾呼，他們要與官方好好打一場網絡戰（cyber war）。

其實，這股新生力量自二〇〇〇年就已衝擊著上層政治，例如上述大選首次引進美式辯論，透過全國直播，各候選人有平等機會公開爭辯政綱，可說是一種進步。有分析家直指內賈德的表現比穆薩維還要好，國際媒體對此卻沒有報導。但，選舉監察工作的確不夠獨立，仍受控於官方，沒人敢拍胸脯保證選舉過程是否公平、公正。

另一方面，街頭力量是否只針對選舉的公正性，還是有更高的訴求，也說不準。可是，他們使用特定的綠色，則惹來陣陣顏色革命疑雲，有人指背後有外國勢力介入，英國駐德黑蘭大使館受攻擊。

但，所謂綠色陣營裡也有不同的口號。有趣的是，陣營中有支持者指綠色代表和平、生機、自由繁榮，同時也追求道德，他們不是要拋棄伊斯蘭共和，而是希望把國家變得更開明。另一些激進改革者則希望能以現代共和來取代，好讓伊朗與國際接軌。

無論如何，最高領袖哈米尼一方面答應調查大選舞弊事件，另一方面政府軍警已出動鎮壓示威群眾，事態變得越發嚴峻。伊朗的改革力量叫人摸不清楚，但保守宗教勢力仍具優勢，他們除了有一定的支持者外，還控制了軍權，而伊朗軍隊對神權的忠心程度，讓革命很難發生。

結果，「綠色運動」在官方大規模打壓下退潮。現在與伊朗年輕人談起上次的大選，仍心有餘悸。一位曾參與示威的女大學生說：「在我心底深處，那道傷痕還在。」她來自較開明的中南部西菈子，二〇〇九年是大學生的她，我在二〇一三年認識時已畢業大半年，找工作始終未果，如今令她最憂心的是就業前景，對大選反倒處之泰然，因她明白理想與現實總有一段距離。

與西菈子相差七個多小時的中部城市伊斯法罕（Esfahan），相對保守許多，卻深得哈米尼的歡心，獲國家分配的資源也較多。女大學生說起來不是味兒，她說：「西菈子近年因沒資源發展停頓，與伊斯法罕不可同日而語，難道就因我們曾爭取改革，因此整個城市都要受懲罰？」

當外界奇怪伊朗是否有大變動時，其實自二〇〇九年改革派已被打壓得一蹶不振、難成氣候。但保守派也不見團結，互相傾軋，從二〇一三年大選可見一斑。

在哈米尼影響下的監護委員會，所批選的八位候選人，全都忠心於哈米尼。即使同屬強硬保守派陣營，只要曾與他對著幹的都不能入圍，例如時任總統內賈德，欲找其副手參選，最後卻不能如願，甚至還鬧上法院，暴露出保守派陣營中的權力內鬥。

內賈德可能以為他餘威尚存，但事實則是，不要說支持者對他失望，連保守派陣營內也有不少人對他很失望。最後內賈德無奈game over，玩完了。

內賈德執政期間，外交與經濟政策最為人所垢病。他不擅處理宏觀經濟，弄得一團糟，導致國內經濟停滯不前，再加上他外交強硬，毫無轉圜餘地，美國藉機加大制裁，也迫使盟友如歐盟等必須跟隨其後，之前歐盟禁運伊朗石油，和美國割斷伊朗與國際金融機構聯繫，為原就不振的伊朗經濟，送上致命一擊。

在穩定中求變

二〇一三年六月十二日晚上，伊朗總統大選助選活動最後衝刺。原本平靜的首都德黑蘭，就在這一刻，愈來愈多的群眾上街聚集，當中有不少是候選人魯哈尼的支持者，他們高喊口號、情緒高漲，便衣警察到處監視，氣氛開始緊繃，即使是合法的外國電視台採訪隊，仍不時受到警察截停問話，採訪過程舉步維艱。

大家原以為這次伊朗大選平淡如水。事實上，截至大選前一、兩天，街頭上除了到處可見的候選人海報外，一點大選氣氛也沒有。雖偶有零星的街頭助選活動，很快便被警方認定為非法集會而遭到驅趕。

選民的冷漠可歸咎於進入最後決選的八位候選人，幾乎清一色都屬保守派陣營，差別只在是強硬保守派或溫和保守派，讓選民根本無從選擇，甚至質問究竟是政府選總統，還是人民選總統？

大選前兩週，隨便詢問任何伊朗人，屬意哪位候選人？他們面有難色，很難回答，聳聳肩，因為就連是否會去投票都尚未決定。

此次大選，伊朗領導高層對候選人抓得特別緊，主要是最高精神領袖哈米尼等具影響力的保守派高層，深感危機處處。

在外，西方世界對伊朗虎視眈眈，加上阿拉伯地區亂作一團，特別在敘利亞內戰問題上，西方及其阿拉伯盟友咄咄進逼，阻止伊朗支援敘國政權。但伊朗領導層認為支援同屬什葉派的敘國政權，不僅是意識形態上的選擇，還有其務實考慮。正所謂唇亡齒寒，敘伊兩國在中東地區同屬少數的什葉派政權，如果敘利亞的阿薩德政府倒下，下一個西方要對付的國家，就是伊朗了。只要一亂，西方便有機會對伊朗上下其手。

因此，哈米尼認為外患當前，必須先穩住國家內部局面，更何況二〇一三年的大選是在二〇〇九年大選陰影下進行。因此，一切以穩定為重。

事實上，伊朗人似乎已厭倦革命。要改革，不要革命，變成了選民的共識。本以為連改革也無望，對投票淡然處之。怎知大選前夕有兩名候選人突然退選，目的是為他們的盟友固票。其中標榜尋求改革的溫和保守派阿雷夫讓路給盟友魯哈尼，而魯哈尼則「變節」投向改革派，燃點起改革曙光，十二日助選活動衝刺當晚，選民的熱情再次回來了。

六月十四日，平靜的伊朗首都德黑蘭，難掩選民的熱情回歸，而且愈夜愈熱情澎湃。原本下午六點便結束投票，但在黃昏日落之際，較大的選站外仍有人龍，投票時間不斷延長，選民用手中的一票燃點出改革最後一道曙光，結果投票率高達百分之七十三，讓不少觀察家大跌眼鏡。

被視為保守溫和派的魯哈尼，一直以過半的票數領先。改革派這回孤注一擲，集中力量支持魯哈尼的策略奏效，扭轉原本改革無望的局勢。魯哈尼投向改革派陣營，雖然有選民認為他不會帶來大變，甚至懷疑這只是為了當選而做出的改變，但他畢竟是改革派的唯一選擇。

伊朗政府過去加緊宣傳，就是希望衝高投票率，美國則是緊盯不放，因為低投票率更有利他們用來打擊伊朗政權。伊朗大選，始終牽動著緊張的中東地緣政治。

最後，高投票率真的成功造王。當伊朗宣布溫和派魯哈尼成為新總統後，晚上大批伊朗人上街慶祝，把德黑蘭市中心的主要街道擠得水洩不通，我夾在中間有點進退不得，嗅到的盡是他們的汗水與淚水。

一位少女抓著我的手，激動說：「我們的選票奏效了，啊！我們的選票真的奏效了！」她把我的手愈抓愈緊時，我的心也受到感動。此時，我想到了我們的民主之路。

伊朗式民主雖然仍為西方世界垢病，但這次伊朗大選的結果，反映了人民力量還是有點作為。

與德黑蘭大學學者一席話

就此，我在德黑蘭親訪德黑蘭大學國際關係主任阿斯加哈尼教授（Abu-Mohammad Asgarkhani）。

問：阿斯加哈尼教授，新當選的總統魯哈尼在競選期間，一直不為人所注意，外界還以為，有精神領袖哈米尼親自祝福的強硬派賈利利（首席核談判代表）會大熱勝出。但，最後卻是由改革派支持的魯哈尼當選，當中有何含意？

答：對，外界都感到驚訝，不少國際媒體預測結果早已定好，加上國際觀選團缺席，他們事前總是用質疑的角度，審視這次的伊朗大選。現在正好證明，這次大選過程是誠實的，而結果也如實反映了選民的意願。魯哈尼獲百分之五十的選票，賈利利僅獲百分之十一的支持，比卡里巴夫（德黑蘭市長）的百分之十六還要低，其他候選人得票率更少。魯哈尼大幅拋離對手，這反映了主流民意對內賈德過去的強硬政策方針，早感到厭倦。因此，這次強硬派也紛紛中箭落馬。要知道，伊朗的人口很年輕，超過一半在二十五歲以下，而魯哈尼對內主張社會公正和言論自由、對外則主張與國際社會建立建設性互動關係，並高舉智慧與希望，這對年輕選民非常具吸引力。

問：有評論對魯哈尼可以帶來改革，不抱樂觀，他到底是位教士。

答：再前一任總統哈塔米也是位教士，但他是改革派的符號，這回他親自出面支持魯哈尼，扭轉了他的選情。好了，內賈德不是教士，還與哈米尼不和，更是推行強硬的民粹政策，人民便把伊朗種種問題全怪罪於他。

問：不過，內賈德政策卻受到農村的歡迎，是嗎？我到過農村，當地不少老一輩的人都稱讚他。

答：沒錯，內賈德對農民派福利，農民看到的是眼前利益。上一屆大選，他不僅在農村獲高票數，城市如德黑蘭和大不利茲也取得過半的選票，而大不利茲更是穆薩維（內賈德當時的競爭對手）的家鄉，反對派和外界便質疑，選舉可能有舞弊。內賈德參選時，承諾整頓傷痕累累的經濟，投放更多資源於貧困地區，正視社會不公與貪腐現象。上台後，他的確大刀闊斧改善經濟難題，可是後來卻無以為繼，通膨與失業問題日益嚴重，城市選民不滿，連農村的支持者也開始抱怨。雖然他仍有一些死硬派支持者，但不少人都有一種受夠了的感覺，渴望有所轉變。

問：伊朗的經濟難題，西方的經濟制裁是否是一個主因？

答：西方的經濟制裁是個問題，但不致拖垮伊朗，其實內賈德到後期也不得不承認，他對經濟最不熟悉，其所推行的經濟政策有誤。可笑的是，他還與多位經濟智囊關係不佳，甚至將他們免職，政府內部人事經常更迭，導致政策不穩，他曾對此公開表示後悔。

問：選民最關心的就是經濟，魯哈尼可說是身負重任。你認為他上任後，最大的挑戰就是要改善經濟嗎？

答：魯哈尼面對的挑戰，除了國內經濟外，還有外交，這包括外國制裁、敘利亞問題及核議題。

問：伊朗國內經濟與外國制裁關係密切，但西方制裁卻與伊朗核問題不可分割。魯哈尼曾是核談判的首席代表，並與歐洲多國簽署暫停生產濃縮鈾協議。他上任後會在核立場上做出讓步嗎？

答：他上次與英、法、德等國所簽署的協議，已是哈塔米時代的事了，但也只說是暫停生產。要知道，發展民用核設施乃是國策，任何一位總統上場也不會改變。但西方則不斷指責伊朗有意發展核武，以此發難向伊朗實施制裁行動。他們在沒有證據下，做出此等行為，老百姓成了最大的受害者，可謂侵犯了伊朗人的人權，他們卻不停把人權掛在嘴邊。

問：西方指伊朗核政策不透明、不受監察，對世界安全構成威脅。有報導更指美國可能因此攻打伊朗，你有何看法？

答：哈哈，這幾年間這些報導不斷，還指是來自華府消息，歐巴馬不排除以軍事解決做為最後選擇云云。可是，我認為攻打伊朗是不可能的。歐巴馬在某些場合的確曾表示，伊朗核問題影響美國和盟友的安全。當美國安全利益受到威脅，他們會選擇用軍事自衛，還指以色列也有權做出自衛行動。有分析家遂以此認為美國向以色列攻打伊朗開綠燈，甚至美以聯手。但，歐巴馬在另一場合也表示過，他深知用武力解決伊朗核問題的後果，這對美國和以色列都不利，並會引發災難性的地緣政治，大家都付不起巨大的代價。

問：那麼，伊朗會有發展核武的可能嗎？

答：伊朗最高領導層已不斷強調不會發展核武器，這是個底線，問題是如何取信於西方。要知道，伊朗是首批簽署核不擴散條約的國家。但我個人則認為，當伊朗被鄰近核武國家包圍，這包括印度、巴基斯坦、以色列等，在這種情況下，基於自衛原因，為什麼伊朗不能發展核武？三十年前我就已提出了這個疑問，沒人能正面回答。而我從不掩飾這個立場，還為此寫過不少文章去釋明。即使在伊朗，我的聲音是把孤獨的聲音。

問：我去過日本廣島，該地見證了核武遺害，全球公民社會反核聲浪強大，你的主張不是有違反核潮流嗎？

答：我明白，我當然明白。如果各國要伊朗放棄核武，至少鄰國也要仿效，那麼，我們自然沒理由去發展核武。但現實政治不是這樣啊！伊朗有權保衛自己的國家。事實上，西方一直敵視伊朗，從未放棄改變伊斯蘭世界。看看敘利亞，西方勢要推倒阿薩德政權，其中有多少原因是衝著伊朗而來的？

問：當伊朗經濟陷困境，有人抱怨伊朗政府花巨款支持阿薩德政權。

答：伊朗必須支持敘利亞，因西方、沙烏地阿拉伯和卡達正在支持該國的遜尼派，目的就是要削弱伊朗的什葉派。其實什葉派在中東地區勢單力薄，而伊朗是什葉派唯一的大本營，為什葉派提供了一個生存居所。援助敘利亞方面，數目不像外界所說的龐大，援助是出於一種道義。我相信魯哈尼在敘利亞這一政策上，也不會有改變。

問：有分析指伊朗總統權力有限，特別在外交上。因此，魯哈尼也不會為伊朗帶來顯著的改革，改革之路仍是困難重重。

答：魯哈尼雖然態度和立場都較為溫和，怎樣說也屬保守派陣營，他在伊斯蘭革命中，是精神領袖何梅尼的忠實追隨者。

問：魯哈尼勝出後第二天，支持者上街慶祝，還喊出釋放穆薩維，人們的確對魯哈尼寄予厚望。這是否表示，選民已視魯哈尼為改革派陣營，除經濟外，還希望魯哈尼推行政治改革？

答：誰屬哪一個陣營，誰說得準？時移便勢易。有人還會記起，穆薩維在一九八〇年代擔任伊朗總理時，也以強硬保守見稱，他可是出自伊斯蘭革命的系統。好了，多謝妳的採訪。世界應該有更多的互動、交流，才能促進彼此的了解。

期待中的「希望名單」

魯哈尼終於勝出，他上任後亦推動不少社會改革，而且於二〇一五年在核談判中成功取得突破，以美國為首的西方陣營終於解除對伊朗的部分制裁，我在伊朗認識的朋友無不歡天喜地傳來電郵告訴我，這對他們而言，無疑是個好消息，最大原因是經濟，同時也期待與世界再接軌。

事實上，國際社會就伊朗核問題上已糾纏了十多年之久。由於魯哈尼甫上台即向美國遞出橄欖枝，表示願意就伊朗核能研發展開對話，並承諾不觸碰核武，還提出新建議書等，時任美國總統歐巴馬也以友好姿態回應。

這實在是天時、地利、人和的配合。如果不是在新一輪的反恐戰中，特別在打擊「伊斯蘭國」（ISIS）的行動上，伊朗扮演著重要的角色，西方與伊朗的緊張關係未必能這麼快取得和解。加上歐巴馬在卸任前希望留有外交成就，而伊朗經濟日益下滑、民怨四起，朝野上下極欲打破困局，在這情況下，核協議自然水到渠成。

但，雨過天未晴。當國際解除伊朗制裁不久，美國隨即又宣布對伊朗十一個企業和個人實施新的制裁，以回應伊朗的彈道導彈計畫。最要命的是，美國右翼總統川普甫上任，便提出不承認核協議。

走在伊朗街頭，你會發現伊朗人都是誠惶誠恐的，他們深感什葉派在中東地區的命運是這般的不可預測，曾擁有波斯帝國輝煌歷史的伊朗，既強大又脆弱，不過該國已成為中東局勢重要的風向球之一。

無論如何，核協議達成後不久，伊朗舉行國會選舉，由總統魯哈尼所領導的政黨「希望名單」（List of Hope），囊括首都德黑蘭在國會的所有席次，國際傳媒無不以「改革派壟斷德黑蘭議席」為標題。到了二〇一七年的大選，魯哈尼獲取過半數選票，得以連任，但強硬派是酸溜溜，認為他向西方屈服，又不滿他對內的寬容政策，處處針對他；到二〇一七年除夕，伊朗發生反政府示威，有人便指這可能是強硬派以此來削弱魯哈尼政府。總之，眾說紛紜，而反政府示威延續至二〇一八年新一年剛開始不久便暫時平息，社會氣氛又收緊。

回想二〇一三年伊朗大選，身為教士的魯哈尼明明屬保守派陣營，最多只能說是保守派中的開明派，為何魯哈尼及其「希望名單」現均被視為改革派？無論如何，伊朗再次面對大選，他們期待魯哈尼真的給了選民一份希望名單，即使前路有多少風雨。

不過，大眾媒體對伊朗根深柢固的刻板印象，又是否一時能消失呢？

看英國導演理查德．雷蒙德（Richard Raymond）關於伊朗的電影《沙漠舞者》（Desert Dancer），這部改編自伊朗舞者追求自由的真人真事，演員、取景均與伊朗無關，對白也是英語，這方面可以理解，但是不免有點可惜。

正如《追風箏的孩子》，其美國導演馬克．福斯特（Marc Forster）一樣未能實地拍攝。阿富汗是個危險之地，要深入該國拍攝根本不可能，只能找到相似的自然景觀為場景；《沙漠舞者》也面臨同樣挑戰。

不過，這可能不是關鍵，關鍵在於內容，太過一面倒，而且流於形式。其實，西方導演拍攝東方題材，無論是馬克．福斯特或理查德．雷蒙德，我不會感到奇怪，他們都難免陷於巴勒斯坦學者薩伊德（Edward Said）所批判的「東方主義」（用西方刻板視點理解東方並引申到東方與西方的對立）。這由於他們沒有去過所要講述的地方，也未必深究相關的歷史，所以只能一味地堆砌一些刻板的描述。

我如是說，並非否定導演所要表達的東西。例如伊朗的確存在人權的問題，人民受到很多的限制，道德警察也確實存在。就好像在《沙漠舞者》這部電影裡，主角賈艾信（Afshin Ghaffarian）深愛跳舞，卻因伊斯蘭律法的禁止，而與一群志同道合的朋友轉到地下，並組成地下舞團。

與此同時，道德警察正密切監視他們、打壓他們。當時的背景是二〇〇九年的大選年，年輕人追求改變，走上街頭，示威抗議連場。沒錯，自由就像空氣一樣，不可或缺。在每個人的心底裡，都會對自由有強烈的呼喚。有關自由，自古至今，有不少探索，在哲學、政治、經濟、文化領域上，各家各派爭論不休。《沙漠舞者》主角賈艾信與一群熱愛跳舞的朋友，勢要克服政治的打壓、衝破社會的障礙，跳出一片自由天地。因此，賈艾信和同伴們偷偷走到杳無人跡的沙漠，還帶著一批觀眾，在沙漠上表演。

這場沙漠舞蹈要表達的是個人對自由的追求與國家機器追捕之間那一種張力，發揮得淋漓盡致。黃沙浩瀚，夕陽照耀，人的確渺小，卻因心中的渴求，跳出強大的自由力量。

電影結束前的一幕舞，賈艾信在巴黎舞台上，於舞蹈中展示心中因種種打壓而留下的心靈傷害，並以無比的勇氣回擊，讓人動容。

只是，賈艾信拿出一條綠絲帶，繫在手腕上，展示勝利姿態之際，導演這時卻簡單地把伊朗分成黑白兩派：保守派和改革派，前者邪惡，後者則是天使。諷刺的是，慢慢容許人民跳舞的卻是原屬保守派的總統魯哈尼。當他在大選中勝出時，有人上街跳舞狂歡，不理會禁令，但警察也沒有騷擾，這不禁讓人看到一點點曙光。

無論如何，連跳舞也禁止的地方，對我們來說，簡直是匪夷所思。當你去過伊朗，便會發覺，伊斯蘭律法是一回事，伊朗人總能用自己的方法繞過它。不過，自總統魯哈尼上台後，他認為人民有權透過舞蹈表達快樂，並釋放那些自拍跳舞上傳網路的青年，這讓不少藝術工作者對解禁充滿期待。

除了放寬跳舞外，魯哈尼又回應愈來愈多女士質疑戴頭巾的法律規定。在二〇一七年的夏天，德黑蘭突然掀起一場「星期三白頭巾」運動，發起人乃是流亡到紐約的伊朗裔女記者Masih Alinejad，她透過社交媒體推動伊朗婦女反抗頭巾強制政策，鼓勵女性在每週三佩戴白色紗巾來對抗伊斯蘭傳統的黑色服裝。有勇敢的女孩索性拋掉頭巾，讓秀髮飛舞。

面對這場頭巾運動，魯哈尼又宣布公共場合不戴頭巾的女性，不需負上刑責。這位伊朗總統一再向年輕人示好，展示他的開明作風。難怪在二〇一七年的大選中，有不少年輕選民表示，他們別無選擇，只能繼續押注在魯哈尼身上，讓改革成為事實。

占有六成人口的伊朗年輕人，大多渴望從頭巾自主到生活自主，並能看到伊朗翩翩舞影。

沒有一成不變，伊朗也在變了。

詩人與玫瑰的天堂

在這個波斯文明古國裡，還有詩。原來伊朗詩人世界知名，該國家早有「詩國」美譽。

我在伊朗最難忘的時刻，就是與當地的詩人墨客在一起。首都德黑蘭市中心有一個地方叫「藝術家論壇」（Artist forum），是個藝術家流連之地，長年有展覽、有表演。隔壁有間別致的餐廳，昏暗的燈光下是電影導演、畫家、詩人、音樂人、設計師、作家的身影。

走進這家餐廳，連女侍應也甚有藝術氣質，不禁要求與之合影。坐下來，我竟對女侍應有唐突要求。我問，在客人中，妳看見有詩人在嗎？可否為我引介認識？

這位女侍應不僅不覺得我的要求唐突，還認真幫忙四周尋找，我默默地坐著，等待意外的驚喜，並偷聽其他伊朗客人說波斯語。波斯語聽來十分優美，被稱為東方的法語和義大利語。再聽下去，你便會感到他們活像在吟誦詩句。

在中部古城伊斯法罕、西菈子，到處可見詩人雕像，抬頭則可見以詩人名字命名的街道牌。而西菈子更是詩人之鄉，其中赫赫有名的是古代波斯詩人菲爾多希（Hakim Abol-Ghasem Ferdowsi Toosi，西元前十世紀至西元前十一世紀），令人肅然起敬。

菲爾多希較之希臘荷馬、但丁不遑多讓。他的代表作《王書》，又稱《列王紀》，全詩有六萬聯句，共計十二萬行，記載了五十個國王統治時期的大事，時間橫跨四千六百年，可謂是史詩中的史詩，並成為後世不少文學的思想源頭。

詩人力抗當時的阿拉伯語霸權，堅持以波斯語寫作，他曾這樣說：「我三十年辛勞不倦，用波斯語拯救了波斯。」

有時真不知是因為波斯語如詩，所以伊朗才盛產詩人？還有伊朗詩作有個特色，就是可以唱出來，而且優美動人。原來，伊朗有不少歌曲，都是從詩改編過來的。

不多久，女侍應果真帶了一位詩人來到我面前。三十餘歲，高瘦身型，長髮，還有一把鬍子，名字叫Farshid，是位後起之秀。

他很願意和我分享伊朗詩作的特色。

「誰想在蒼穹最高處翱翔，就必須忘記地上的穀粒。」Farshid指伊朗的詩滿有哲理，不無受蘇菲派的影響。事實上，許多伊朗的年輕什葉派穆斯林公開表示皈依蘇菲派，蘇菲派是伊斯蘭教的一個神祕主義教派，它在伊朗深具影響力。而Farshid也坦承，他喜歡蘇菲主義，作品裡都有蘇菲影子。

原來，伊朗藝術家企圖從這個神祕主義教派，領悟跳出紅塵的自由。但伊朗政府對蘇菲派一直存有戒心，認為有顛覆意味。

伊朗當代知名詩人埃姆朗・薩羅希(Emran Salahi)在十三年前，親自編輯了一本詩集《隱祕之雨——莫拉維四行詩集》。莫拉維是伊朗古代最偉大的蘇菲派詩人，從中可見薩羅希對蘇菲主義的鍾情，並引領著他走向哲理化。

《一千零一面鏡子》是薩羅希的代表作，充滿對人本體存在的思索、對定命的思考及詩人在尋道過程中的激情與茫然等。它所展示的是一條無盡的「心靈之路」，在伊朗的絲綢道路上泛起一波波的漣漪。

「鏡子」指的是濾淨雜質的心。人只有濾淨心中雜質，把心打磨得如鏡般明亮，才能覺悟到宇宙間的絕對精神，「一千零一面鏡子／轉映著你的容顏／我從你開始／我在你結束」。

伊朗的詩也呈現了古代東方哲學的重要部分。Farshid娓娓道來。他為我打開了一扇窗，那「就是藝術、就是詩歌，我們希望從那裡找到真實的聲音，陶冶真正的生命」。這也是伊朗大導阿巴斯・基阿魯斯塔米(Abbas Kiarostami)自認的追尋之路。

不過，人們最關心的還是伊朗如何接軌西方現代社會價值。在古老文明傳統與現代化的轉型之間，總是橫著一條艱難的道路，正如前述的命題：何謂現代化？

這是我少時讀歷史的一個大哉問。當我們現在提到國際標準，即西方標準；當我們談到現代化，即追趕西方的現代化。那麼，在現代化的過程裡，就只有超英趕美一途嗎？伊朗人常常這樣問我，但無論如何，他們都不願像巴勒維的王朝回巢。可是，神權政治自伊斯蘭革命發展至今，已出現疲態，難與時俱進，無法滿足伊朗愈見龐大的年輕人口。世事沒有一成不變，如何能在豐富的波斯文化遺產上求革新？

從波斯文明說起

個人覺得伊朗人與土耳其人極其相似，昔日帝國文明的光輝，早已鑽進了一個民族的集體潛意識。事實上，古波斯有不少成就，例如古波斯天文學家和地理學家花拉子米（Abu Khuwarizimi），撰寫的《積分與方程計算法》，乃是世界上最早對積分、高次方程和多元方程的思考，較牛頓的微積分早了七個世紀。該著作在十二世紀被翻譯成拉丁文、十六世紀成為歐洲的數學教科書。

而生於十世紀的波斯學者伊本·西那（Abu Ali Avicenna），更是無所不通，研究範圍之廣，令人咋舌，被視為波斯最偉大的學者。從哲學、醫學、幾何學等無所不涉，其著作

《知識論》便涉及了邏輯學、數學、天文學、形而上學等自然科學和哲學領域。

伊本·西那主張客觀觀察，以理性主義解決問題，從中可知，「理性主義」不獨來自西方的啟蒙時代，後者比伊本·西那時代其實晚了許多。

除上述成就外，一次在與朋友們談論民主時，其中有人指出，最早被提到類似的概念，就是這個東方的波斯帝國，而非西方。當時波斯帝國的第一代大流士大帝時代，在研究政治體制時，就已談論到類似「民主」一詞。

這是西元前五二二年在波斯帝國所發生的事，話說發動起義、推翻篡位者的七個貴族義士，他們聚集在一起討論革命後的局勢及日後的政治安排。

其中一位義士歐塔涅斯（Otanes）竟然清楚指出獨裁的禍害，他談到民主。沒想到在西元前五世紀期間，現今被我們視為獨裁國的伊朗，原來他們的祖先比古希臘還要早討論到民主和獨裁的利與弊。

歐塔涅斯主張讓全體波斯人參與管理國家，他認為由一個人為所欲為的獨裁統治，並不是件好事。他以岡比西斯二世（Cambyses II）為例，這位獨裁者驕傲自滿，而另一位獨裁者瑪哥斯僧則旁若無人、不需問責，那麼這種獨裁的統治又有什麼好處呢？即使世界上最優秀的人，當擁有一切權力時，便會脫離正常心態，因特權產生驕傲，讓身邊的人嫉妒，而驕傲與嫉妒乃一切罪惡的根源。

另一位義士邁加比佐斯（Megabyzus）卻反駁說，獨裁固然不好，但把權力授予民眾一樣危險，因民眾很多時候是既愚蠢又殘暴無禮，而且盲目。因此他提議挑選一批最優秀的菁英，把政權交給他們，名為寡頭管治。

到了大流士大帝發表意見。他說，民眾之治（democracy）和寡頭之治（oligarchy）都有毛病，後者會讓統治菁英為了爭取領導地位，他們之間會互相敵視、相互傾軋，導致流血，結果不也是回歸獨裁。既然如此，那還不如由一明君統領天下，無謂走冤枉路。（參考希羅多德〔Herodotus〕的《歷史》）

想不到，五世紀時的討論，至今未休，而且兜兜轉轉。

雖然大流士傾向中央集權統治，但前人居魯士（二世）大帝所留下的「大統一、小自治」，大流士仍繼承這個原則，並推而廣之，實行行省制、軍區制、貨幣稅收制度等開創性制度，讓這個帝國得以延續。而這種統治方式，成為後來的羅馬、阿拉伯、鄂圖曼等大帝國的重要參考。

因此，有不少歷史學家認為，波斯帝國對世界的影響，乃在於它的制度。事實上，由於它做為人類第一個跨國度大帝國，要如何統治，便成為統治者的頭號難題，但又沒有前車可鑑，只能靠自己摸索。

波斯帝國得到歷史的高度肯定，這首先要歸功於帝國創始者居魯士大帝，他為他的江山注入了不少人文元素。在位期間雖不斷擴張版圖，卻從不以消滅其他文明為己任，反之對美索不達米亞平原兩河流域文明保護有加。

居魯士大帝受後人尊重，被視為活出古代人權的典範；即使亞歷山大大帝一手毀滅波斯帝國，但他對居魯士大帝卻十分尊重，並曾到其墓前祭拜。

古希臘一度受波斯帝國的統治，並吸納其思想文化。柏拉圖自其老師蘇格拉底被賜毒酒身亡後，對當時所謂少數服從多數的民主心灰意冷，自我流放於外多年，近五十歲才回到希臘，並寫出《理想國》(*Republics*)。

究竟柏拉圖去了哪些地方？受到什麼影響？在歷史上絕少被提及。後來有人指他曾到過義大利、埃及，再往東至波斯，而波斯對其影響最深，只要閱讀過《理想國》便可知。

柏拉圖在《理想國》這本借用他老師蘇格拉底來說話的對話錄裡，有個重要的主題，就是在可見的世界外，有一個更真實的世界，這是屬於Nous(心靈、心智、智能)的世界。他的理論為西方的唯心哲學奠下基礎。

更有趣的是，柏拉圖還提出太陽這個比喻，這是出自《理想國》第六卷中後段，太陽等如善，善是Nous之源。再回看波斯帝國，其信仰就是環繞太陽，拜火教是他們的核心宗教。因此，有人指柏拉圖受波斯影響至深，不無道理。

柏拉圖強調唯心主義，但他的學生亞里斯多德卻提倡唯物主義，西方思想自此分成兩大路線。

如何理解世界，決定了世人對心中「理想國」的看法，而黑格爾和馬克思分別是唯心與唯物的繼承者，並影響了世界的發展，這是理念的威力。

亞里斯多德曾說：「吾愛吾師，吾更愛真理。」不過，你真的掌握了真理嗎？柏拉圖指出心靈世界才是個更真實的世界，還指要有善，善才能「照耀」，照耀必靠太陽，太陽是知識之源，善即是智慧之源。在此，我相當好奇，他探訪波斯時有受到拜火教影響嗎？

小時候讀金庸小說，認識拜火教，在伊朗時有幸能探訪拜火教遺址——亞茲德。人類從茹毛飲血到用火烹煮，進入熟食時代，火，正是文明的象徵。事實上，拜火教影響深遠，只不過被亞歷山大大帝毀了遺產，甚為可惜。

一位老師，一個學生，柏拉圖與亞里斯多德這兩位師徒，兩人竟背道而馳，前者認為心靈世界才是真實，後者則堅信真理顯現於可見、可觸、可量度的世界，因此我們可藉由眼睛獲得知識。

無論唯心或唯物，後來已有思想家指出，人類世界心與物相輔相成，不能獨自而存在之，而兩位古希臘哲學家，也不是這麼絕對主義，只是出自於翻譯問題，例如materialism為何在中文翻譯裡就變成唯物主義，而不是物質主義？

追求物質並奉物質為神明，成為日後資本主義的核心價值，即為了滿足人類無限的物質欲望，而不斷去創造和累積物質財富。社會學家韋伯有本經典著作《新教倫理與資本主義精神》（*Die protestantische Ethik und der Geist des Kapitalismus*），指出兩者的關係。要知道，新教乃是革羅馬教會的命而來，那一場宗教改革是否就此奠下了資本主義精神？

毫無疑問，在人類歷史裡，多個文明你追我逐，甚至衝突不斷，當然，發展無分前後，以達者為先。《西方憑什麼：五萬年人類大歷史，破解中國落後之謎》（*Why the West Rules—For Now*），作者摩里士（Ian Morris）指出了一個歷史法則，就是當社會向上發展，自會出現阻礙。發展遇到阻礙，不可能一直原地踏步。不突破，便會衰退或崩潰。核心衰退，只得淪為邊陲。但如有一天又發展出後發優勢，便會再次躋身世界核心。

伊朗，它在世界的核心，還是邊緣？不過，有一點可以肯定，就是它仍擺脫不了西方的視線。西方愈向伊朗施壓，伊朗神權政府愈退回傳統的保護傘內，社會時進時退。就在二〇一八年新年來臨前，伊朗突然爆發繼二〇〇九年後另一場街頭抗爭行動，再度受到全球的關注。與二〇〇九年不同之處，就是今次參與者有不少勞動階層，反映伊朗經濟惡化。不過，最令人感意外的是，在紛陳的口號中竟然有人高喊打倒伊朗最高伊斯蘭精神領袖，並喊出：「我們是雅利安人。」意指回到被伊斯蘭同化前的波斯文明。

伊朗政府平息反政府示威後，竟取消學校英語課程，以防西方的「汙染」，從中反映了這個伊斯蘭什葉派大國內心的不安。在伊朗高原上，「文明的衝突」戲碼總是如此的劇烈。

「成人利用一種奇怪的方式將自己納入某種群體中。他們會構築某種障礙……可能是宗教、地位、膚色、黨派、國家、省籍、語言、風俗習慣及貧富的分界等。因此他們是活在自己所建築的監牢內。」

——傑華赫拉．尼赫魯 Jawahalal Nehru

第四章

印度：矛盾綜合體

—

INDIA

1

2

4

3

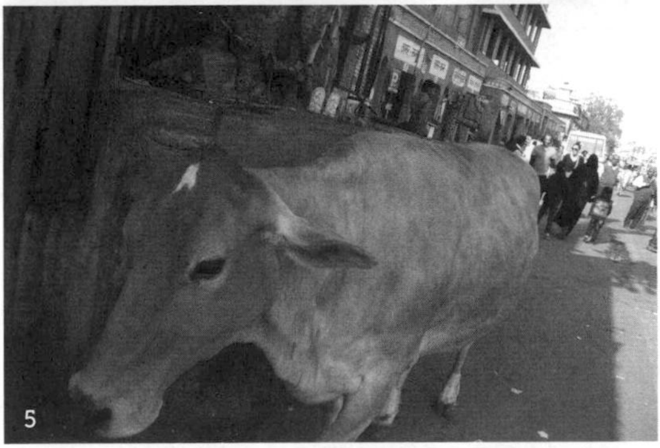
5

1　印度官方與民間關係緊張。

2　印度面對嚴重婦女歧視問題。

3　甘地精神對現代印度仍有很大價值。

4　南美革命英雄切．格瓦拉受印度人崇拜。

5　印度牛隻對印度教教徒而言，有其神聖位置。

進入連結伊朗高原的印度次大陸，真可謂是眼花撩亂，當地的色彩已夠讓人目不暇給，還有悠久複雜的歷史、繽紛的文化傳統、光怪陸離的社會及理不清的宗教信仰，我不得不先做幾個深呼吸，好準備又一趟的古文明採訪之旅。

做為一名女性，單獨跑到印度，身邊的親戚朋友總會多加提醒，小心這個世界的最大民主體制國家對女性的態度卻猶如置身古代，充滿著野蠻歧視與暴力。我第三次前往德里時，恰巧就在一宗轟動的公車輪姦案後不久，那年是二〇一二年的十二月，大家都對受害者的遭遇心痛不已。

最靈性也最汙穢，最神聖也最不公

我以此開始這一章節，是否會對這個國家有欠公允？畢竟它也是個充滿精神力量的悠久文化之地，外國人很愛到這裡進行靈修和學習瑜伽。尤其是瑜伽，乃古印度文化裡六大哲學派別中的一派，主要探尋「梵我一如」的修行道理與方法，不禁讓人對那些隱身深山的印度修行者有著無限想像。

修行，對印度教教徒而言，是神聖的。在印度教中，生命不是以今生的生死為始終，今生只是一系列生命中的一個環節，每段生命的內容都與前世的作為有關。一個人的善行能使人升為婆羅門（種姓制度中最高等），惡行則讓人墮為首陀羅、賤民，甚至畜類。

但，印度可真是個既奇怪又矛盾的地方，本身是東方哲學的發源重地之一，重精神和諧多於物質占有，強調心靈淨化多於私慾追求，論菩薩慈悲不能不談博愛公義，這一切思想孕育出不少知名的印度思想家，除泰戈爾、甘地，還有奧修這位心靈導師，魅力非凡。

不過，靈性追求是一回事，印度社會卻偏偏最不公平，也不見仁義，統治菁英物慾橫流，底層生活宛如地獄。走在德里，隨處可見露天的男用公廁格，迷茫走動的印度「神牛」在廁格旁喝著坑溝裡的汙水，尾巴不停左右擺動，企圖趕走瘦削身體上密麻麻的蒼蠅。

身體和欲望總有著忍不住的衝動。在印度，不平等在男女關係裡變得理所當然、讓男性覺得理直氣壯。強姦案不斷上演，德里更是嚴重，已成為全國強姦案最多的地方，有「強姦之城」之稱。我在德里的頭兩天，還不知當地女性安全問題嚴重，入黑了還四處遊蕩。後來才被告知，晚上八點入夜後，女性不宜外出。

人們曾就強姦案多次上街發出怒吼，抗議政府之無能、執法之不濟，舉國上下貪腐成風，社會的不公不義每天上演，父權下的女性受盡歧視等等。

有印度教精神領袖在一祭祀典禮中公開表示，印度強姦案之所以經常發生，錯的不僅是男方，女性也不該晚上還在外頭作樂，造成誘惑。當婦女受性侵犯時，應稱侵犯者為兄弟，並請求他們的憐憫，而非還擊。

真無法想像，這是出自精神領袖之口。當時我與印度友人Nilanjana在餐廳用膳，一角的電視正在轉播這位精神領袖的演說，他侃侃而談，七情上臉，看得我們難以下嚥。Nilanjana告訴我，印度婦女的自殺率不斷攀升，就是與這種無法根除的父權思想有關。

精神領袖這種不合時宜的說話，當然隨即引發大眾對他的質疑，是否仍未跳出封建思想，沒有與時俱進？印度社會又掀起另一場口水戰。

那這位精神領袖如何回應呢？他擺出一副高高在上、自以為是的姿態，把自己形容成一頭大象，那些批評者及媒體乃是一群只會亂吠的狗，而大象是不會向狗低頭的。

虧他可以這樣自大。單就強姦案的一番言論已無慈悲可言，他只是印度封建父權思想的產物。但是當他回應社會的批評時，那種目空一切、自以為是的自我中心態度，著實讓我吃驚。

大家為印度的問題根源苦苦思量，封建傳統固然是最大的罪魁禍首，但也有批評者直指，其中一個原因與英國殖民不無關係。殖民者藉由加劇種姓、宗教、性別對立來鞏固統治，無疑成了日後性侵悲劇不斷上演的禍根，加之遺留下來的一套過時殖民律法，卻成為現今民主印度的核心，讓正義無法伸張。就連有關性侵的法律改革，即便社會指謫聲浪排山倒海，依舊難以貫徹落實。正由於執法者對性犯罪的態度沒變，他們首先想的是女性受害人犯了什麼錯，接著則是受害人的種姓身分。

諷刺的是，一八六〇年代英國人制訂的刑法中，非插入性性行為被稱為「玷汙了女性的貞德」。法律教授薩迪什（Mrinal Satish）在接受訪問時說：「這樣的措辭經常導致法庭判決，原告女性沒有『貞德』，也就無從『玷汙』。」

印度的不平等，除了體現在兩性關係上，財富分配不公造成貧富的差距，更是世界第一。

即使莊嚴的政府大樓，門外不遠處一樣可見一群群無家可歸者，那麼，車站、公園附近就更不用說。我是在午夜抵達新德里機場，預訂的酒店未依約定來接機，於是硬著頭皮跳上一部計程車，孰知司機的朋友竟中途跳進來，未幾又多接了另一位客人。我提高警覺，幸好他們陸續下車。不久，車已駛進市中心的火車站附近，雖已是凌晨一點多，但街頭好似不夜城，攤檔搖曳的燈光下，照見眾多的露宿者，把我嚇了一跳，瞬間以為自己下了地獄。

德里有如一個公共臥室，每個人每天都在爭取非常卑微的私人空間。掛在樹上的塑膠袋或蜷縮的帳蓬，代表了露宿者的整個世界。

有多位印度裔作家如拉納．達古普塔（Rana Dasgupta）都對德里這個奇特的首都和印度人的心理狀況，有著非常細緻的描述。達古普塔在《資本之都》（*Capital*）一書中指出，德里雖然是個極端不平等的城市，但不少德里人在生活中不僅缺乏對民主的渴望，反之連幻想也是封建式的，他們仰望特權階級，期待有一天也能擁有凌駕法律的特權。

往上看，往下望

沒錯，印度真是個奇怪的地方，似乎所有的社會矛盾全集中在此。這個金磚國家，一方面經濟高速成長，一方面多數的人卻只能在窮困邊緣掙扎，這讓我想起法國大革命前後的悲慘世界。

在印度看《悲慘世界》（又名《孤星淚》），更讓人分不清台上或台下、電影院內或電影院外、過去或現在。站在印度街頭，你可能很快便弄不清，自己是否正站在《悲慘世界》的舞台上，而周遭全是電影場景？

往下望（look down）！電影甫開始，被勞役的人有一句不斷重複的話。

我在印度南部喀拉拉邦首府特里凡得瑯（Trivandrum）入住的酒店房間，位於五樓，往窗外看，可看到對面有家別致的度假式酒店，隱身在幾棵椰樹間。此時，心裡稍感平靜。

可是，當天晚上睡覺時，心再次煩躁起來，因一場「戰爭」已在進行。一群又一群的蚊子在身旁嗡嗡作響，不斷襲擊手腳。當我用床單包裹全身後，竟開始咬我的臉。

哪裡來的蚊子？第二天從窗戶往下望，竟是一大堆猶如小山的垃圾，部分還在溝渠裡蕩漾，與眼前優雅的景致極不協調。當地友人苦笑說，在印度，妳必須往下望，才能看到真正的現實。

不過，往下望除了看到骯髒醜惡外，同時也看得到高尚的靈魂遊走其中。在一家書店裡看到一本書，封面有一段話深深吸引了我，「我知道這些人正要取我的命，我深知當運動進行中，他們便會來殺我。每個人都會死，而我也不例外。如果不是今天，或許是明天，又或是一年之後。我知道這個世界很美，真誠地期望能在這世界建立一種秩序，沒有剝削，工人和農民也可擁有和平的生活。但不是我渴望，便可發生⋯⋯世界很美，我當然愛這個世界，但我的工作與責任更重要，我必須去完成之。我知這些人會殺我，但我死了，這運動將長存。」

他終究還是在一九九一年九月被暗殺了。他是印度知名工會領袖Shankar Guha Niyogi。是什麼讓他可以如此從容就義，一如《悲慘世界》中那位從容就義的街童加夫洛許（Gavroche）？

在印度，當你往下望，會驚訝於當地眾多的無家可歸者、絕望的小孩及草根大眾沒有尊嚴的生活苦況。

但，如果你去印度，入住的是五星級酒店，有豪華房車或遊覽車代步，在高檔餐廳用餐，再去觀賞知名的旅遊景點，你會覺得旅程充滿異國風情，很好玩，因為印度的建築和自然風景、文化風俗，的確與眾不同。

當你選擇高高在上去消費一個地方，那麼，你可以說盡風涼話、只顧往上望、遠離群眾，而印度社運界就是以此來形容他們的政客。有不少從政者坐在雲端上俯視蒼生，叫底層的人情何以堪。往下望！《悲慘世界》裡底層的人不斷咆哮。Shankar Guha Niyogi也出來了，他發出天問：沒有剝削的世界能否實現？

根據統計，印度十二億人口中，十八歲以下占四點五億，其中約四成面臨貧窮、缺乏教育、營養不良等問題；而百分之一最富的人擁有印度全國財富的一半以上、百分之五最富的印度人擁有全國財富近七成、一成最富的人擁有全國財富的百分之七十六。再者，最富有的一百名印度人所擁有的資產，相當於印度GDP的四分之一，真是驚人。

當不少印度人每天只靠著相當於三美元的生活費過活，印度有好些巨富卻是世界知名，這包括穆克什．安巴尼（Mukesh Ambani），個人身家超過兩百億美元，其所持有的信實工業（Reliance Industries），市值高達四百七十億美元，旗下擁有業務遍及全球的分公司。

此外，印度最大民營能源公司之一的塔塔集團（Tata），它在八十個國家開辦了一百多家分公司。類似塔塔的重量級企業還有金達萊（Jindal）、韋丹塔（Vedanta）、米塔爾（Mittal）、信息系統技術公司（Infosys）、埃薩（Essar）等。

走在孟買市中心街頭，除了雄偉的英殖民歷史建築隨處可見，還有大企業的影子，這裡是菁英聚集的經濟中心、寶萊塢夢工廠的基地、塔塔集團的總部。但我一踏出孟買火車站，仍然難逃這個氣勢城市背後的蒼涼。

從火車站向外沿著大街小巷閒逛，破舊不堪的貧民窟及街童討飯的情景，一幕幕都令我心碎，但是眼前卻突然出現極盡奢華的豪宅安蒂拉（Antilla），而一旁的記者朋友就是如此刻意安排，讓我同時經歷冰火的震撼效果。

當印度有一半人口缺乏室內廁所、上千萬露宿者無處容身，但在二〇一一年「世界十大超級豪宅」排行榜上，穆克什．安巴尼在孟買市中心的這座豪宅安蒂拉，卻奪下冠軍。

安蒂拉室內總面積近四十萬平方呎，相當於五個足球場，比法國凡爾賽宮還大；天台有三個直升機坪，大樓地下六層全是車房，可容納一百六十輛房車，還有一支六百人的家傭團隊，服務他們夫婦倆和三個孩子。

做為世界十大經濟體之一的印度，它的神奇崛起可謂是建基於一種讓人目瞪口呆的不平等上。此外，更讓人驚訝的是，印度政府發現不用增加基礎設施的投資，便可實現經濟增長，因為印度公司發現收購外國公司賺錢更容易，而印度企業就這樣越來越大。

另方面，令人最痛心的是，印度原本擁有廣闊的耕地，人口中農民數量占了百分之五十二，他們生活在七十萬個村莊裡，過去二十年來竟然有二十五萬至三十萬的農民因負債累累而自殺。這是因為銀行私有化，農民失去從前國有銀行的低息貸款，轉向私人銀行，但私行將農民借貸視為高風險而提高利息，使得多數農民借貸困難重重，或因此背上高利貸債務，致使窮困潦倒、望天打卦。

可是，印度政府根本無心投資農業，現代農業無異緣木求魚，就如水利工程，全國目前僅四成農地有灌溉設施，其餘的只能看天吃飯。不幸的是，近年來全球暖化，農民苦不堪言。

「這是多麼諷刺啊，生產食物的人，自己偏偏挨餓。一個挨餓的國家，永遠不可能成為超級大國。」這是印度農業學者Devinder Sharma的慨嘆。

這種不平等不僅是目前的狀況，生於十九世紀中末期的印度詩聖泰戈爾，在〈文明的危機〉一文中這樣說：「我面前印度民眾的極端貧困，是那樣觸目驚心。對於身心不可或缺的食物、衣服、飲用水和教育的嚴重匱乏，是世界上實行現代統治的任何國家不會出現的。」

印度獨立後第一任總理尼赫魯，具社會主義傾向，在位時選擇親蘇聯和計畫經濟，曾企圖推行土地改革，從大地主手上取回土地分給農民，改善農民生活，但英國人留給印度的法律，包括私有財產不可侵犯的法律，使得土改阻力重重，也難徹底。

一方面，不少評論從發展角度來看，指這種難以解決的龐大土地私有產權結構，讓印度一開始在走上現代化之路，即面臨著幾乎是不可承受的制度成本。沒有土地，便難推動工業化；沒有工業化，一切建設則無從談起，這使得印度的現代化發展相當令人費解，它可以繞過工業化，直接從農業跳進一個以服務業為主的階段，特別是靠著集中發展資訊科技軟體包裝致富，撐起整個國家經濟，而邦加羅爾更是國際知名的「印度矽谷」，並構成印度的奇特崛起；但與此同時，這種以非勞力密集產業為主的經濟，讓印度的巨大勞動資源無用武之地，居高不下的失業率形成嚴重的社會貧窮問題。

當地印度人經常這樣自嘲：我們國家擁有的手機比馬桶還要多。

英國《金融時報》記者愛德華．盧斯（Edward Luce）的《不顧諸神：現代印度的奇怪崛起》（*In Spite of the Gods: The Strange Rise of Modern India*），從西方資本主義發展角度來評價印度，矛頭直指甘地與尼赫魯的社會主義情結及對農村的鍾情，拖緩了印度的城市化發展，未能讓城市拉動經濟，來解決農村封建文化所帶來的不平等問題，例如種姓制度。

盧斯在書中又提到，印度憲法之父阿姆倍伽爾（Bhimrao Ramji Ambedkar），他來自種姓的賤民階層，第一個有機會到美國留學，打破做為賤民階層的命運。他曾批評過印度知識分子對農村社會的偏愛，是一種輕蔑的同情。

因此，在盧斯眼中，甘地主張穿土布、用人手紡紗機、追求簡樸的靈性與田園生活，都是反現代性、工業化、現代化，而且深深影響了獨立後印度的行政者思維，以及一群知識分子的取向。

盧斯這本書在二〇〇六年面世以來，有不少好評，也伴來爭議。以《微物之神》震驚國際文壇的印度知名女作家阿蘭達蒂．羅伊（Arundhati Roy），她從不同面向看現代化、城市化及土地問題。就好像我在印度西北部採訪的「赤腳學院」，其創辦人班克．羅伊（Bunker Roy）和他太太阿魯娜（Aruna Roy），正是盧斯所要批評的甘地追隨者，他們重視農村，並以在農村推動另類現代化為志業（詳細採訪見後）。

城鄉之間如何發展，不單是印度面對的問題，而甘地的主張亦難抽離歷史脈絡簡單地去理解。印度的歷史必須從古印度文明說起。古印度包括整個現今的南亞次大陸，而古印度文明的發源地印度河流域，則位處於現在的巴基斯坦領土內。

這個緊鄰伊朗高原的南亞次大陸，無可避免與波斯有著千絲萬縷的關係。西元前六至四世紀曾受波斯帝國的阿契美尼德王朝（Achaemends）入侵，在這片土地上留下了波斯文化烙印，到了十六、十七世紀的印度蒙兀兒帝國，被歷史學家指為「波斯文化的最高體現」。

當我站在世界七大奇景的泰姬瑪哈陵，透過同行的印度友人講解，才知這是蒙兀兒帝國國王沙賈漢為了紀念愛妻泰姬．馬哈爾，耗資興建而成的陵墓。美麗的皇后原來自波斯。至於蒙兀兒帝國，則屬蒙古帝國的一個支部，而「蒙兀兒」在波斯語中即「蒙古」之意，其統治者都是擁有突厥血統的伊斯蘭教徒。

這個最終能統一印度的帝國，說起來是個外來政權，但無論他們如何強大，卻也無法讓印度人全歸信於一神教的伊斯蘭，因為以多神為主的印度教，它的「種姓制度」深入到印度人的靈魂，難以撼動，只要伊斯蘭統治者在信仰上一有行動，都會受到印度教徒，特別是種姓制度上的高層，立刻反撲。不過，種姓中的賤民階層卻被伊斯蘭的「所有穆斯林皆兄弟」所吸引，不少因而轉教，方得以在社會地位上來個大翻身。

說到「種姓制度」，可追溯至西元前三千年，來自中亞地區、屬印歐語系的半遊牧雅利安人，越過興都庫什山，進到南亞次大陸，入侵古印度，為這片土地帶來了吠陀文化（吠陀，在梵語中意指知識和啟示），而《吠陀經》後來變成印度教的多神信仰基礎。

為了鞏固政權，雅利安人遂推行這個以婆羅門（祭司）為中心的婆羅門教，並劃分出人的等級，也規範了職業，而在血緣上，種姓是世襲不可變的。

印度教就是起源於婆羅門教，但婆羅門教興盛了千年之後，西元前六世紀，受到當時新興宗教如耆那教和佛教的挑戰，特別是佛教針對種姓制度，提出眾生平等說，可謂是革印度教的命，一時打擊了婆羅門教。不過西元四世紀後，婆羅門教自我改革，吸納佛教一些思想，並向佛教挑戰，又重新成為印度的主要宗教，並改稱為印度教。

種姓制度原本反映了婆羅門教的宇宙觀和價值觀，在其經典《梨俱吠陀》中，視人的身體各部位有不同職責，當權者以此引用到社會制度上，便成了社會控制工具，後來更演化成深具歧視的制度，形成了至今仍牢不可破的社會規範，即使獨立後的印度憲法明文廢除，但鄉間仍繼續沿用。

「種姓制度」已成為印度的標誌。當西方從啟蒙思潮的角度來看，這更像是印度骨子裡反現代化的不平等傳統。諷刺的是，英國殖民期間，大大利用了「種姓制度」的精神來為殖民者服務。

殘酷的誤會

印度的英殖歲月讓我想到馬克思在其〈不列顛在印度統治的未來結果〉一文中，談到殖民的「雙重使命」，近年西方史學界喜歡用這個觀點，來為西方國家過去的殖民擴張辯護。

有史學家直指馬克思在該文已表明，西方殖民主義具有破壞與建設的雙重使命，即一方面可破壞被殖民國家的腐朽舊制度，一方面又可促進這些國家與地區的現代化。因此他們解讀馬克思，認為殖民主義是進步的，還把其解讀引進中學歷史教科書裡。

事實上，在英國侵略印度前，由於印度擁有令人垂涎的肥沃農耕地，使得其歷史成了一部不斷被各種民族侵略的血淚史，從雅利安人、波斯人到希臘人，再遭白匈奴人及突厥穆斯林的侵略，其中最為人津津樂道的孔雀王朝與貴霜王朝，曾為古印度帶來輝煌的文化。特別是孔雀王朝的阿育王，他篤信佛教、大興佛塔，並對外弘揚，派出許多傳教團到周邊地方，包括現今的緬甸和斯里蘭卡，讓佛教成為世界三大宗教之一，而他也有佛教「大護法」的稱號。

無論如何，每當王朝或帝國崩落，都會造成古印度的四分五裂。在這種你侵我奪的過程中，古印度的族群和語言變得非常繁多與複雜，影響至今。十多億人口中，已知存在著的共有三十種語言和兩千種方言，而且在歷史上從未真正擁有過中央集權式的統一，印度人自是各說各話。經歷英國統治及獨立後，因為要與國際接軌，英語遂成為官方語言，而沒有共通語言的南北印度人，自此也以英語做為溝通語言。這算不算是英國的貢獻呢？

當英國入侵印度次大陸時，該大陸正處於蒙兀兒帝國衰敗之際，陷在族群宗教派系和種姓間的混戰中。明白這個特殊處境，馬克思慨嘆當時的印度，似乎注定要做侵略者的戰利品，而它的歷史不過是一個接著一個征服者的歷史，整個社會無法抵抗，甚至變得異常消極。

因此，馬克思質問，既然印度逃不過不斷受侵略的怪圈，那麼，在眾多侵略者當中，英國是否要比突厥人、波斯人或俄國人還要有建設性呢？這即是西方歷史學家最愛引用的「雙重的使命」，破壞舊有的腐朽制度後，建立西方社會的物質基礎。可是，馬克思對此也不無批判。

英國殖民者自許有雙重的使命，但對馬克思而言，只不過是征服者的極端偽善，他們在家鄉的文明模樣，一轉向殖民地時，其野蠻本性便赤裸裸呈現面前。

馬克思指出，當英國殖民者在印度單純用貪汙不能滿足自己的掠奪欲望時，便架起西方的制度，方便他們征服更多的資源。當他們在歐洲大談私有財產神聖不可侵犯之際，同時卻在印度沒收那些私人積蓄，轉移到東印度公司名下做為股本。當他們以保護「我們的神聖宗教」為口實，反對法國革命時，另一方面卻從印度朝拜神廟那些香客身上榨取錢財，還不時發生屠殺與賣淫事件。

馬克思在其殖民論述中從未讚揚過殖民主義，這只不過是西方歷史學家不顧上文下理，僅抽出一段來曲解，這就叫斷章取義。但後世人紛紛各取所需，為殖民辯解。

蒙兀兒帝國可謂是印度最後一個帝國，本已虛弱的帝國，面對英國船堅炮利的侵略根本無從招架。

自從西班牙的哥倫布和葡萄牙的麥哲倫兩位探險家，十五、十六世紀時先後踏上中南美洲，歐洲開拓海路之勢愈見其雄心壯志。麥哲倫從中南美洲橫渡太平洋向東進發，他雖然葬身於菲律賓群島，但歐洲隨即向東方擴張海路。

印度洋成為西到東之間最重要的海上通道。做為印度洋上沿岸中心的南亞次大陸，便成為歐洲爭奪的對象，當時在這塊次大陸上的印度諸土邦，逐漸被歐洲列強吞併，土邦王公淪為列強傀儡。到了十九世紀，英國已從間接到直接地控制了幾乎整個印度。

在此不得不提英國的東印度公司（歐洲歷史上曾出現多個一如英國以東進貿易為目的之東印度公司，包括荷蘭、葡萄牙、法國等），不過提到東印度公司，那就不得不談印度香料。相信去過印度的旅者都會驚嘆當地色彩繽紛的香料，再搬到煮鍋裡，成為各種美食不可或缺的調味。我原不喜歡吃辣，卻也無可救藥地愛上印度菜，到現在還念念不忘市集裡那股獨特的香料氣味。它與土耳其和伊朗的市集有點不同，就是印度多了一股濃烈的咖哩味。

不知是否因這股香料味道，讓每天只吃著淡而無味菜餚的英國人終於按捺不住。其實早在十六世紀，香料貿易就已十分昌盛，英國早想分一杯羹，甚至壟斷之。因此女王伊莉莎白一世接見了當時英國人眼中環球航行的大英雄法蘭西斯・德瑞克（Francis

Drake），但西班牙人則視其為惡名昭彰的大海盜。

諷刺的是，這位德瑞克竟然打敗了西班牙船隊，為英國奪下海權入場券。女王旋即准許組織私營東印度公司，在亞洲如海盜般四處搜刮財物，首先勇奪印度的香料貿易，接著是印度茶葉，然後再把手伸向中國，遂引發後來的茶葉戰爭，甚至與中國清朝打起鴉片戰爭來。

英國東印度公司雖然是一個商業貿易企業，實際卻是英國在亞洲的殖民工具，倚仗英國政府的軍事支援，趁著蒙兀兒帝國衰敗時，強迫進行不平等合作。隨後又在當地駐軍，搶奪行政權，變成印度的實際主宰者，向英國提供龐大的財富。一八五八年，英國政府直接接管印度，正式展開在當地長達一世紀的殖民統治。

與印度長一輩談起英殖歲月，無不咬牙切齒。在印度，無論我走到哪，都會看到印度獨立之父甘地那張紡織的畫像。某天，我在印度特里凡得瑯，專程到訪一間學校，本想與校長談談科普教育，只因他辦公室裡也掛了甘地的紡織圖，我們的話題便從棉紡織業說起。

棉紡織需要棉花。事實上，印度從古至今都是棉花生產大國，造就了手工紡織業的蓬勃昌盛。十七世紀末，印度控制了全球四分之一的紡織品貿易，英殖前為全球第二大經濟體，占全球總收入達百分之二十七。當時英國從蒙兀兒帝國進口最大宗的商品，便是棉布。

但當十九世紀中期，英國殖民印度，因其本身正在進行工業化，於是改為直接進口印度平價的棉花原材料，自己生產棉布，再回過頭來把英國的高價紡織品傾銷到印度，讓印度搖身一變，從棉布出口國變成了進口國。換言之，當西方快速工業化之時，印度卻發生「去工業化」現象。

由於英國強行改變印度轉為廉價原料的來源地，印度就只能走向以農業為主的低階型經濟體，從而加劇貧窮人口。當時印度知識分子便經常諷刺英國說，英國人只許他們用機器，卻不許印度人用。

一九四七年英國撤出時，貧窮現象一直在激化，卻還繼承了英國殖民時代的「掠奪文化」，道德倫常受到破壞，大家瘋狂開發天然資源，貪腐現象更是一發不可收拾。

印度人曾企圖擺脫做為殖民地的命運，拒絕成為殖民者的原料產地和產品傾銷地，拒絕被剝削，遂有印度商人引入英國先進紡織機，一時間，孟買的紡織廠林立，生產精細加工的高端棉布，除了滿足內部市場，也對外輸出。英國人不甘示弱，展開反攻，硬是推出印度對英國進口紗線免徵關稅的法案，其後又對印度實行強政，要印度人必須購買他們的棉製產品，結果造成大量印度紡織工人失業，引發一場工人抗英大示威。

校長向我講述了以上歷史。他仰望頭上那張甘地紡織圖，托了下金絲眼鏡，嘆了一口氣後繼續說。印度紡織業與英國的抗爭，持續了上百年。聖雄甘地號召印度人使用人手紡紗機，以印度的土布來對抗英國的洋布。印度的土製紡紗機可謂是印度人的民族主義象徵。

我這才恍然大悟，難怪甘地只有那麼一道纏腰土布和一部簡單的紡紗機，便成了印度民族的圖騰。

離開學校，走在嘈雜的大街上，再拐進髒亂的小巷裡，聽到從民房裡傳出的織布機聲，「轆轆」的聲音此起彼落，而且愈來愈激昂，當中有人民的怒吼，他們高舉拳頭，在甘地的領導下，勢要發動一場「土布運動」。這發生在一九二〇年初，那頻繁的「轆轆」聲竟把我帶進歷史裡去。這是甘地一場知名的不合作運動、非暴力抗爭，象徵著印度人民追求生存自救、走向自治、向殖民者的經濟掠奪說不。

在此，《不顧諸神：現代印度的奇怪崛起》作者愛德華・盧斯卻視之為反現代化，其實過於簡單。

甘地精神真義

甘地的非暴力抗爭已成為後世抗爭運動的典範。甘地被視為最偉大的人格品質、最具感召的力量，就是他從不對政敵口出惡毒之言、絕不咒罵與侮辱他人。

原來，甘地的非暴力抗爭與西方公民抗命倡議者梭羅的「公民不服從」，理念不盡相同，但有些人曲解了，把兩者劃上等號。

梭羅的「公民不服從」屬於一種單純運動策略，相當符合西方人的思維；而甘地的非暴力抗爭則非常東方，是一種內化的生活理念，這與印度教哲學有密切關係。若想深入了解甘地精神，可能真的要對印度教的文化精神有基本的認識。

甘地是位素食者，過著猶如苦行僧般的生活，這樣人便可將欲求降至最低，達到心靈和諧、不易發怒，並把怒氣轉化為能量，讓內心的沉默與平靜成為一種更有效的抗爭力量。換言之，印度教中最樸實的生活方式，結合到抗爭運動裡，就是用清明的心靈去觀照社會上的不公不義，從而產生感召。

甘地的抗爭無疑是具有宗教情操，其一言一行緊隨印度教教義。他做行動決定之前，必進行內觀，就是讓心平靜、釋除「自我」，方不致偏執。

電影《甘地》裡有一幕是這樣的：當大家齊聚甘地所在的「真理學院」門外，心急等候甘地如何回應英國殖民者的食鹽壟斷措施，他卻慢吞吞地走出來，雙手做內觀狀，然後拄著竹杖帶領七十八名非暴力抗爭信徒，徒步前往三百八十四公里外的丹地海灘。當中無比的耐力可想而知。

三個多星期後，終於抵達海灘，甘地用手從海水中揀出一把鹽，這個姿勢勝過千言萬語，也讓開口閉口盡是人權民主的英國尷尬不已。英殖政府把日常必需品「鹽」視為他們的專賣品，肆意推行苛刻的鹽稅，但印度天氣炎熱，窮困的勞動階層極需鹽分來補充流失的水分，英國這種作法使得他們負擔加重，顯得極不人道。

甘地要求廢鹽稅失敗，便以上述方式表達，鹽歸於人民。因此民眾成群結隊跟隨到海灘收集鹽粒，加工製成食鹽，分送給民眾。甘地號召民眾，「我們從現在開始，不再買高稅的英國鹽……我們要自己製鹽！」他再一次表現非暴力抗爭的力量。

甘地的作法貫徹了他的信念：Satyagraha。Satya英語譯成force of truth，意即「精神的力量」、「真理之路」、「追求真理」等。Agraha則意指溫柔有禮的堅持，絕不靠羞辱與散播仇恨。他一雙赤腳，披著土棉布巾，雙手合十，成為啟發後人謙卑精神的象徵。

做為甘地對手的前英國首相邱吉爾，曾指甘地是「反動的中殿學院（Middle Temple）律師，擺出一種在東方世界廣為熟悉的苦行僧姿態」。

沒錯，甘地的確以苦行做為修身的重要手段。中國《禮記．大學》篇指修身、齊家、治國、平天下，首先就是修身，甘地也強調這點，他說：「只有當我們自身不斷淨化時，才能制止戰爭、貧困不公……」因此對自己要求嚴格，他定期守齋、把自己的財產和金錢奉獻出來，並放棄顯赫的職位。

正如上述所言，他的生活維持儉樸狀態，坐三等火車，為人們打掃做飯，一切簡單實在。為了明心見性，甘地堅持每天進行內觀默想。他說，比武器更強大的就是禱告。他還說：「我們不能去一天聖堂、猶太會堂或清真寺，第二天就支持戰爭、支持死刑、煽動種族主義或資助核子武器的發展。」

他的非暴力精神不是被動而是主動的。他以「苦行」做為鬥爭手段，因為非暴力最本質的條件就是自覺忍受痛苦。非暴力並不是指屈服於惡者的意志，而是指運用一個人的全部靈魂力量來反對壓迫者的意志。

甘地的事跡已經告訴了我們，他是個思想家，也是位行動家，最後成功以非暴力不合作手段，擊退殖民者，帶領印度走上獨立之路。每個人都是其所身處文化的產物。我們不禁要問，那是誰影響了甘地？

事實上，印度不僅有聖雄甘地，之前還有不少傑出的思想家，他們的主張與信念影響深遠，不僅是印度的珍貴遺產，也是世界的思想遺產。

印度文學泰斗泰戈爾就不用說了，大家都知道他。他是第一位獲得諾貝爾文學獎的亞洲人，其作品蘊含濃厚的東方哲學色彩，成為西方了解東方的一扇人文窗口，被喻為「詩哲」。

某天，一位印度朋友不知從哪弄來一本《奧爾書》，告訴我如要了解印度人的宗教信仰，就不能不看這本印度古代哲學書。原來，《奧爾書》也深深影響了泰戈爾的思想，並以此為基礎，建立起「詩哲」的宇宙觀、人生觀、宗教觀，乃至世界與社會觀。當中還有吠檀多哲學和印度教改革派的思想，這就是在大慈大悲的神面前，人人平等的思想，即《奧爾書》所說的「梵我合一」，也因而讓泰戈爾對印度的種姓制度深惡痛絕。

泰戈爾熱愛東方哲學，但也不忘與西方哲學做比較，後者的自然主義與人道主義，引發這位哲人極大的興趣。不過，他對西方文明也不無鞭撻，不認同人和宇宙是征服與被征服的關係，這引申到人與人、國與國的關係。因此，他對帝國主義與殖民主義有相當嚴厲的批判。

對泰戈爾而言，西方文明就是盡一切努力去培養國民，讓他們發揮一切才幹去占有和利用一切能夠得到的東西，並勇於克服種種障礙，與大自然搏鬥，也要與其他民族打仗，直到最後完成他們的理想。

印度文明的最高理想則是人與大自然和諧統一，努力培養的人不是追求權力和財富，而是追求最高的精神本質。因此自古以來在印度最受人尊重的，不是皇帝將相和有權有勢有錢的人，反之是那些能拋棄私慾和財富的聖賢。

在印度這個思想脈絡出現甘地這一人格，想來也是極其自然。深深影響泰戈爾的這本《奧義書》，在印度教中，與《吠陀經》和《薄伽梵歌》被譽為印度三大聖典。原為婆羅門教經典的《吠陀經》，崇尚天神的祭祀，而婆羅門便以崇拜神祇、推行祭祀主義來壟斷知識。

而《奧義書》做為當時的一批哲學文獻，則轉向探討生命終極奧祕的「知識之路」，企圖突破《吠陀經》的祭祀主義藩籬，可謂是對婆羅門教的一場思想革命，與西方的宗教改革有異曲同工之妙。因此，《奧義書》又被稱為「吠檀多」，即「吠陀的終結」。

至於《薄伽梵歌》這部史詩式哲學詩集，其深意可能只有義大利詩人但丁的《神曲》能相比較。書一開始便訴說五千年前，在印度一處聖地庫勒雪查，有一王族互相傾軋，你爭我奪的結果就是兵戎相見。兩方軍隊集結準備開戰，一邊軍隊的主將阿朱納，要面對由朋友與親屬組成的敵人，對方則是由堂兄弟杜約丹拿領導。

阿朱納不禁發出天問，為何自己的朋友親屬會變成敵人？難道要把他們置之死地不成？一時間，他感慨無奈，不忍下手。因此便轉向原是天神卻化為戰車伕的克里虛納叩問戰爭的理由，從而展開一段神與人之間針對戰爭的深沉對話。

英國作家奧爾德斯・赫胥黎（Aldous Leonard Huxley）曾說：「……《薄伽梵歌》可能是對

永恆哲學最有系統的經典性說明。對戰亂不斷的世界而言，由於缺乏通往和平的智慧與靈性的前提，這個世界所能期望的，只不過是拼湊一份潛藏危機的停戰協議書。《薄伽梵歌》明確無誤地指出了一條光明的道路，只有這條道路可以使我們擺脫咎由自取、自我毀滅的命運。」

可是，印度這個東方精神故鄉，至今卻仍陷於族群教派衝突中，烽煙暗湧，無法完成甘地等立國先哲的團結統一遺願，而甘地被一名激進印度教徒暗殺倒下那一刻，所呼叫「噢，我的天」的感嘆，繼續迴盪在這個國家。

其實伊斯蘭教傳入印度後，印度教徒和穆斯林本還可和平相處，雖偶有衝突，但僅限於小規模。可是當英國殖民統治印度，便擴大兩大教派的矛盾，拉一打一，以致社會無法凝聚。二十世紀初，為了制止印度獨立運動，英國遂分化印度教徒與穆斯林間的關係，引發穆斯林建國之心。當英國撤出時，印度馬上四分五裂，結果分裂出孟加拉和巴基斯坦，讓印度教徒與穆斯林至今仍處於長期對立狀態，各自的民族情緒高漲。

甘地生前致力弭合印度教徒與伊斯蘭教徒的矛盾，大無畏地以印度教徒身分走訪穆斯林村莊，主張兩個教派的信徒重新修好，團結在一個國家或一個民族的概念下，重建家園。隨後喀什米爾爆發兩教派衝突，甘地再次運用絕食手段企圖制止，只是看在狂熱的印度教徒眼中，卻怒火沖天，暗殺甘地的狂徒正是其中一位，他的名字叫納圖拉姆·

戈德森，行動前他曾在一場小型集會中對甘地的非暴力學說大加撻伐，指將手無寸鐵的印度教徒置於敵人的魔爪之中。

當我探訪赤腳學院，與一名女職員荷蒂閒談時，她表示他們雖努力繼承甘地精神，但近年來印度右翼民族主義高漲，甘地主義再度受到批判，有人甚至提出為戈德森立紀念碑，稱他為英雄。

荷蒂一臉憂傷，指國家仍處於分離主義的狀態，繼續以宗教和語言做為自我身分認同。原來她來自旁遮普邦，當地人曾因一場對抗英殖政府運動而遭到屠殺。我當時未能搞清楚為何巴基斯坦和印度都有旁遮普，荷蒂笑了起來，因為就連他們也搞不清楚，大家對旁遮普在一九四七年八月分別獨立時，被一分為二的那一條線，至今各教派仍不滿意。

「我們這邊叫邦（state），巴基斯坦那邊叫省（province），當時主要是以宗教為劃分基礎。把穆斯林地區劃出去後，印度的旁遮普邦便以印度教徒和錫克教徒為主（錫克教為源自旁遮普的印度本土宗教，以回應印度教和伊斯蘭教的矛盾），怎知這兩個教派也有衝突，印度政府不得不把印度教徒比例較高的區域再分出去，結果在一九六六年多了兩個邦：哈里亞納邦（Haryana）和喜馬偕爾邦（Himachal Pradesh）。」

我聽得一頭霧水，荷蒂聳肩表無奈，而這就是印度。

教派政黨政治亂象

某天，在朋友介紹下認識一位國大黨成員瓦齋爾，本身研習政治經濟。閒談時，我提起旁遮普，奇怪這樣以宗教群體劃區，他竟直指與目前的民主模式有關。他說，由於印度一獨立便承襲英國制度，一步到位實行西方模式的自由主義民主制度，使得教派與社會分歧進一步擴大，造成弱政府、低效率，國家建設無從談起。

此話何解？西方不是大力讚賞印度的民主嗎？瓦齋爾怕我誤會，連聲表示他支持民主，但民主不應只有一個模式。沒錯，在西方民主理論中便有洛克的民主、盧梭的民主、霍布斯的民主及馬克思等思想，各有不同，並演繹成不同的民主模式。

「我們追求民主本是希望能達到一個公平的社會，民主制度應能培養一種體現權力制衡、妥協、寬容與相互尊重的政治文化，而不只是定期到投票站投票而已。可是，這一切在印度皆缺乏。」瓦齋爾的聲音分貝越來越高。

他問可曾聽過印度歷史學家拉馬錢德拉．古哈(Ramachandra Guha)如何形容印度民主？「百分之五十的民主。」我答對了。瓦齋爾補充說，民主少了一條腿，得個「講」字。雖然他有政黨背景，但他對政黨很失望，國大黨也已失去了昔日的理想和光輝，在多場大選中慘敗。他氣餒地說，民主無罪，但印度社會沒有為西式民主創造條件，或許它仍在和印度的特殊國情磨合中。而西方在發展民主之前，必須先建立一個基礎，這基礎就是現代化，當中包括宗教改革、理性啟蒙、工業革命，即思想和物質有足夠的土壤讓民主扎根。例如土耳其，國父凱末爾也是在民主制度落實之前，強行推動世俗主義（政教分離）、民族統一、婦女平權、普及教育等。

可是，印度獨立時，教派紛亂、諸侯割據（地方勢力強大）、族群離心、教育低落（幾乎有四成人口文盲）、貧窮嚴重（中產階級極少），但英殖政府撤出前卻在印度移植西式民主，即讓政黨宗教化（教派與政黨相結合），誰敢得罪超過八成人口的印度教徒，也不敢懲治仍施行種姓制度的村莊。

而穆斯林等其他教派與各地部落也搶著要成立代表自己利益的政黨，導致政黨林立。政黨政治不僅宗教化，並且碎片化、地方化，對立及衝突尖銳，聯邦中央經常受到地方利益挑戰，無法落實全國性基礎建設，以致西方現代化理論中，民主與現代化本應相輔相成，在印度卻成了互相掣肘的悖論。

印度的政黨政治文化對印度第一個政黨——國民大會黨（Indian National Congress），簡稱國大黨，亦不無衝擊，原本一個強大的政黨，最後分裂成老國大黨和新國大黨。

國大黨早於一八八五年成立，最初只為爭取印度菁英分享英殖政府的政治權力，後來的領導人如尼赫魯、聖雄甘地等，逐步轉向反對英國殖民統治、爭取印度獨立，而他們的光芒也讓該黨成為凝聚印度人的力量。

印度獨立後，國大黨自然成為執政黨。做為第一任並在位最久的總理，尼赫魯提出四項基本原則：民族主義、世俗主義、民生主義、社會主義，做為治國方針，強調團結、統一、教派和睦；外交上則堅決反對殖民主義，推動不結盟運動及和平共處五項原則；在經濟上主張混合型經濟，即私有與計畫經濟並存，認為印度應發展勞力密集的工業化、培養高素質人才及相應的都市發展，才是富強之道，亦可解決印度嚴重的貧窮問題。

尼赫魯並不排斥現代化，甚至還大力推動。他的一套現代化計畫有著蘇聯模式的影子，同時亦深受英國社會主義團體費邊社（Fabian Society）的社會主義影響。結果他的經濟改革以失敗告終，原因可能與多方面有關，但有不少評論僅歸咎於他的計畫經濟部分。而印度終於在一九九〇年代初走上經濟改革開放之路，以它獨特的發展方式來面對資本主義全球化。

但改革開放為印度帶來什麼？每個階層對此都給了我不同的答案。

「原本已經壁壘分明的世界，更加分明。中上階級和菁英們比以前更善於藏身在自己的私人安樂窩裡，對另一個世界眼不見為淨，然後侈談民主與自由。」在孟買為我擔任嚮導的記者友人忿忿不平地說。

印度裔諾貝爾經濟學得主阿馬蒂亞・庫馬爾・森（Amartya Kumar Sen）被視為良心經

濟學家，長期關注社會窮人問題，他所提倡的福利經濟學及《正義的理念》（*The Idea of Justice*），正好為只講工具理性、不講公義的資本主義敲出警鐘，指出還有價值的面向，其實與尼赫魯的理念相近。

踏進二十一世紀，民族主義隨著新自由主義全球化的挫敗，而高唱入雲，印度也不例外，卻讓印度教復興運動有機可乘，並且勾結民族主義成為一股銳不可擋的印度教民族主義。以印度教為核心的印度人民黨（BJP），早於一九九〇年代，已不斷抨擊國大黨所追趕的現代化與世俗化，正在摧毀印度教文化，並藉由社會個體的孤立與失根感，重新包裝印度教成為政治勢力進行政治動員的工具。

有好幾個印度教徒對我說：「國大黨的世俗化逐步讓印度教徒信仰淡薄，但絲毫影響不了穆斯林社區，他們依然緊抓信仰，而且生養眾多。他們的人口不斷上升，我們印度教徒的人口卻在下滑，所以世俗化是騙人的。」

印度教民族主義

打著印度教國族主義旗幟的人民黨領袖莫迪（Narendra Modi），在二〇一四年大選中以壓倒性勝出，旋即成為印度強勢總理。他本身是個頗具爭議的人物，早於二〇〇一年在古吉拉特邦發生族群屠殺慘劇時，時任首席部長的莫迪卻沒有制止，任由暴力上演。事實上，他擔任古吉拉特部長期間，經常被當地的穆斯林指責，因其有系統地剝奪穆斯林等少數民族的公平待遇。

印度知識界普遍認為莫迪是位民族種族主義者，他把印度教進一步強化成一種意識形態工程，來打造印度做為民族國家的特質。換言之，他就是印度教沙文主義者。「我們沒有一個投他一票。」一位穆斯林選民慨嘆他們勢單力薄，無力阻止莫迪上台。他上任總理後，最危及穆斯林社區利益的就是強推「屠牛禁令」，護牛行動讓不是聖牛的水牛也包括在內，高舉印度教教義做為單一印度價值，影響到穆斯林農民的生計，同時亦打擊印度五十億美元水牛牛肉出口的市場。

莫迪的「印度製造」與「讓印度人感到驕傲」的政策口號，甚有美國總統川普力推「美國優先」、「美國再次強大」的影子。即使真能創造亮眼的經濟成績，但建基於族群歧視而導致的宗教與種族無休止衝突，社會成本太大，亦有違建國精神。

在這方面，印度當代知識分子有深刻的省思，當中首推印度思想家阿席斯．南地（Ashis Nandy）。

重新認識南地，是透過友人邱延亮所譯的《貼身的損友：有關多重自身的一些故事》，這是本甚具啟發性的著作，也因這本書我又去找了南地的另一部作品《民族主義的不正當性：泰戈爾與自我的政治》。

讀罷有關泰戈爾這本書，讓我思潮起伏。他坦率地回看印度的歷史發展，並以印度兩位哲人泰戈爾和甘地的思想為脈絡，反思民族主義，當中不乏黑色幽默成分。

南地一書的主軸環繞著泰戈爾的三部小說，從中探討泰戈爾對民族主義的思考，如能用心閱讀，實可開啟我們的思想視野。

引述該書的前言所說，泰戈爾的《戈拉》，道盡民族主義的自我防衛及排他性，透過日常生活展現出來，直接挑戰印度文明宗教與文化包容的多樣性；《家與世界》暴露出民族主義運動如何瓦解傳統社群生活、人與人間的互信與互助崩解，從而誘發各種各樣的衝突；泰戈爾在《四章》看穿了所謂現代工業化所帶來的劇變，造成組織化暴力與民族主義結合的社會新形態。

泰戈爾認為，「民族」、「民族國家」與「民族主義」都是現代歐洲歷史的產物，西方以此來打開他們心中的所謂現代化大門，再以民族自保自利為前提，透過主權、理性與法治的現代科學之名，合理化在全球的掠奪。

可是，西方這套「現代化」意識形態，在逐漸推銷到全球各地時卻為殖民地與戰敗的文明地區所內化。在此，阿拉伯地區是最好不過的例子。二戰後被歐洲列強強行劃成不同的民族國家，並將他們綁架在現代化的列車之上，造成該地區難以彌補的裂痕與苦難。

因此，泰戈爾這樣說，「現代」意識形態不具有普遍性，每個地區都有其自身的軌跡，也有其內在的問題，它的解放不能透過借用別人的歷史來完成，強加和內化歐洲的世界觀，將會走向自殺的毀滅道路。

南地曾受邀到上海復旦大學演講，《南方人物週刊》抓住這個機會進行了專訪。我剛讀完這篇訪稿，令我感觸良多。

首先，這等第三世界人物極少能獲得香港大學的垂青。因此從莘莘學子到社會大眾，沒什麼機會聽到他們的聲音。即使偶在校園見到他們的身影，傳媒對他們也不會有太大的興趣而加以報導。

這次《南方人物週刊》引用南地在訪問中所說的一句話做為標題，「我從不是西方的一部分」。當大家惟恐不能成為西方的一部分時，南地居然反其話而說，這樣的一位思想家，香港大學更沒興趣了。

但南地卻被西方視為今日的泰戈爾，一個更為複雜和細膩的泰戈爾。可惜的是，在學校讀泰戈爾的人少。香港學界唯西方是圖，對莎士比亞、亞里斯多德比對泰戈爾更為傾慕，香港人一直認為自己接近西方文明，幹麻要了解南地這個印度人的看法？

南地在專訪裡有一番說話，對我們香港人簡直是一記當頭棒喝。他說：「當西方在追溯古希臘文明的時候，我們羨慕不已，好像我們沒有祖先一樣。」

引用他這段話，不表示我在反西方，南地當然更不是。我的問題是，我們向西方學習，但不必就要揚棄我們的過去。

我很同意南地所說，現在西方提供了一種主導性的模式，那我們的責任就是去批判它，讓它變得更好。我想，第三世界國家的前途就在於：不盲目追隨西方模式。因為沒有什麼模式永遠是好的，人類對新模式的創造能力無處不在。正因如此，盲目追求某一個模式，反之有可能扼殺我們的創造力，一如殖民主義。

南地慨嘆，「現代」把世界抹平、同質化，再用狹隘的民族主義扼殺多元文化的存在空間，唯有捍衛無數自成體系的小文化(little cultures)，互相尊重，世界才能再現生機。

除了哲人哲思外，印度亦不乏行動實踐者。在貧窮混亂的印度，無礙於人民做出對知性、真理的追求，社會實驗此起彼落，以探索另類回應現代化的模式，從民眾科學運動到赤腳學院，吸引我重訪印度。

一場靜默的底層革命——親訪印度赤腳學院

聖雄甘地在世時一直主張走入農村廣大群眾裡去，認為人民包括基層才是獨立的真正基石。因此，他常常走近即使被視為「賤民」的種姓階層，向社會宣揚慈悲平等，企盼改變農村貧瘠悲慘的世界

我所追尋的那一雙「赤腳」，終於在眼前出現，這正是印度具創意的赤腳學院標誌，而其創辦人班克．羅伊在學院裡的家門前，也擺放了一雙赤腳的浮雕，浮雕下是一個石碗，一派樸實無華、寧靜致遠。

處在一片安寧簡樸環境的赤腳學院，很難看出它是全球最有影響力的非政府組織之一。

認識赤腳學院（Barefoot College）源自羅伊的精采演講。某次我與一位台灣出版界的前輩談起委內瑞拉的社區實驗計畫，表示下一本書想以其他地區的另類實踐經驗為題，要為讀者帶來關於希望的故事及對人類衝出生存困境的想像。她聽後，立刻給我羅伊介紹赤腳學院的網址。我看後，便興起親訪的衝動。

被美國《時代》雜誌選為世界百大影響人物的羅伊，在演說中坦然表示，這所位於印度拉賈斯坦邦的赤腳學院，其意念來自聖雄甘地的赤腳精神。他說：「這所學院的文化，就是追隨聖雄甘地的生活和工作習慣。吃飯、睡覺和工作都是在地上。」

甘地在世時，經常光著雙腳會見外國政要。

而赤腳精神就是腳踏在最草根的土地上，樸實生活。這正是推動赤腳學院往前走的支柱。羅伊將其大半生傾注於對斯土斯民的關懷上，在最偏遠的村莊開設赤腳學院，培養的對象大部分都是文盲或半文盲，又或是失學、未曾受正規教育、沒有經濟能力的人，把他們訓練成村裡的太陽能工程師、工匠、牙醫及醫生，其技能為社區所用，那麼，社區就不需聘僱昂貴的外來者。

羅伊強調，赤腳學院不會對他們培訓的「專家」頒發證書。他笑說：「在世界各地，你會發現，所有的男性都想要一張證書。為什麼呢？因為他們想離開村莊，到城市去找工作。」

因此，羅伊想到了一個好辦法，就是專挑祖母，把她們變成社區裡需要的專家。祖母對家鄉最有感情，她們不會因為有一技之長而離開，反之會死守家園、奉獻自己。只要村莊的需要得到滿足，城鄉差距拉近，人們願意留下來，農村人口外移的問題，便可獲改善。

「你的教育是留給社區來鑑定，不需要一張紙掛在牆上，來證明你是名工程師，你在生活中開展出來的技能就是你的證明。」

羅伊有一番發人深省的話語，「我年少時所受的教育，在印度可算是十分的優異、昂貴，但它也幾乎毀了我的人生……」他的意思是指，當你愈高高在上，就離生活愈遠。遠離生活意謂著什麼？這表示不會再增長智慧，因為你愈來愈自以為是。

可是，在赤腳學院，老師又是學生，而學生也可以是老師，他們學會彼此尊重，更明白如何從生活中彼此學習，這包括與大地萬物共處，從大自然中獲取生存的能量與技巧。

赤腳學院教導村民利用太陽發電，把鄉村燃點起來，便是個令人眼前一亮的例子。村民還懂得從屋頂收集雨水，用地箱儲水；再利用大自然給予人類的材料，搭建起獨特且具創意的建築物。

「每個人都可以成為專家，只要你願意用雙手工作。不要因為勞動而有羞恥心。向社區證明你有他們需要的技能，並對社區提供服務。其實，怎樣才算是一名專家？專家是指那些不僅有能力、還有信心和信仰的人。占卜水源位置的人是專家，傳統助產婆是專家，傳統的擺放餐具者也是專家，專家遍布世界各地，任何偏僻的鄉村裡都有他們的身影。我認為這些人應該加入主流社會，證明他們的知識和技能是全球通用的。他們的技術和知識需要被應用、需要展示給外界的社會，這些技能和知識在今日的社會中還是可以得到發揮。」

羅伊在演說中侃侃而談，他改變了人們對專家的看法、對職業精神的重新定義。他不僅是社會活動家，更是一名教育家。

近年來，大家流行講「充權」（empowerment），意思就是讓弱勢變成強勢、從被動變成主動，掌握自己的命運。而赤腳學院要做的，就是對村民的充權，讓他們成為自己的主人，即使是一貧如洗的文盲。

有人認為這是一項可解決城鄉差距、具「革命性」的滅貧發展工作，並且還底層人民一個有尊嚴與自信的生活。

他們在生活每一個微小處都可以見智慧。我迫不及待安排行程，前往探訪。想不到，羅伊很快回覆我的專訪請求，他在電郵中說：「歡迎妳來赤腳學院與我會面！」在他的字裡行間，讓我感到友善與溫暖。

我在一個深冬從香港飛往印度首都德里，再從德里搭乘六到八小時的長途公車，前往西北部的齋浦爾（Jaipur）。抵達後，還要轉乘另一班公車到吉申格爾（Kishangarh），車程約兩個半鐘頭。到了吉申格爾，可找一輛計程車前往提洛尼亞（Tilonia），該村莊正是赤腳學院的所在地。

但，我沒有選搭計程車，赤腳學院派了一部他們的吉普車來接我，收費比計程車便宜，而且確保不會迷路。

赤腳學院的所有工作人員，都來自提洛尼亞村莊，包括司機在內。而我們這些外來客所付的費用，從車資到學院內的食宿，都是他們的收入來源之一。

沿途，我看到有些婦女以薄紗蒙面。原來拉賈斯坦邦有不少村落仍實行封建主義，童養媳依然存在。在男尊女卑的思維下，已婚婦女不許拋頭露面。

抵達赤腳學院時已是黃昏時分，寒意逼人。空曠的村落，天階夜色涼如水。村裡以太陽能發電，太陽下山後，水也跟著冷了，再晚一點便會猶如冰水，而那個唯一的熱水水龍頭，竟還被鎖上。看來，熱水的使用是有時間限制的。

宿舍式客房很簡單，只有兩張單人床，連一張椅子也沒有，遑論暖爐。此外，這裡沒有抽水馬桶、沒有正式浴室，一切都是農村式基本設施。吃飯時和村民們席地坐在大廳裡，吃著簡單的咖哩素食。因為這裡就算是一小片肉，對村民來說，都顯得奢侈。

雖然清貧，但大家鬥志激昂，對自己的土地有著不可言喻的奉獻精神。這可能是因羅伊夫婦與他們同住，起著鼓舞作用。

原來，羅伊的太太阿魯娜是位女中豪傑。在印度，她比丈夫還有名。赤腳學院剛開始時，曾與丈夫併肩作戰，後來她轉投身工農運動，並成立一個叫「工人與農民充權組識」(Organisation for the Empowerment of workers and Peasants)，同時也關注農村婦女的權利。

不過，阿魯娜其中最被人稱頌的成就，就是二〇〇五年成功迫使政府通過資訊自由法，讓印度民主向前邁進一大步。

阿魯娜告訴我，在未立法前，印度的公共部門和公職人員從上至下貪贓枉法，民生大受影響，老百姓又無法掌握有力證據申訴。舉個例子，每天收入不足一美元的印度窮人，可獲糧食配給卡，但有不少人到有關部門領取糧食時，往往取之不得。後來才發現，要給窮人的糧食竟落入黑市謀利。

自資訊自由法通過後，有關帳目必須要有清清楚楚的檔案，放在政府中央檔案室裡供大眾翻查。

阿魯娜說，資訊自由法成為弱勢社群的有力武器，減低他們受公職人員的欺凌，並還他們一個基本的生存權。

原來這也是「充權」的其中一個重要手段。有報告指出，發展中國家的資訊自由程度，與貧窮、饑荒有密切關係。資訊不自由，貪汙肆虐，分配不公，貧窮、饑荒就愈見嚴重，弱勢社群只會愈來愈弱，無法翻身。

印度底層的老百姓都十分感激阿魯娜為他們爭取了資訊自由法的通過。在印度，羅伊夫婦倆的工作成為佳話，不少外媒千里迢迢前來探訪，再加上印度本地的團體訪客，赤腳學院在寧靜中見熱鬧。

羅伊夫婦感召了不少知識分子加入他們的團隊。我在赤腳學院一個新年活動中，認識阿魯娜的一名戰友，他原本是位在銀行工作的經濟學家，後來發現在大學所理解的經濟學，現實中卻不是那麼一回事，他不想在自己的專業領域裡與人同流合汙，前年毅然辭工，全職協助阿魯娜。他說，不僅群眾需覺醒，知識階層也需覺醒，民主才有希望。

我在赤腳學院的那幾天，觀察到沒有人高高在上，即便是羅伊夫婦，他們所吃的，與大家一樣，用餐過後同樣親自清洗餐盤。

在訪客登記處工作的Nandlal，是我抵達赤腳學院第一位交談的員工，他也是提洛尼亞的村民，所受教育有限，但現在已能說簡單的英語，還負責安頓來訪者，讓他感到很自豪。

他雖然行動有些不方便，但肢體語言豐富，尤以面部表情，一看便知他想表達什麼，而且總是信心滿滿。在赤腳學院，有一種很特別的溝通方式，就是木偶戲。羅伊曾這樣解釋，在文盲率非常高的地方，他們無法透過文字溝通，便會用圖案、甚至用木偶來講故事。在學院裡，有一位近三百歲的木偶爺爺，叫喬金查查。

羅伊在演講中幽默地說：「他是我的心理分析師、我的老師、我的醫生、我的律師、我的捐贈者。他幫忙籌款、解決爭執，還協助解決村裡的問題。如果村裡發生一些矛盾，例如來上課人數愈來愈少，又或老師和家長方面有衝突，木偶就會請老師和家長握手、討論……」最有趣的是，羅伊指他們的木偶，都是用回收來的世界銀行報告紙製作而成的。

羅伊的助手芭塔（Bata）告訴我，提洛尼亞是一座相當保守封建的村莊，老一輩的思維十分守舊，他們便用木偶戲這種軟方法來吸引注意，透過木偶戲去解釋那些既成制度的不合理性，比如童養媳。

印度雖然努力邁向現代化，讓經濟起飛，但社會觀念仍然落後，男女關係非常不平等，年輕一代近年爆發他們對落後人權狀況的不滿。男尊女卑的觀念不改變，婦女將繼續受歧視打壓，根本無法正常為社會發揮自身力量，到頭來無疑是國家的損失。赤腳學院正是從提升婦女能力地位著手，由最底層、最封建的社群開始，首先是思維的轉變。

其後我與羅伊的訪談中，他向我指出一點，令我印象深刻，就是行動可以是非暴力的，但思維的轉變卻可以是很「暴力」的。

他又說，革命把制度改了，但人的思維未改，舊制度依舊深植心中，最後就有可能再度復活。只要看看根植於印度數千年文化的種姓制度，就算在現代印度已被非法化，但仍未消失。

說到這裡，我終於明白，赤腳學院為何專門培訓農村祖母成為太陽能工程師，這不只關乎技能，更是關乎一種觀念。

芭塔豎起拇指，高興我說出重點。她說：「就以我為例，我已經三十二歲了，還未結婚，在這一座村莊，是極其不可思議的事情。幸好我媽媽受赤腳學院的影響，比較開明，沒有強加家長式的婚姻安排，還讓我自由戀愛。下個月我就要結婚了，未婚夫是一名法國人。」

我為芭塔開心。沒錯，這的確是不可思議的事，而且還是異族婚姻，在封建的村莊可謂是極具爭議。

芭塔表示，婚後她仍會留在學院工作，或許印度、法國兩邊跑。因為學院已成為她一個極親密的家。原來，她有位當攝影師的爸爸，因交通意外去世。一天，羅伊問她，是否願意繼承父親的遺志，為赤腳學院擔當攝錄工作？現在，芭塔是學院的一雙攝錄眼睛，忠實完整的將學院信念與活動工作一一記錄，並推廣至海外。

她帶我探訪學院各「學系」和部門，太陽能培訓當然是重點，此外，還有醫療診所、建築、紡織、水利、手工藝等，他們還有個電台，專門培訓傳播人才。

當我走進一間牙科診所，六十多歲的牙醫祖母一手拿起一副牙齒模型，另一手拿起牙刷，向我示範刷牙的正確方法，並表示可為我洗牙。她沒有證書，有的是大家都知道她在學院獲得「牙醫」培訓後，回饋社區居民，從來沒有出錯過。

接著我經過學院電台，一個披著頭紗、全身印度傳統服裝的少婦正在做廣播節目。結束後，她笑著對我說，自己已深深愛上廣播工作了。我問她丈夫及家中老人家如何看待她的「拋頭露面」？她表示，她的工作不僅對自己的成長是好事，對家人也是好事，至少家中多了位生產者。既然是好事，家人會慢慢感受到的。氛圍也很重要，赤腳學院為村落帶來了不同的氛圍，而且極具感染力。

就好像我在學院的太陽能培訓班，遇到一群來自非洲的婦女，當羅伊親訪她們家鄉，表示要把她們帶到印度來，並且培訓成太陽能工程師，讓她們大表意外，她們的丈夫反應更大，直呼：不可能！但，赤腳學院的工作，就是把不可能變成可能，並用手語和圖案克服學習障礙。六個月後，祖母便可成為太陽能工程師，回鄉後將技術發揚光大。

現在，太陽能技術不僅一步步點亮印度的村莊，還點亮了低度發展國家的村莊。最重要的是，這全是由農村婦女親手點燃，她們除照亮自己的社區，同時也因逐漸打開視野，繼而照亮人心。

除了太陽能發電外，這裡特別值得一提的，就是近年全球談得熱烈的「水資源開發與訓練」，赤腳學院收集了各國相關資料，對於如何使用雨水、開發飲水，在學院都有極富創意的研究。

我在赤腳學院到處都可聽到隆隆的紡織機聲，婦女們埋首製作她們的手工藝，或正專心連接太陽能的儀器機件，抑或在進行水利工程。

勞動，不分男女，都可從中重拾尊嚴及一份相互的尊重。

這裡還有令我讚嘆的，就是晚間學校。

我在學院的最後一晚，特意走訪這些晚間學校，從孩子身上學到很多東西。這些與眾不同的學校，是專為農村子弟、特別是女孩而設。因為傳統農村，多數的孩子白天要替家裡照顧羊隻及其他家庭雜務，沒有機會上學。於是羅伊決定，要為這些孩子成立由太陽能發電的晚間學校。

這些學校教什麼呢？除了識字和常識外，還有民主程序、公民權力。聽到羅伊那與眾不同的民主教育，不禁令我豎起大拇指。他說：「每五年我們會舉行一次選舉。六到十四歲的孩童都可參與，然後再選出一名總理。現在的總理是位年僅十二歲的女孩，早上照看二十隻羊，但晚上她的職務是總理。她有自己的內閣、教育部長、能源部長、衛生部長。他們負責監督與管理。」

我聽得興味盎然，這一次探訪對我而言，是一趟難以言傳的思想與心靈洗禮。

還有更值得懷念的時刻，就是在赤腳學院與他們共度新年。新年前夕的晚上，赤腳學院舉行一個別開生面的戶外大派對，逾百村民前來參加，孩子們特別高興。

大夥兒分別圍在十多個火爐旁，輕煙在寒冷的空氣中裊裊上升，但大家的歡笑聲卻釋放出獨特的溫暖。在學院接受太陽能工程訓練的外國學員，她們全部來自最落後的國家，如蘇丹、剛果、薩爾瓦多、阿富汗、所羅門群島等，也一起參與節目表演。

與這對巨人夫婦一起過年，讓新年更添不凡意義。

巨人在他的肩膀上

「他們一開始忽視你，然後嘲笑你，接著和你鬥爭，但最後勝出的卻是你。」

——聖雄甘地

羅伊非常喜歡引用甘地上述的這句話。他自認是甘地的追隨者，而他的家庭背景也與甘地近似，一樣來自印度中上階層，父母安排他讀最好的學校，建立最好的社會人脈網絡，並準備了一條最好的就業之路。羅伊笑說：「此外，我也曾參加印度國家壁球比賽，連續三年奪得冠軍，整個世界像是只為我而存在，一切就在我腳下。」

是什麼讓他拋棄原本燦爛的人生，義無反顧追尋甘地的赤腳精神？源於一次旅行、一次志工經驗。一九六五年，當時他不滿二十歲，基於好奇，背著父母來到印度史上最嚴重的比哈爾邦饑荒，第一次見到因飢餓而死去的人，震動整個心靈，他的人生觀也因此默默起了變化，決心走進底層。

一次旅行，改變自己也改變他人命運的例子，總讓我們津津樂道。

佛陀釋迦牟尼原本可在皇宮內做他的尼泊爾皇子，享盡榮華富貴，怎知一次出宮，目睹眾生苦難，毅然拋棄所有，誓為眾生尋找彼岸之路。

切·格瓦拉的《革命前夕的摩托車之旅》，已過了近半個世紀，依舊激蕩人心，並成為後人追求公義社會的引擎。從書到電影，都讓我們重溫切·格瓦拉的少年輕狂，與友人騎著破舊的摩托車環遊南美洲，但在旅途上，南美洲底層社會的不公不義，讓他無法視而不見。一次浪漫旅程的計畫，卻成為他殘酷的成人禮，革命之心由此燃點起來。

羅伊也一樣，因為一次旅行，讓他從城市跑到偏遠的農村，從底層開始，進行他的靜默革命。

事實上，聖雄甘地不也是因為一趟火車之旅，燃起了心中正義的火苗？甘地在領導印度獨立革命前，在南非買了頭等車廂車票，卻被英國人給趕下車；回到印度，看到貧窮的印度人擠在三等車廂，英國人則獨占寬闊的高級車廂，而當印度人擠到高級車廂時，英國人大聲喝斥他們滾回去。

甘地雖然出生中上階層，自英國學成歸國，與上流社會打交道，但目擊傲慢的殖民者高高在上，印度人在自己土地上卻成了他者，社會等級的不公傾斜，遂發起非暴力的不合作運動。

半個世紀前的這一位巨人，他的每一句話語都在這個時代裡回響著，提醒我們非暴力的意義。但，有多少人在細心聆聽呢？

可是，羅伊卻把甘地的一言一行牢記在心，並成為人生的指引。而甘地倡導追求真理、不怕犧牲及非暴力原則，以此來對抗黑暗力量，正是羅伊推動赤腳學院的目的，這是一種非暴力的改革手段。

在羅伊身上，可看到甘地的影子。

當我遊走於印度貧民窟的悲慘世界，似乎又聽到印度哲人們的吶喊，並深刻體會到他們為人民奮鬥的艱辛血淚史，從拉伊尼．科瑟里(Rajni Kothari)到奈喜亞(Ram Manohar Lohia)，當然還有甘地的戰友尼赫魯(Jawaharlal Nehru)，他們都為人民奉獻了自己。

我們可能只知道甘地，而奈喜亞則是為甘地精神賦予了「牙齒和釘子」。甘地精神在其死後仍長存不息，信徒們固然功不可沒，但奈喜亞卻是把甘地的精神激進化，讓他繼續活在人群中。

看來，聖雄甘地的一雙赤腳，沒有因他的離開而止步，其身後還有無數的赤腳，不會因國家的不完美而退縮，反之在黑暗中走出一條道路來。公義，可能會遲到，但從不缺席。

羅伊與赤腳學院，無疑是印度赤腳運動中的佼佼者。而在羅伊的肩膀上，我感覺到印度哲人智慧的重量。

專訪赤腳學院創辦人班克・羅伊

我來到印度齋浦爾，第一時間致電羅伊，怎知大家誤會了時間，頭一天到赤腳學院便撲了空，因他去了新德里。再相約，他向我保證已返回學院。就這樣，我再度來到這間學院。甫下車，芭塔立刻領我去見他。

羅伊夫婦就住在學院裡，他們的家位於訪客宿舍後面，平房與庭院有說不出的雅致。一進屋內，即看見羅伊席地坐在偌大的書桌前，陽光從竹簾透進來，四周書香撲鼻。而他身上啡黃色的傳統印度服，與這個房間的環境是如此和諧一致，令我不想打擾。

羅伊抬頭看我，首先開腔說：「哦，我們終於見面了！」

他問我，喝茶嗎？然後建議我嘗嘗印度綠茶。我連聲點頭，印度茶葉世界知名，特別是來自大吉嶺的。

羅伊身形壯碩，氣定神閒，一臉慈祥。經過一番閒談後，專訪正式開始。

問：羅伊先生，過去幾年全球政治經濟相繼出現問題，從中帶出價值失落的疑惑。大家都在思考，我們需要怎樣的社會？有另類的選擇嗎？赤腳學院似乎提供了一個不一樣的發展方向。

答：妳如何界定「另類」？另類的意思，即與主流有別，它存在於邊緣。但，要成為另類，並非赤腳學院的目的，我們要打入主流，要把地方智慧發揚光大。事實上，自一九七二年赤腳學院成立以來，我們所培訓的農村婦女，包括來自印度和其他低度發展國家，已有三百萬人。她們獲得技能後，回到家鄉，再把所學的技能傳授其他婦女，其他婦女又傳授其他婦女。她們甚至按地方需要，成立屬於自己的赤腳學院，名稱可能有別，但我們分享共同的精神。我感覺，我們正在開枝散葉，最終成為主流。

問：這就是聖雄甘地所倡議的「可持續發展」（substainability）？

答：對，我十分認同他的看法。每一個社區，即使是最底層的社區，都有它所累積的傳統智慧。妳可能以為他們不懂得解決問題，於是從外面找來專家來對他們指指點點，但專家對他們的地方又了解多少？舉個例子，就在興建這院舍前，我曾請教一位有證書的林務權威專家，他來到這裡東看西看、觸摸泥土後，搖了搖頭，建議我們放棄吧。他說，這裡沒水，還都是岩石地，不可能蓋什麼。我轉而詢問村中長老，他說可以這樣蓋、那樣蓋，於是我們從村裡找來十二名建築師，沒一個識字，卻以極低廉的成本修建了這所赤腳學院，足可容納一百五十人工作和居住。其後在這裡的婦女們，又用棕櫚糖、蕁麻及一些連我都不清楚的材料，來建屋頂。她們說可以防水，而它的確防水。其後，她們又在屋頂上加建四十五千瓦的頂板。今後只要有陽光，就不怕沒能源了。此外，屋頂還有一個祕密，就是可以採集雨水。接著雨水會流到與屋頂連結的地下水箱，每個有四十萬升容量，即使發生乾旱，這裡也不會缺水，因我們懂得如何收藏雨水。

問：看來，你是想建立一個可持續發展且能自給自足的社區……

答：要知道，解決農村發展的方法不是來自外面，而是來自內部。只要讓始終被忽視的底層村民明白，其實他們比任何人都了解自己的土地和居民同伴的需要，而來自生活的知識就足以讓他們擁有豐沛的力量，再加上適合的技能，然後透過共同參與，便可靠自己解決困難，推動社區的發展。只要需求獲得滿足，村民就不用往外跑。事實上，農村人口流失與無節制的城市化，衍伸出很多問題。

問：過去十年，拉丁美洲發生一場轟轟烈烈的二十一世紀社會主義革命，他們也是從社區改革開始，推出各種鞏固社區內在發展的項目，不知你有否曾與他們交流？

答：但我們並不想搞革命（revolution），我對革命沒興趣。我們要的是循序漸進（evolution）。我認為，任何的轉變取決於人的思維（mind-set），人的思維不可能一夕間就會有所不同。當制度變了，可是人的思維沒變，新的制度又怎可能長久？反之，還可能引發更多的鬥爭。其實，行動可以是非暴力的，但思維的改變則是可以很暴力，因為你要否定自己過去的想法，接受新的觀念，其過程猶如天搖地動。

問：前來赤腳學院的途中，看見不少婦女以頭紗蒙面，聽聞此地封建制度依然存在。但赤腳學院在這裡已工作了好長一段時間，似乎所帶來的改變不太顯著，你有時會感到挫敗嗎？

答：不，我不認為改變太小。會有這樣的感覺，可能因妳在這裡的時間不夠長。像我就看到很大的進步，對未來感到樂觀。

問：赤腳學院是一個非政府組織（NGO），同時也是一個社會企業（social enterprise）嗎？你們是如何維生的？

答：赤腳學院是NGO，但不是社會企業，有些社會企業是謀利的，我們不謀利，我們只是培訓社會企業家（social entrepreneur）。當你不謀利，便不會有損失（no profit, no loss），人的創意和想像力是我們最大的資產。這裡沒有誰的工資超過一百美元，可是人人都可嘗試新的東西，用自己方式服務社區、優化生活，發揮奉獻精神，他們同時會獲得尊嚴與尊重，不被剝削和歧視。他們不會為錢而留下，也不會為錢而離開，因為他們透過團結、分享與合作，已彼此建立親密的手足關係。

問：那麼，你們的收入來自哪裡？

答：印度政府每年都會撥出贊助資金給NGO和其他非牟利社團。我認為政府的錢便是我們的錢，我樂於申請使用，它占我們收入的百分之四十，然後有百分之四十來自國內外贊助，其餘則來自學院的勞動生產。還有，外國學員主要由印度政府贊助到這裡學習。

問：你有計畫挑選中國祖母嗎？

答：李連杰的一基金曾邀請我到北京演講，不過要與我們合作必須是合法的NGO。但，在中國，NGO文化仍在發展階段，未成氣候。更何況，中國現今被視為超級大國，他們怎會想到讓國民來印度學習！

問：毛澤東時代也曾有過赤腳運動，主要是赤腳醫生到農村服務群眾。

答：不過，我們赤腳學院全是自願參與，且不是由上而下，而是從心裡自發出來的行動。以我為例，當初目睹有人因飢餓而死，很想用自己的方式去服務窮人，因此我跑到農村，看如何能與他們共同尋找解決的辦法。

問：我希望有一天，華人與印度人間能彼此學習，發揮最底層社區的智慧。謝謝！

訪問結束之際，我向羅伊表示，希望將來能組織一些師生或社會行動者，來赤腳學院考察學習。但他卻提醒我說，每一個地方的社會實驗都源於其獨有的歷史、社會及文化背景，只宜參考，不宜移植。他還半開玩笑指出，不是不歡迎外國考察團體來交流，只是這些團體有時會構成干擾，例如在時間上和人手上，他們恐無法應付，因此赤腳學院鮮少接待海外的探訪團。

尋找另類民主

那我算是幸運，可以在赤腳學院度過一星期，了解他們這個偉大而謙卑的實驗。離開後，我南下，計畫探訪民眾科學運動。由北至南，旅途遙遠，除了飛機外，也搭火車。購買火車票時，我強調頭等票，怎知上了火車，才知車票是三等卡，原來票務員把first錯聽為third，我必須忍受五小時無座位的旅程。

終於來到炎熱的印度南部喀拉拉邦（Kerala）。這裡即便是十二月天，氣溫仍高達三十五度，稍一走動，就滿頭大汗。

喀拉拉邦是瀕臨阿拉伯海的一個邦，被國家地理雜誌指為一生必須來一次的「人間天堂」。我在這裡遇到的多是男性青年，不是電腦工程師，就是電腦程式員。近年電腦科技行業水漲船高，他們比以前富裕，加上與海灣國家的緊密經濟關係，使得中產階級蓬勃發展，這裡的消費主義更是全印度最活躍的省分。

我在喀拉拉邦的首站是科契（Kochi）。科契是商貿之城，也是葡萄牙、荷蘭在殖民年代進入印度的第一個地方，因此這裡的天主教聖堂和學校隨處可見，天主教教徒特別多。一位當地居民告訴我，在科契，天主教教會對教徒照顧有加，還提供子女津貼等。

不過，這裡的穆斯林也是聲勢浩大。由於瀕臨阿拉伯海，與阿拉伯海灣國家靠近，不少喀拉拉邦居民跑到海灣國家找生計，單在杜拜（Dubai）就有四百萬的印度人，其中三百萬來自喀拉拉邦。我得知這個數目時，感到不可思議。

我在科契的第二天，搭乘小輪到另一座小島科契堡（Fort Kochi），先觀看當地的「藝術雙年展」。小輪上，環顧附近島嶼，沿岸興建的別墅頗為醒目。身旁的印度人是從德里到這裡來做生意。他對我說，在科契，每個家庭幾乎都有成員在中東地區打工，而後者向在當地家庭匯出的外匯，便占了其GDP的百分之二十。居民有外匯，就在自己村落大興土木，蓋大房子。

可是，當你走進尋常百姓家，貧窮依然嚴重，但與德里相較，這裡已算是個不錯的地方，而且整個喀拉拉邦是零文盲。不少人指稱，這是當地知識分子於一九六二年發動「民眾科學運動」的功勞，我欲多了解，從北部來到南部，以為將進入「天堂」，怎知來到後很快便發現落差。或許是天氣太熱。想不到，在印度北部就凍死，在南部則熱死。一如印度這個國家，充滿極端的對立，例如這個全球最大的民主體制裡，卻偏偏存在著牢不可破的階級封建制度；現代的印度講求男女平等，同時在傳統印度世界裡卻仍存在，女性的不堪境遇。

或許天堂，應該在心中，如果我們沒失去對理想的盼望、對仁義的追求。從科契繼續前往喀拉拉邦首府特里凡得瑯，探訪民眾科學運動的總部，它坐落在市中心一條幽靜的小巷，按地圖很容易便找到了。

眼前是一座兩層樓高的獨立民房式建築，有個小前院和不大不小的後院，還在後院蓋了間活動室，可容納百人。如果按香港條例，這絕對是個需要拆除的違建物，不然便要多付土地稅給政府。

我好奇詢問租金價位，接待我的是該運動執委克里希納．庫馬爾（Krishna Kumar），大家都暱稱他ＫＫ。他表示，這是他們在十多年前買下的物業。十多年前，有感於需要一個永久的落腳處，因此發起每位成員捐出自己一月所得，合資買下這棟房子。

大家都是業主，有需要的單身義工，更可暫住在這裡，有時還可接待外賓，真是個不錯的選擇。我打趣說，現在房價一定升了不少呢！ＫＫ點了點頭，指炒高房地產是過去二十年的一個全球現象，印度當然也不例外。

事實上，過去二十年來的全球資本主義金融化，一步步吞噬了民眾科學運動的成果，就此我專訪了庫馬爾。他出生於印度喀拉拉邦，為科技專才，同時活躍於印度社會運動，是知名的社會行動者，現為民眾科學運動執委及「印度促進科技知識與智慧協會」（BGVS）的主席。

專訪印度民眾科學運動執委庫馬爾

問：喀拉拉邦被美國《國家地理雜誌》視為人間天堂，人一生一定要去一次。本以為這只是個旅遊勝地，沒想到有這麼一個重要的民眾科學運動（KSSP）在此地崛起，並讓喀拉拉邦的民生大有改善，因而獲得國際級另類諾貝爾獎的「優質民生獎」（Right Livelihood Award）。你可否向讀者介紹一下？

答：我想從兩部分來介紹KSSP。首先，喀拉拉邦原只是印度西南部的一個小城邦，上世紀九〇年代還極其窮困，怎樣看都不像是《國家地理雜誌》所說的天堂。

一九六三年，有一群以科學界為主的印度知識分子，他們走在一起，分享共同理念，就是科學不應該繼續做為有權勢者的專利。因此，這群知識分子決心把科學從有權勢者的手中奪回來，讓科學重回人民的懷抱。以前科學知識一直被小部分所謂權威人士、學者壟斷，不能與老百姓的日常生活產生連結。這種割裂的科學知識，由於與大眾脫節，因此無法改善他們的生活，反之卻更進一步鞏固特權階級的既得利益。日新月異、急速發展的科技，令多數的弱勢者對其愈加依賴。當上層與下層對科技知識的鴻溝愈來愈大時，社會的分化就益形嚴重。在這個情況下，KSSP正式展開，打開一條出路，讓科學逐步普及化。

在行動方面，KSSP成員成立「人民計畫運動」，他們捲起衣袖走進各大小農村，興建圖書館，把國外基礎的科學書籍翻譯成本地語言，然後定期舉辦聚會，讓村民有參與科技討論的機會，目的是提供村民掌握基本的科學知識，並懂得如何應用到生活裡。不過，最重要的是，當科學普及化後，老百姓明白邏輯思維、破除封建傳統、提高自理能力，這樣生活就能獲得極大改善。

問：聽起來KSSP真是個神奇的運動，那些工作人員是怎樣被動員起來的？還有經費，會是一個大問題嗎？

答：開始時大家基於同一信念，參與其中，出錢出力。參與的科學家並不是以救世主姿態出現，又或盲目追趕現代化生活。反之，這些科學家和其他參與者，謙遜地走入社區，與村民們平起平坐、一起工作，依照他們在日常生活所需及因應社會經濟文化等情況，導入適當的科技到生產模式裡，追求自給自足、簡樸充實的生活，這相當符合印度的哲學觀，又同時創造出一個管治理念：以個人為主體，由下而上的「另類」改革模式。人人皆可參與社區建設，我們甚至成功爭取有權決定社區的規畫財政預算，我認為這就是真正的參與式民主精神。

一九九〇年代初，KSSP更進一步協助印度政府推廣掃盲運動，設立專注教育的組織「印度促進科技知識與智慧協會」。掃盲運動經費有限，因此動員了大量義務人力資源，短短五年間，幾百萬義務工作者為幾千萬人掃盲，成就傲人。KSSP遂在一九九六年獲頒號稱另類諾貝爾獎的「優質民生獎」。從那時起，政府開始撥出經費，資助這個與眾不同的運動。現在，喀拉拉邦已成為全國典範，我們這裡零文盲，擁有高質素人口。

問：KSSP自一九六三年推動至今，已過了半世紀，如何持續式發展至為重要。這方面，可以與我們分享嗎？

答：印度有不少專業人員，和我們一樣，希望把自己的專業知識和才能，融入基層的智慧之中，走出一條不一樣的發展道路。換言之，我並不是知識的泉源，由我去告訴人民，說什麼是好、什麼是壞。我們與村民是「夥伴」，就是我的知識加上他／她的知識，全是新的變革所必需的，而這個知識可以來自任何人。當抱持這種心態時，我們會變得非常謙虛。如果你問我最重要的感覺是什麼，那我會說，是一種謙虛的感覺。你不會再以專家、專業人士、學術界人士自居，人人都可以是學者，我們周遭有很多學者，只是他們不寫滿是註腳的論文罷了。這種思想過程，是把知識融合的過程，而大學則是將知識割裂的過程。

大家都很珍惜這個社會實踐，遂發展出很強的凝聚力，也就是這種凝聚力，加上該運動在不斷創新中屢見成果，活出可持續式發展的能力來。

問：聽聞KSSP有不少國家級的知名科學家……。

答：其實KSSP不是由科學家主導的運動，而是一個尋求社會發展的群眾文化運動，參與者來自不同行業，例如電影導演、新聞工作者、社會科學家、醫生、工程師，但更多的是農民、年輕人，你不必是科學家亦可參與。

問：從科學出發，逐步發展出一套治理哲學，這就是KSSP的目的嗎？

答：民主的科學，科學的民主。整個民眾科學運動，包括掃盲運動、各項民用科技發展，全是由民間地區主導。政府下放權力，讓各區按自身既有的獨特文化和個別情況，自己管理自己，為該區訂定最合適的發展計畫。事實上，KSSP一開始便以知識分子和村民共同自發展開，當中並沒有印度中央政府的直接介入與干預，讓事情得以順利繼續。

問：之前你曾說過，KSSP的運作模式就是一種參與式民主，人們以科學的頭腦去參與日常生活及與社區相關的治理行動，這會對印度的代議民主造成怎樣的衝擊？

答：我們認為我們仍需要國家和代議民主，但不是今天這樣的國家。今天的國家是腐敗的，保護的是政商菁英的利益。我們也不相信有好的國會議員或好的政治家，他的情況就會好轉。我們認為，唯有改變國家的結構，才會有改變。我們的信念是，關乎人民直接生活的事情，應該由一千人以下的集體來決定——醫療健康、教育、飲水、能源、食物、生計及對當地自然環境資源的控制等。為什麼是一千人，因為這就不是代議式民主，而是參與式民主。每個人都應該參與這種國家管治功能，而不是讓某些代表來執行這些功能。今日的印度，是以邦民選代表和全國民選代表組成的。印度國會有五百二十五人，即使全是好人也無法解決問題，因為一個國會議員代表一百萬人。因此，我們主張由一千人以下的群體在最基層開始做出決策，參與式民主與代議式民主其實可以相輔相成、互補不足。

問：萬事萬物都在變化中。運動發展至今已五十年，你認為在二十一世紀，KSSP面對的最大挑戰是什麼？

答：消費主義，是我們最大的挑戰。過去我們的義工團體一直仰賴年輕人做為支柱，可現今消費主義橫行，年輕人躲進自己的消費世界，已失去對社會改革的熱情，這是KSSP的最大隱憂。再者，上次的全球金融海嘯，影響持續至今。以人間天堂見稱的喀拉拉邦，是全印度教育水平最高、工資最高的地方，其他省分的人都以能移居至此為傲。

可是也由於這個原因，外資多移轉到其他工資較低的地方設廠，以致這裡必須面對日益嚴重的失業率，現在唯有利用自身高教育水平的優勢，集中發展資訊科技。我們已向政府建議轉型為高科技經濟，希望繼邦加羅爾這個印度第一矽谷外，喀拉拉邦能成為第二個矽谷。

訪問後感

近年香港身邊不少朋友，一坐下便唉聲嘆氣，嘆香港之不濟、經濟之不公、世界之不穩，宛若陷於黑暗中，看不見前路，可能台灣情況亦如是。

其實，每一個時代，都有或大或小的問題；每一個地方，都有多樣的挑戰和困難，有什麼稀奇？整天唉聲嘆氣，最後只會打垮自己。絕望向我們招手，但我們有自由選擇懷抱希望。群眾科學運動在這方面是個具啟發性的例子。與他們聊天，談及過去十年運動如何受「市場文化」的影響而出現疲態，但他們並未因此就唉聲嘆氣，反之積極謀求對策。

專訪KK完後，他在隔天又補充道，二〇一三年是運動五十周年紀念，他們特地為此籌組了一個大型會議，商討發動一場新的運動：新喀拉拉邦運動，大有振臂高呼，一洗近年的頹氣。KK對我說，他始終相信，只有教育和科學能救印度。

還有一點值得我們學習的，就是該運動堅持不拿外國資金，保留自力更生的傳統，這足以令我肅然起敬。因此，他們不用仰他人鼻息，只按自己的理念辦事。他們每年收入主要來自出版報刊和大量科普讀物，一切自給自足。

此外，他們的奉獻精神也讓我深深感動。他們著眼於更大群體的福祉，不講求回報，不以市場價值為考量，一種大愛超越了凡事以自我中心為出發點，讓個體自由的體驗成為相互扶持的凝聚力。現在，他們要在群眾中喚回這種力量，再創全新的明天。

正如吾友邱延亮教授所說，當世界無法想像另類出路而訴諸於右翼民族民粹主義，徒令紛爭加劇、使問題更複雜化；那我們何不從西方中心論述解放出來，好好細聽另一種聲音、細看力抗被帝國殖民主宰的群體，怎樣在日常掙扎中走出自己的道路。

還有，特別在資本主義全球化危機四伏之際，重聽被認為過時的甘地聲音，或許有全新的啟悟。

「毀滅人類的有七件事：一、沒有原則的政治；二、沒有犧牲的崇拜；三、沒有人性的科學；四、沒有道德的商業；五、沒有是非的知識；六、沒有良知的快樂；七、沒有勞動的富裕。」

——聖雄甘地

「我們無需立刻看到遙遠的路盡頭，
我們只需看到可以抵達那裡的路就好了。」

——翁山蘇姬 Aung San Suu Kyi

第五章

未竟之國：緬甸

—

MYANMAR

1 作者進入緬甸若開邦探訪羅興亞族孩童，他們被禁錮未能上學。

2 採訪極端佛教領袖威拉杜。

3 印度穆斯林穆罕默德．雍扭斯曾是翁山將軍戰友。

4 緬甸人終於在二〇一五年舉行首次民主大選，高興展示投票後的證明。

5 若開邦極為貧窮，滋生出強烈的民族主義。

6 支持民主的選民，以翁山蘇姬為精神泉源。

4

5

6

多元社會的背後

走在緬甸的大街小巷，有時候我不禁會思索，英國作家喬治・歐威爾（George Orwell）在這裡生活時是什麼模樣？他如何受啟悟寫下他的《一九八四》、《緬甸歲月》及《動物農莊》？

在他轉為作家前，他曾是大英帝國派駐緬甸的一名警察，真無法想像他一身紀律人員的制服，腳踏一雙發亮的黑色靴子，佩戴武器到處巡查的樣子；還有智利知名左翼詩人聶魯達（Pablo Neruda），他也曾以大使身份在緬甸居住過一段時間，見證這個地方的殖民歲月，他驚嘆仰光是個「血、夢想與黃金之城」。

穿梭於現今破落的仰光，又有誰說得清楚，它在英殖時期曾繁華一時，尤如十里洋場的上海，甚具派頭的城市，吸引來自四面八方的人士抱著發財夢蜂湧而至。歐洲人、中國人、東南亞人，而印度人更是特別的多，有一貧如洗的勞工，也有腰纏萬貫的商人。

諷刺的是，唯有緬族人伊人獨憔悴，他們被英國殖民者排斥到主流之外，擠壓至邊沿，在自己土地上成為他者。緬甸老一輩這樣形容，緬族人好像躺在床上動彈不得的女人，眼巴巴看著其他人在她身上佔便宜。或許這可解釋日後的大緬族主義為何有如撥旺了的火，在獨立後的緬甸一直燃燒。

英國記者理查．考科特（Richard Cockett）在其著作《變臉的緬甸》中也指出，英殖民者製造的所謂多元社會，其實是塊掩蓋貪婪掠奪的遮醜布。緬族人反而視這個多元社會為他們的敵人，獨立後大緬族主義者首先欲踢走的便是印度人。

緬甸與印度有著千絲萬縷的緊密關係，除了英國殖民南亞次大陸時，前者曾是後者的一個省外，再來就是佛教淵源了。佛教來自古印度，雖最後式微於印度，卻能在東北亞和東南亞發揚光大，而緬甸更是南傳佛教的中心，現今八成多人口為佛教徒。

踏進緬甸第一大城市仰光，大家一定會被仰光大金寺（Shwedagon Pagoda）所吸引，還有其他大大小小的佛塔和寺院，令我想到烏克蘭基輔同樣也是五步一小教堂、十步一大教堂的景象，還有土耳其和伊朗的清真寺，色彩繽紛的印度教寺院更不用說了，這令我無法不思考宗教信仰如何塑造一個地方族群的性格。

但凡接觸過緬甸人，都會留下溫馴祥和的印象。每天清晨寺院敲響的晨鐘，還有成群結隊的僧侶們，當中不少可愛的小僧侶在大街小巷向店主化緣，這一切構成緬甸一天開始的景象。

一路走來，深深感受到，「宗教」幾乎可以影響從個人到群體的生活和行為模式、價值觀念、人生取向。因為師承與地域的差別，再加上對教義、教規的理解差異，即使同一宗教又可分成多個教派，有些教派各不相讓。

以佛陀釋迦牟尼的言教而成的佛教也不例外，從最初形成了上座部和大眾部兩大部派，經過不斷分化至公元一世紀左右，大乘佛教從佛教部派的分化中產生。

大乘佛教主張普渡眾生，後來大乘一派又以「小乘」來稱呼那些提倡只求「自我解脫」的教派，也包括所有傳統部派佛教教派，當中不乏貶意。無論如何，學術用語上對南傳佛教統稱上座部佛教而非小乘。

那麼，視眾生平等及自我修行成佛的佛教，在緬甸為何竟出現排斥國內羅興亞族穆斯林的激進主義，自二〇一二年至今未有平息？這都讓外界為之震驚。宗教衝突已是辣手，再加上族群，真是難解的結。

事實上，緬族人不僅與西部的羅興亞族有衝突，緬甸自一九四八年獨立後一直深受族群矛盾的困擾，並長期處於內戰狀態。東北部和東南部分別有克欽族、克倫族、克耶族，和有華人血統的果敢族，他們各自擁有武裝組織，對抗大緬族主義的政府軍，爭取獨立或真正的平等自治。

除了上述族群外，緬甸境內還有孟族、撣族和欽族等主要族群，當中有些比緬族更早居於緬甸區域，並曾建有自己的王朝。例如緬甸、泰國很多早期王國，乃是由孟族所建立；克倫族曾在東吁立國，後被撣族征服；撣族曾先後透過多個王朝統治了緬甸三百多年。

不過，要數緬甸最鼎盛輝煌的王朝，乃是建於十世紀前後的蒲甘王朝，佛教也在這個時期有最興盛的發展，其後在十三世紀被蒙古所滅而分裂成多個小王國，東吁王朝趁勢興起再次統一緬甸，繁盛一時後沒落。貢榜王朝是緬甸最後一個王朝，一八二四年至一八八六年與英國爆發三次歷史上知名的英緬戰爭，英國節節取勝後在一八八六年正式殖民緬甸。

在飛機上俯覽緬甸，可看到貫穿緬甸的伊洛瓦底河，這條綿長的河流孕育出肥沃的農耕地，還有資源富庶的山區、茂綠的叢林，從礦產、柚木、寶石，再加上油田，令緬甸猶如一座寶藏庫，受鄰國的中國覬覦自不在話下，尤其首先展開工業化的英國更像餓狼撲入緬甸。

與其他殖民地不同，英國沒有讓緬甸自成一個殖民地，而是把它歸入英屬印度成為其中一個行省，對於緬族以外的其他族群地區，則採取分而治之的制衡政策，特別是緬甸最大少數族群的克欽族和克倫族，深受十九世紀前來的西方基督教浸信會傳教士影響，前者大部分改信基督教，後者亦有不少基督徒，兩者的文字更是由傳教士參考緬文所創制，並同時重點培養和重用成為英軍的主力，在英緬戰爭期間協助英軍與緬軍交戰；到一九四二年日本入侵，一樣與英軍併肩作戰，力抗和日本結盟的緬甸抗殖獨立軍。

羅興亞族一樣如此受英國殖民者所利用。殖民者這種做法為緬甸各族群之間埋下仇恨種子。所謂古老的成見，由此而起。

殖民與族群矛盾

帝國，永遠後繼有人。記得在英國念高中時，政治科學學科老師在作業某處給了一個大問號：Why "Great"？我抄書本嘛，稱英國為Great Britain，老師突如其來的質問敲打著我的腦袋。大英帝國，偉大嗎？

歷史學家指大英帝國，是殖民面積最大的帝國，從北美到非洲、再從中東到東亞等遍及七大洲五大洋，我亦是生於英殖時代的香港；這個帝國在十六世紀打敗西班牙，並再接再厲於十七世紀起與法國爭奪全球霸主之位，曾是世界第一強權。

殖民擴張成就了大英帝國資本主義經濟實力的驚人增長，而在亞洲地區最重要的殖民地可算是印度。至於英國所建立的「東印度公司」，竟可逐步鯨吞印度這個擁有古文明的王朝，當時印度領土還包括現今的孟加拉和巴基斯坦等。英國奪下印度後，繼續東征，緬甸王朝亦無法逃脫被殖民命運。

正如上述所言，緬甸的族群衝突與英國殖民政策有很大關係。但想不到如今緬甸有這麼多的族群，原來與英治時代一樣有關，殖民者為緬甸埋下族群矛盾的種子。一位緬甸人類歷史學教授告訴我，過去外界總按官方統計數字，以為緬甸確認的就只有一百三十五個民族。殊不知這個統計數字是一九二一年做的，一直未再更新。二〇一二年軍人下台時，本已完成人口普查，但軍方為了不讓政治對手了解實情，要等到二〇一五年大選過後才公佈。

有研究緬甸族群的專家學者指出，一九二一年的緬甸，仍在英國殖民統治下。當時緬甸原住民在不同的地方說著不同的方言，但不表示他們就分屬不同民族，只是殖民者硬要以民族將其分類。換言之，殖民者在緬甸創出好些個民族名稱。

有趣的是，早年在緬甸一帶傳教的西方傳教士，更是「貢獻良多」。他們走到偏遠的地方，遇上不一樣長相和口出其他方言的人，便為其冠名；更甚者，如有夫婦來自兩個族群A和B，生下的子女，傳教士竟視他們為一個新族群叫AB，以此類推，使得緬甸族群變得特別多。當有你我的分別，紛爭就來了。分別愈多，紛爭便層出不窮，團結更渺茫。

換言之，英國殖民者走了，留下各民族自相殘殺，這是不少前殖民地的眾生相。在其他處於民主轉型的地區，如北非和東南亞，未見民主之利，卻已將複雜的內部問題猶如潘朵拉的盒子，一打開便無法收拾，族群矛盾紛紛湧現，而宗教派系間的鬥爭更是棘手。（可參考阿什利·史斯〔Asley South〕在二〇〇八年出版的*Ethnic Politics in Burma*）

民主化後的緬甸，即使有自稱於總統之上的「民主女神」翁山蘇姬，但在面對族群衝突時一樣進退失據。其實，自她進入管治權力核心後，過去的光環已黯淡褪色。一位領袖單靠魅力是不行的。駐守仰光的國際媒體與外交使節不時會批評，翁山蘇姬缺乏治國的政治理念，雖然她在民盟正式執政前夕發表談話，指民族和解乃新政府的首要任務，且會即時展開和平談判進程；但其實在二〇一五年臨近大選時，民盟仍遲遲未能交出治國藍圖，上台後，無怪乎頭痛醫頭、腳痛醫腳。

緬甸無疑需要先就民族和解，才能進行政經與社會發展，而打開政經改革大門的前任總統登盛(Thein Sein)也表示，沒有和平，便沒有民主和發展。

到了翁山蘇姬上台，她一樣強調民族和解，卻沒有提到正身處若開邦(Rakhine State)集中營的羅興亞穆斯林。大選前夕的記者會中，有外國記者問翁山蘇姬相關問題時，她竟指是媒體小題大做。事實上，為了不想流失佛教徒選票，她對羅興亞穆斯林的處境一直保持沉默，讓國際人權組織對她相當有意見。

來緬甸之前，我單看國際新聞報導，以為翁山蘇姬會因此而形象受損、支持度下降；可是當置身緬甸，便發覺事實並非如此。我訪問當地穆斯林組織，他們表示能理解翁山蘇姬的作法，指她仍受軍方牽制，希望她將來掌握實權後，可以一解宗教種族衝突的困局。

一位緬甸穆斯林社區領袖Maung Nu對我說，穆斯林對翁山蘇姬的寄望猶如一場苦戀。這可從翁山將軍當年搞獨立運動說起，他採取務實策略，凡是對運動有利的群體，都會與之結盟，因此他有不少穆斯林盟友。我在香港便認識一位九十多歲的緬藉穆斯林印度人穆罕默德．雍扭斯（Mohamed Yoonus），曾在獨立運動中協助翁山將軍。他給我看翁山的軍人證件，還有獨立後第一次大選的選民登記證，他一直悉心珍藏。

從他向我複述將軍的話語中，可深深感受得到對翁山的敬佩之情。翁山在一九四七年五月二十三日公開道：真正的民主，會帶給每個人民真正好處、真正平等、真正機會——它絕不分階級、人種、宗教信仰、男女性別；真正的民主，會讓人民當家作主，事事以人民的利益為首選；以真正民主為基礎，制定緬甸聯邦憲法。要創建國家民族大業，民主必須先行；提防別有用心者把獨裁制度，打扮成民主模樣騙人。

懷抱著獨立的夢想，雍扭斯和大群穆斯林追隨了翁山和他領導的緬甸獨立軍。即使翁山一開始選擇了與別具野心的日本結盟，而惹來爭議，但後來他懷疑日本對協助緬甸獨立的真誠，隨即改與英國盟軍合作，最後迫使英國不得不承認緬甸的獨立地位。

因著父親的關係，翁山蘇姬與穆斯林社區關係原本不錯，因此羅興亞難民問題，使她非常為難。翁山將軍承諾以聯邦制來團結各民族，並答應獨立十年後讓民族自決，這項做法令軍方中的大緬族主義者深感不滿，遂將他暗殺。隨著翁山的離世，各民族地區的自治權亦同告落空，衝突始現，反政府民族武裝力量至今仍是風起雲湧，成為當今世上最持久的內戰。

獨立後的緬甸雖舉行了第一次大選，而第一任總理吳努亦以包容形象見稱，可是他努力把聯邦這個概念制度化卻面對不少阻力，而他也未能完全拋開緬族主義的包袱，更定立佛教為國教，惹怒了基督徒族群，社會紛亂、經濟下滑，另方面又遭軍方猜疑，結果在一九六二年軍方發動政變，尼溫將軍上台，正式展開漫長的軍事獨裁，並以社會主義經濟之名讓軍方有機竊取國家財富，摧毀殖民時代的建設，又大攬以緬族為主導的族群同化政策，令族群衝突推上高峰，緬甸政治經濟社會同告迅速倒退，西方的經濟制裁更是雪上加霜。

令人難過的是，緬甸軍政府更在東部的克欽邦和克倫邦坐視毒品問題叢生，使得當地有超過一半人口吸毒，當地人認為這是軍政府摧殘他們民族的手段之一。

除了少數民族外，軍方向即便是緬族的反對派不斷採取鎮壓手段，一九八八年的一次大規模血腥鎮壓最為國際社會所知，因為有了翁山蘇姬的出現。在仰光，記者友人引薦下認識了一個組織叫「八八一代」(88 Generation)，成員便是在一九八八年曾受打壓的一群，能生存下來的現今活躍於政壇。

我因而有機會與他們交流，想不到這個組織的領袖Min Ko Naing在羅興亞問題上的立場完全與軍方和政府一致。他說，這無關乎宗教與族群，乃是有關對非法移民和恐怖主義的打擊。他還指有人別有用心利用此事，為緬甸帶來不穩定因素，打擊翁山蘇姬。

緬甸的民主始終令人覺得奇怪。或許我們可從改革大旗手的登盛如何看民主，略知端倪。他說，民主是獲取經濟成長的手段，但必須有紀律。說得白一點，推行民主的背後意圖，就是令西方解除制裁，外資重回緬甸和引進西方的科技技術。他的一位助手這樣說：「我們需要一個可以帶來經濟發展的政治體系，好讓人民富強起來。我們必須把貧窮率從百分之二十六降到十六。」

到了翁山蘇姬，相信她亦已轉為以此為目的，即是一切以經濟復甦為己任，這解釋了民主女神掌權後變得很務實。雖然如此，但有知情者指改革仍動了既得利益者的利益，官僚體系裡支持改革者其實不多，他們陽奉陰違，令緬甸的改革異常緩慢和脆弱。

事實上，即使到了二〇一〇年軍人專制統治結束，但因緬甸的民主轉型是由上而下，有軍方背景的「聯邦鞏固與發展黨」是轉型的主導力量，對各民族自治權遲遲未有落實，加上少數民族對緬甸的民主轉型從一開始便充滿疑慮。因此，緬甸民主尚未確立，烽煙卻已迅速再起。

緬甸東北邊境，不時發生緬軍與果敢族的衝突。由於果敢族多為漢人血統，華文媒體十分關注。緊接著又有大批的羅興亞族，為避免受到極端佛教徒打壓，在人蛇集團的安排下，搭船逃離緬甸，抵達印尼和馬來西亞水域，卻被拒絕上岸，成了海上孤兒。事件曝光後，驚覺緬甸不同宗教族群間的廝殺，已到了迫在眉睫的危急狀況。

翁山蘇姬致力與鄰國和諧相處之餘，能否帶領國家走上團結和解之路，不僅國內民眾在看，國際社會也在看。因此，二〇一五年我在緬甸的兩次採訪中，集中探究當地佛教激進主義的由來及羅興亞族的現況。畢竟羅興亞族是緬甸最弱勢的一群，其遭遇也最為悲慘。只要緬甸繼續有集中營，其民主陰影就始終揮之不去。

佛教界賓拉登？

我專程來到緬甸中部的曼德勒城（Mandalay），試圖採訪有當地佛教界賓拉登之稱的威拉杜（Wirathu）。該城是其根據地，他就住在位於該城邊緣的寺院，並擔任寺院主持。二〇一三年美國《時代》雜誌有一期就以他為封面，大字標題寫上「極端佛教徒的恐怖面目」（The Face of Buddhist Terror）。

這無疑是一個聳動的標題。我不喜歡標籤化，只希望呈現真實面貌，特別是面對一位具爭議的人物。雖然我來之前，從新聞報導及威拉杜本人的公開演說，對其自有一定的看法，但既然要專訪這個人，就要學習放下所有成見，面對面，重新認識他。

不過，相約威拉杜訪問的過程裡，發生一些相當有趣的插曲，見微知著，讓大家做判斷吧！

首先，我從緬甸記者同行處取得威拉杜的手機號碼，一抵達曼德勒城便立刻致電，一連兩天不斷撥打，又是留言，又發短訊，都沒有回音。於是我租了一輛車，找來略懂英語的司機，一大清早親自造訪威拉杜的寺院。

該寺院頗具規模，住了兩千多名僧侶，威拉杜就是他們的領導人。我和司機走進院內，終於找到威拉杜的助手，他指威拉杜很忙，必須預約。我表示，因電話找不到威拉杜，才冒昧前來打擾。助手看了看我的電話號碼，才恍然大悟，說：「難怪主持不回妳。妳這個號碼屬Ooredoo電訊公司，這家公司總部在杜拜，我們不會用，也不會接聽，妳買錯電話卡了。」

我的天，真是民族主義上腦啊！若不是經他這麼一說，我從未留意過這點。甫出曼德勒機場，的確有兩、三家電訊公司售賣手機電話卡，我在歐洲用過Ooredoo，想是大公司，訊號會好一點，因此選擇了它，不曾考慮公司背景。

原來公司總部在伊斯蘭國家。但，做為外人，誰會想到連一張小小的電話卡，都可以如此政治化。現在，在緬甸，宗教成了最敏感的領域。

至於威拉杜的根據地曼德勒城，其實是緬甸最多華人聚集的城市，他們從事多種行業，表現得有聲有色，以致當地緬甸人抱怨曼德勒已變成華人的衛星城市，並出現敵視態度，那麼，華人又如何因應？

他們沒有加強溝通，融入當地社會文化，反之退縮到自己的世界，以為不問世情便可相安無事。舉個例子，我在曼德勒城認識一華人家庭，其中有對二十多歲兄弟，在緬甸出生成長，以為會說緬甸語就沒問題。

因此，當我要訪問威拉杜時，邀請那對兄弟為我翻譯，弟弟推薦哥哥小傑（化名），指他緬甸語好。當我們來到威拉杜寺院時，他的助手要求我們留下各自的詳細聯絡方式，還要為訪問全程錄影錄音，小傑竟不知所措。當威拉杜一出現，小傑開始冒汗，翻譯得結結巴巴，不到五分鐘，索性不翻了，幸好在場有位訪客懂英語，把翻譯問題解決了。

事後，小傑告訴我，他臨時不幹有兩個原因，首先，他的緬甸語水平無法翻譯這麼複雜的訪問。他雖在緬甸出生，但不少華人子弟被父母送進中文學校學習，於是被迫穿梭於華人與緬甸學校間，回到家又只講中文，而平時的社交圈也以華人居多。嚴格來說，緬甸語不是他們的母語，即不是思考的語言，日常會話還可以，複雜的翻譯便不成了。二來，宗教在緬甸非常敏感，特別是佛教，絕不可冒犯。如果在臉書有冒犯之言，軍方隔天就會來敲你門。他害怕因翻譯不好而惹上麻煩。

負責接送我們的司機私下表示，我不該找個華人翻譯，他們比任何人都怕事。但其實連他自己到這裡都有點害怕，這可能是因過去曾受軍方統治而留下的巨大陰影，軍方隨時都能給你戴上莫須有的罪名。即使現在開放了，可是軍方勢力仍大，恐懼還在。

訪問威拉杜，他提出血緣這個命題，指居住在緬甸但與緬甸沒有血緣關係的人士，一律被視為外來者，這是不是與希特勒的種族論差不多？但這竟是出自僧侶之口，叫人嘆息。

他又說，當外來者不安分時，緬甸的主流價值就會受到威脅。何謂主流價值？就是正統佛教信仰。其後更大言不慚，直指他們正面臨緬甸穆斯林的威脅，必須起來護教。一個名為九六九運動乘勢而起，它以關注緬甸做為佛教國家的純正性為己任。

當我在仰光與當地華僑閒聊時，他們自我挖苦說，緬甸華僑被視為外來者，與印度人一樣，所不同者，華人是在大戰時逃難至此，而印度人則是被當時英國殖民者送到緬甸戰爭前線當砲灰，然後落地生根。

原來，一九六七年隨著中國文化大革命發生，緬甸也出現排華潮，華人遭禁止辦中文學校、辦中文報紙，直到中緬關係好轉，才得以解禁，不過也是二〇〇〇年的事。但印度人並未獲此權力，他們想辦印度裔社區報，至今仍不可得。

一位仰光華僑陳老伯告訴我，可能是因為不少華人信佛，緬甸政府感覺放心；但在緬甸的印度人多是穆斯林，政府恐他們藉辦報之名傳播信仰。

與陳老伯談到曼德勒華人的境況，才了解到他們受敵視的根源。原來曼德勒的華人多來自雲南，有在早年靠毒品起家者，最為人熟知的兩位華人為張奇夫和羅星漢，被稱為「毒品大王」，都已先後離開人世。他們靠毒品賺了大錢後，再透過正當生意暗地進行洗黑錢，加上中國本身就與緬甸軍方關係密切，當地不少人更認為中國透過賄賂掠奪資源，因此對中國人印象不好。

這都是上一代的事了，但下一代仍活在其陰影裡。曼德勒華人的普通話比緬甸其他地方的華人都好，可能與雲南有貿易往來有關吧，只是直到今日他們仍無法融入當地社會，距離讓他們備受敵視。現在，他們都很害怕佛教界極端主義在曼德勒生根，這次是攻擊穆斯林，下次可能就輪到華人了。說到底佛教界極端主義其實與宗教無關，卻與種族及民族主義有關，有時甚至是統治者操弄的手段。

陳老伯又告訴我，政府還有個一規定，「外來者」在緬甸要到第四代才能參政。但，羅興亞族穆斯林卻是個例外，他們始終不被承認，連公民權都沒有，更遑論參政。

羅興亞族的命運

若開邦位於羅興亞族穆斯林聚居的西部，緬甸大選後一直外弛內張。當地的國際救援組織不敢鬆懈，擔心以佛教徒為主的民族黨ＡＮＰ（Arakan National Party）上台後，再與他們不認同的羅興亞族穆斯林發生矛盾事件。事實上，自二〇一二年兩個族群爆發血腥衝突後，羅興亞族被隔離至今，一直為國際社會垢病，成為緬甸民主進程中難解的結。

我從仰光飛往若開邦首府實兌（Sittwe），欲了解當地情形。民盟雖在選舉中大勝，卻在實兌全軍覆沒，他們在實兌甚至沒設辦事處，連翁山蘇姬也從未踏進過該地。人在若開邦，無法不感受到這裡宛如另一個緬甸。

事實上，英治前若開邦曾是個獨立王國，繁盛一時，可惜到了十八世紀遭緬族吞併，宗教信仰主要為南傳佛教。但因前國王曾到鄰近的孟加拉蘇丹國避難，加上兩國通商頻繁，且在英國殖民統治期間，根本沒有國界，人民自由往來。因此這裡自然形成一定規模的穆斯林社區，也成為緬甸境內穆斯林最多的地區，約有一百萬，以羅興亞族為主。

二戰殖民結束後，印度、巴基斯坦、孟加拉、緬甸紛紛獨立。而在緬甸的羅興亞族，一直被視為孟加拉的移民，但有人類學家指稱他們其實是早於數世紀前就出現在中亞與阿拉伯地區的混血民族，遷徙至若開邦也有百年以上歷史。

無論如何，緬甸軍政府否認他們做為一個本土族群的地位，無法享有公民權利，於是逐漸退縮到自己的伊斯蘭世界，與周邊佛教民族文化形成心理隔絕，為日後族群矛盾埋下伏筆。

經過一小時的航程後，終於來到聞名已久的實兌。機場十分簡陋，前來的外國人不是記者、便是人道組織成員，遊客甚少，但酒店卻以旅遊季節為由大幅提高房價，我在別無選擇下只能入住。

若開邦是緬甸第二個最窮的邦，近百分之八十的人口生活在貧窮線下。做為首府的實兌也好不到那裡去，到處是破落村莊、不平道路，沙塵滾滾。不過最令我不安的是，這裡的民族黨高舉民族旗幟，選舉期間不斷高呼：愛我們的族群，愛我們的血統。

在這裡說話必須小心翼翼，你不能提「羅興亞」，因為他們認為是偽造的；也不要說穆斯林，要說孟加拉移民，若是能加上「非法」二字就更好，那麼，當地人才願意和你說話。不然，他們便覺得你是站在羅興亞人那邊。

一民間族群協調小組發言人表示，若開邦教育水平低落，容易相信陰謀論，也容易受挑撥。因此這裡非常需要科學與理性的教育，而他們主要的工作就是針對這方面，不過這是條漫漫長路。

羅興亞族穆斯林的隔離政策看來一時難以取消，更何況新政府還需取得若開邦民族黨的支持。

隔離營守衛森嚴，記者在採訪前必須取得許可證，但我沒有媒體機構支持，根本無法取得證明，在檢查站遭警察問話時，我表示生病了，而我當天也的確上吐下瀉。於是藉機表示隔天得回仰光醫治，今天無論如何一定得入營會見一位朋友，請他通容，卻是死活不行。

我索性一不做二不休的暈在他面前，嚇得他立刻給我椅子休息。他不懂英語，遂致電請來一個羅興亞人出來做翻譯，當他出現時，適巧一輛塞滿難民的泥頭車經過，颳起一大片黃沙塵土。

信不信由你，我與翻譯隨著黃沙塵土消失於檢查站，然後轉瞬已在受隔離的羅興亞族村，非常魔幻，其實是我抓住翻譯一起跳上泥頭車。奇怪的是，我的病也因成功入營而消失，身體明白機會難得，尤其當一雙雙無助的雙眼，帶著深切的委屈與怨恨，不能工作，無法受教育，行動自由受剝奪。所以我必須抖擻精神，盡最大能力去採訪、拍照，將真相告訴全世界。

在這世界有一種慢性屠殺，人們視而不見，卻是問題的根源，繼而演變成全球無以名狀的恐懼。唯有正視問題，才能尋找解決之道。

與我一起的那位羅興亞族青年，本身就是名翻譯員，願意繼續為我充當翻譯。他告訴我，二〇一二年衝突前，他還是一名大學生，怎知一場暴動，家被一把火燒燬，與家人送到隔離營至今。他被迫休學，父母失去工作，現今僅靠積蓄和人道救援度日。

後來我又認識另一位羅興亞人Kyaw Hla Aung，他已六十多歲，曾研習法律，多次受政治打壓進出牢獄，在被送入隔離營之前，是一救援組織的行政人員。現在隔離營生活苦不堪言，讓他十分沮喪。把唯一的希望寄託在翁山蘇姬身上，期待她取得權力後，可為他們落實再安置計畫。

我問他對於翁山蘇姬的沉默是否感到失望？他說：「不會。我理解她，當她仍未擁有權力時，說什麼都沒用，倒不如不說。現在她的黨大勝，我很高興，相信她會為民族團結盡一份力。」

隔離營裡不少物資來自國際人道組織，讓實兌的居民認為人道組織偏袒羅興亞人，而對這些組織十分敵視。他們說，這裡也有很多貧窮的佛教徒居民，為何只援助隔離營？其後人道組織必須同時兼顧兩個族群的需要，以平息當地民怨。

隔離營其實不是一個營，而是實兌地方政府圈定某地，然後設檢查站、圍牆和鐵絲網，裡頭的羅興亞人不得外出，成年人失去原有的工作，小孩沒法上學，甚至缺乏糧食及醫療照顧，嬰兒夭折率奇高。不過，依我在隔離營所見，這裡不全是窮人，有少部分幸運能獲海外親友匯款接濟，也因此讓蛇頭有機可乘，遊說他們付錢冒險從海路逃往他鄉，導致去年四、五月間，發生大批羅興亞船民葬身大海的人道災難。

隔離營的存在，除了讓人蛇活動活躍外，亦使得潛藏在孟加拉、巴基斯坦的極端伊斯蘭組織，伺機向絕望的羅興亞人傳播極端思想。緬甸這種隔離政策已被指為非常不智，族群和諧成了這個新興民主國家的首要任務。其實翁山蘇姬曾提出過如何促進族群團結，不要以大欺小，但隨即遭到猛烈抨擊，自此不再出聲。

有次，我與當地店鋪老闆談到民盟，他指民盟是個穆斯林黨，他們不歡迎翁山蘇姬，把我嚇了一跳。老闆認為他們沒有為若開邦說話，保持沉默即默許穆斯林欺凌若開邦的佛教徒。

從若開邦佛教徒的角度來看，羅興亞人非法來到若開邦生養眾多，圖謀占領。為何他們對此說法深信不疑？這無疑與過去軍政府的政策有關。當時軍政府為了轉移人民對政府的不滿，遂把最弱勢的羅興亞族抬上祭壇，後來更可以此為難翁山蘇姬及打擊她的聲望。

二〇〇七年，緬甸軍政府因取消燃油補貼，導致油價上揚，公車票漲價，讓原就生活窮困的緬甸民眾更是陷入絕境，隨即引發連場示威，過萬名僧侶加入抗議行動，一時間聲勢浩大，被稱為「番紅花革命」(Saffron Revolution)，最後不幸遭血腥鎮壓。多數示威僧侶不是被逮、便是逃往泰國，一片風聲鶴唳。

全緬甸共五十萬僧侶，較四十五萬的軍隊還多，加上僧侶對群眾有號召力，軍方深知不能與之長期為敵，最後改以懷柔策略。當囚禁僧侶被陸續釋放，軍政府對一無所有的僧侶提供援助。仰光一位曾參與二〇〇七年示威的僧侶說，有政府人員遊說他們成立護教組織，政府在背後出資，護教之餘，每月又有薪水可領，頗具吸引力。

因此，自二〇一〇年開始，佛教界護教組織如雨後春筍，最受人矚目的是九六九運動。根據維基百科，三個數字取自佛教典故，第一個「九」是指佛陀的九個特質，「六」指的是教法的六種特徵，最後一個「九」則是僧侶的九種特質。也就是說九六九指的是佛教的三寶：佛法僧。

僧侶被誘導關注緬甸佛教國家的純正性。與此同時，政府卻不斷釋放消息，國內佛教界正面臨伊斯蘭的威脅，矛頭直指西部的羅興亞人。

一種陰謀論是這樣說的：根本就沒有羅興亞族，其實是從孟加拉非法偷渡到緬甸的孟加拉穆斯林，他們受背後大勢力指示，編造其在緬甸的根，目的是要併吞緬甸、消滅佛教。這一招將本就不滿軍政府的人民，其中不乏僧侶，把視線轉移至羅興亞這一新敵人身上，接著在二〇一二年一宗穆斯林涉及強姦佛教徒少年案件仍未有真相之前，兩個族群的嚴重衝突卻已一觸即發。

如果說軍政府別有用心挑撥族群間的衝突，那麼，現今則是要考驗翁山蘇姬的智慧與魄力了。不然，族群躁動壓不住，民生又改善不了，群眾對女神的蜜月期結束，只要一亂，緬甸軍方隨時有可能效法埃及軍方伺機奪回政權，也未可知。

事實上，二〇一五年「民盟」在若開邦首府實兌的選舉全盤皆輸。當我問當地居民是否歡迎翁山蘇姬，他們不斷搖頭、一臉不悅，指「民盟」是穆斯林黨。我瞪大眼睛問為什麼？他們也答不出來，只能搬出有關她與穆斯林的謠言來。

這裡最受歡迎的是若開民族黨（ANP），我專程探訪ANP總部，與一位年輕黨員聊天。問他穆斯林被隔離前，有過穆斯林鄰居嗎？他點頭，告訴我，他們相處融洽，甚至還與對方的孩子一起長大。二〇一二年眼見鄰居房子被燒、被驅趕，而他竟也參與驅趕行動。我問為什麼？他尷尬地想了想，只說大家都認為穆斯林會威脅他們。

在這裡就是如此，大家都這樣說呀！一個跟著一個，不假思索，卻不會停下來分析。若開邦教育程度低落，要煽動，很容易。緬甸的佛教極端主義與其他的極端主義，其實沒啥分別，多源於狹隘的民族主義，即排斥異族、唯我獨尊。

當我在緬甸若開邦時，不期然想到印度南部的喀拉拉邦，當地居民生活也曾深受迷信與謠言影響，不經思考、驗證，因盲目相信而做出行動，非常原始的部落思維。幸好有一群印度科學家跑到喀拉拉邦，推動一場民眾科學運動。自一九六七年開始，用最簡單的方法把科學生活化，並翻譯科普書、設立科普書圖書館，義務定期開班解說，如何以理性態度處理人際關係、日常事務及管治社區等，甚至還搞出直接民主來。

經過半個世紀，現在喀拉拉邦是印度唯一沒有文盲、學識水平最高的邦分之一，他們不再因一個謠言、一種迷信而做出非理性的群體衝動。邁向文明現代社會，長路漫漫，但必須踏出第一步。

緬甸和印度這兩個國家，伊斯蘭教派都不是主流，但人們就是很容易受到煽動，對伊斯蘭教生起莫名恐懼。

有位正在緬甸進行救援工作的朋友告訴我，原來那些極端佛教徒利用民主進程不斷壯大勢力，他們這幾年一直阻止當地伊斯蘭教徒使用政府醫院和學校服務，於是後者只能依靠救援組織，較過去更缺乏人權。

或許，一個宗教無論如何超然，遲早都會與國家權力結合，例如緬甸和斯里蘭卡，當地多數僧侶們皆有共識，認為佛教是他們民族認同裡不可或缺的一部分，國家必須統一於佛教之中。而在這個佛教大一統的意識形態下，小眾宗教的存在令他們惴惴不安，常覺受到威脅。

希特勒不就是以此向群眾洗腦，提出種族純正論，從而合理化種族清洗暴行嗎？宗教更是提供當權者一種具高度道德的視野，來獲取群眾授予權力的最大合法性。

當群族的世界觀裡，產生一種高於一切的強烈道德優越感，他們就會不惜一切去發展與維護，並成為最重要的任務。在人類歷史中屢見不鮮。例如基督教的十字軍、伊斯蘭教原教旨主義衍生的聖戰組織，甚至以民主之名發動戰爭的西方自由國家，都是利用自以為握有最高道德的權柄來征服別人和他國，並為其口中「必須的暴力」正名。

但族群仇恨竟在緬甸民主轉型中變得越發熾烈，讓緬甸民主蒙上陰影。

事實上，二十一世紀是一個民主高漲的時代，也是一個民主低潮的時代。二〇一一年當北非的阿拉伯人民拋頭顱、灑熱血，一場「阿拉伯之春」築起美好的想像，現在誰去慶祝周年紀念？埃及年輕人手牽手抗議軍方回巢推行專政，突尼西亞人仰望蒼天問革命如何能把生活變好？利比亞、敘利亞、葉門等國更不用說。即使老牌民主國家的代議政治也正在走向衰敗。

自二〇一〇年起，緬甸從軍人獨裁政府過渡至民選的文人政府，到二〇一五年十一月大選正式開花結果。民盟大勝，實現第一次政黨輪替，國際社會充滿讚嘆，緬甸人仍處於民主的蜜月期，儘管民主從一開始便跌跌撞撞。

一個新政府的誕生如何揭開歷史一頁？回想二〇一五年的大選日，全球八百名記者齊聚，還不包括國際觀選團，由此可知道緬甸的民主進程如何受到國際社會的關注。此外，我還在現場碰到不少來自世界各地的年輕人，專程到此做個人觀選。

一如香港人總愛湧到台灣觀選，把焦點放在一人一票上。但香港人未必關注得到一人一票外的台灣，就像一人一票外的緬甸，我們又有多少的了解？

有位遠從澳洲前來的年輕人問我，為何要來緬甸採訪？我反問他為什麼對緬甸大選有這樣濃厚的興趣？他坦率表示，是為了翁山蘇姬而來，他要分享其政黨「全國民主聯盟」（NLD，民盟）贏得勝利的喜悅。

對緬甸選民來說，投票給「民盟」，即投票給翁山蘇姬，而這也是「民盟」的競選口號，潛台詞是他們會帶來改變。不少選民這樣說：「我們已做好轉變準備。」但，真的已經做好準備了嗎？

無論如何，大選後民盟要籌組新政府，大家全聚焦到新總統的人選上。翁山蘇姬曾在選前記者會上表示，如果「民盟」取得國會多數席次，有機會推選總統的話，她將會在總統之上來管治國家。換言之，前朝政府欲以兩個兒子為外國籍來限制她競逐總統大位，是不會得逞的。大家對她這番話記憶猶新，特別是在場的外國記者，聽後無不目瞪口呆，好奇她會如何指揮國家大局？

事實上，無論她是否能擔任總統，外界早將她視為緬甸不可動搖的領袖、國家的代表人物。她參政後，表現得相當務實。記得她曾率領民盟代表訪問北京，當時就有評論指她已由反對派搖身一變為善於盤算利益的政客。緬甸媒體對此並無特別報導，反倒是民眾在社群網站上討論熱烈。

緬甸有個中文新聞網，留言全是當地華人，其中有不少年輕人。有趣的是，他們在網路上意見多多，但當面詢問看法，卻一個勁的迴避，認為緬甸華僑遠離政治才是明哲保身之道。

我發現一個有趣的現象，當外界質疑翁山蘇姬的言行是否合乎民主精神時，緬甸的支持者總能為她找到合理的解釋。例如她的凌駕總統論，當地不少記者與「民盟」支持者卻不以為然，認為翁山蘇姬受不合理憲法條文規定，無法當上總統，唯有用這種方式來奪回自己的權利。

我與當地一位知名政治評論員Ye Naing Moe談及這個問題，他笑了笑，指西方媒體記者對民主女神的確感到失望，但多數緬甸人依舊仰望翁山蘇姬，民盟在民眾心目中還具有一定地位。民盟這次在國會攻占大半席次，主因是在反對陣營中並未出現另一個像民盟般深入民間的政黨，也沒有一位像翁山蘇姬這樣有魅力的領袖。

有趣的是，自開放以來，緬甸市場經濟帶來的種種變化，大家也順理成章的歸功於翁山蘇姬。舉個例子，象徵現代化的各類電子產品，特別是手機，一時間充斥市場。有位大學生告訴我，五年前手機還是少數人的奢侈品，五年後的今天，城市裡已是人手一機，年輕人低頭把弄新玩意兒，煩惱立消。於是他們高喊，沒有翁山蘇姬，便沒有開放市場，那就不會有手機，民主女神萬歲！

民主女神光環不再？

在緬甸，不少人將民盟視為「女神黨」。二〇一五年五、六月間，我在緬甸採訪時，當地記者朋友問我，六月十九日會在仰光嗎？我回說剛好訂了機票回家。他搖搖頭，表示可惜啊！他說，當天Lady's Party會有大型會議（我還以為緬甸出現了一個婦女黨）。他大笑，Lady's Party就是民盟，這裡的人都是這樣稱呼的。正可謂沒有翁山蘇姬，就沒有民盟。

友人還說，六月十九日也是翁山蘇姬的生日，我才恍然記起，那年是她的七十大壽。會有大型慶祝嗎？友人指翁山蘇姬從不過生日，不過民盟這回有意為她搞個大派對，同時也為大選哄抬聲勢。

事實上，自緬甸軍方開放大選，翁山蘇姬就積極表示欲參與總統競逐，充滿改革的雄心壯志。可是，軍方遲遲不願修改憲法中禁止有外國籍家屬不能參選的規例，即使民盟及其他反對黨努力爭取修憲卻始終無望，翁山蘇姬無緣成為新總統，那麼，民盟有第二人選嗎？

帶著這個問題，我前往採訪民盟位於曼德勒城的地區總部。曼德勒城的下午有如火爐，氣溫高達四十度。坐上摩托出租車，挺著火炙的陽光和沙塵抵達民盟辦事處，這是座三層樓高的建築，外頭插滿黨旗，紅色旗幟上左邊有一團星星，右邊則如一團劃過的流星，其實是頂小竹扁帽，盛載了緬甸人民為民主奮鬥數十年的歷史。

站在民盟門外，我發覺黨旗多，但仍不及翁山蘇姬的肖像多。一旁有個隸屬民盟的小攤，擺放著各種印有翁山蘇姬肖像的紀念品，包括T恤、圍巾、手表、水杯、記事簿、鑰匙圈及手機殼等。踏進辦事處，四周全是翁山蘇姬和父親翁山將軍的油畫，天花板有多高，油畫便有多高，必須仰頭而看，這時深深體會到翁山家族已成為緬甸人心中永不滅的國家英雄。

這個民盟的地區總部置身在婆娑樹影下，顯得有些懶洋洋。該地區總部主席田杜傲(Tin Htut Oo)出來迎接我這位華人記者，表現得特別親切。他問我為何不去北京採訪民盟訪問團，反而來到曼德勒？

曼德勒是緬甸第二大城，曾是緬甸最後一個王朝雍笈牙王朝的都城，也是緬甸被英國占領前的首都。田杜傲告訴我，曼德勒亦是獨立運動與民主運動的主要基地之一，他是在一九八三年以二十七歲之齡加入民主運動，祕密籌組民盟，當時翁山蘇姬還未回到緬甸，而他已在曼德勒大力推動民盟於緬甸中北部的工作，更因此被軍方多次拘捕坐牢。介紹過後，隨即展開這次的專訪。

問：當年參與民盟工作的都是熱血青年，但現在的民盟又有多少熱血青年？你已經五十多歲了，在民盟不算年長，只是聽聞貴黨黨員平均年齡六十三歲，是否感到青黃不接、後繼無人？

答：我們一直在推動黨員年輕化，努力吸引新血加入。只是，近年來年輕人對政治沒啥熱情，他們寧願花時間在市場裡從事各種消費活動。

問：可是外界有聲音，批評民盟領導階層久在其位不肯放權，使得年輕黨員無用武之地。就以翁山蘇姬為例，她已屆七十高齡，從一九八八年擔任黨主席至今，仍無退意，你認為這是健康的現象嗎？

答：我們全部人都擁戴她，希望她能一路帶領我們，做為我們的精神象徵。即便是年輕黨員，他們的想法亦是如此。因此，她是唯一的黨主席，連副主席也沒有。

問：連副主席也沒有？真的很奇怪。民盟的結構是怎樣的？

答：黨主席下有一個由十五人組成的中央常任委員會，然後是黨各支部的運作及每五年一次的黨大會，大會中選出新一屆的中常委。

問：這個中常委有不少是元老級成員，其中可有具威望人士，能成為翁山蘇姬的繼任人？我的意思是，翁山蘇姬現今參選總統的機會渺茫，你們心中有其他人選可以代替她嗎？

答：沒有別的人選。我們就是希望能爭取修改憲法，直到爭取成功，讓翁山蘇姬登上總統一職。

從這個訪談中，可看出民盟真正的挑戰其實來自於內部，而其中最大的挑戰就是沒有培養接班人，僅靠著翁山蘇姬的光環，但終有燃盡的一天。

只是，翁山蘇姬亦不願放權。之前也曾提及，民盟就像是一人黨，所有決策權都在翁山蘇姬手上。有位緬甸傳媒人閒聊時告訴我，一些有關女神的故事，其中一則是這樣的。

話說過去幾年緬甸出現不少政黨，規模大的政黨幾乎全是由軍方扶持，其他的多是小黨，而有二十多個屬少數族群地區的政黨，勢孤力弱，難以抗衡？因此這些小黨與民盟商議，組織反對黨聯盟，民盟有資深成員簽下聯合聲明。其後向翁山蘇姬請示。女神皺了下眉頭，問為何要組織反對黨聯盟？讓所有小黨都加入民盟，不是更好嗎？並斥責簽下聯合聲明的黨員們。黨員無奈向小黨反映女神意見，同時宣稱他們的簽名無效，令一眾小黨為之氣結。

當民盟大勝後，翁山蘇姬在新政府人事任命上試圖做出平衡，有不少職位分給少數民族，同時也給軍方影子黨「聯邦鞏固及發展黨」（USDP）留出一個重要職位，這反映了民盟既要照顧少數民族、也希望以包容均衡的方式，爭取其他民族、政黨的支持，來為民盟的施政做好鋪墊。

可是，正如前述，翁山蘇姬仍不免有顧此失彼的情況出現，而且落差頗大。無論如何，緬甸民主並非坦途，除經濟難題和族群矛盾外，嚴防軍人專政回巢更是民盟外在的大挑戰。至於民盟面對內部的主要問題，就是沒有栽培新一代，一切以翁山蘇姬為軸心，但年輕人仍然擁戴「民盟」。有位年輕選民向我表示，「民盟」代表民主，他們要用民主來推翻軍方長期主導政治的現象，這是唯一的手段。

至於什麼叫做民主？原來在緬甸語中是沒有「民主」這個詞匯的，甚至許多現代政治概念，都在緬甸語中缺席。因此過去緬甸人高喊民主時，都用英語democracy，近年以緬甸語「自由」代替之。對緬甸人來說，民主即自由，自由即民主。而外界遂也漸發覺翁山蘇姬的作風並不民主，因為民主對緬甸人仍是個謎。

無論如何，新生的緬甸百廢待舉，經濟無疑是最大的難題，但外資將其視為投資處女地，等待經濟改革大門一開，便會蜂擁而至。太陽底下無新事，一如其他發展中國家，緬甸站在現代化的十字路口，伴隨著政治經濟的現代化，公民社會組織猶如雨後春筍。

耐人尋味的跨國NGO

現今社會，講獨立，談何容易，卻又是如此重要，因為才能擺脫各方勢力的操控，為真理、按良心自由地說話，發揮暮鼓晨鐘的作用。在緬甸，看到眾多外國NGO的身影，早已司空見慣。這些NGO都自稱是前來協助建構公民社會。

毫無疑問，公民社會是民主的基石，但過去二十年隨著全球化的趨勢，變得愈來愈NGO（非政府組織）化，而那些NGO又愈見跨國化。各國人民互相溝通、交流與支援，本來是件好事。世界公民、地球村等，標榜著人類可以不分彼此地團結在一起。可是，細看NGO的發展，當中卻有其耐人尋味之處。

所謂非政府組織，乃指獨立於政府之外，在地方、國家或國際級別上成立的非營利自願公民組織。這類組織大大小小、形形色色，在公民社會成熟的富裕歐美地區最為流行，基金會更是大行其道，他們往往是NGO背後的財政來源。而來自大家族的基金會，勢力足以令政府低頭。

有基金會做為金主的NGO，不少規模非常多元化和國際化。有趣的是，他們宛如「大白鯊」，哪裡有「血」便去那裡。換言之，發展中國家都是他們的目標，特別是處於民主轉型的地方，只要大門一開，這些國際NGO便蜂擁而至。

三月在突尼斯，這些國際NGO已看得我眼花撩亂；這回在緬甸，國際NGO又有如雨後春筍，視其為一塊處女地大力開墾，與外資無異，大家卯盡全力插旗、霸地盤，讓我有點目眩。

輸出主流政治意識形態的大白鯊

有朋友推薦我去找某德國NGO的主任聊聊，此君在三年前來到仰光成立辦事處，其工作是扶助緬甸政黨如何鞏固他們的民主運作。由於性質敏感，他先是資助當地人創辦相關的NGO，然後由他們出面與各政黨交往，而德國NGO則在背後主持大局。

一問之下才恍然大悟，原來德國NGO名義上是NGO，卻是由國家和德國政黨出資，向第三世界輸出歐洲主流政治意識形態，企圖塑造他們的發展模式。也就是說，這等NGO其實是權力機構的代理人，由這個代理人找代理人，然後代理人又找代理人，弄得大家暈頭轉向。

德國如此，其他大國一樣趕著對緬甸人「洗腦」，你拉我拉，受眾不精神分裂才怪！當一個國家處於轉型階段，就像是站在十字路口；此刻，來自四方八面的力量都在向你招手：來啦，來我這一邊，我可以幫助你。例如緬甸，公民社會開始萌芽，如何抗衡仍然強勢的軍方，至為重要。

一些背後有財閥、國家級基金會支持的跨國NGO，披著NGO的外衣，搞得卻是地緣政治。一方面說是推動緬甸的公民社會，另一方面又頻與軍方私下建立關係，名義上是協助轉型，看起來卻更像是為自己的國家搭橋牽線，這算不算是祕密外交呢？

有位緬甸年輕人告訴我一個有趣經歷。兩年前他參加一個本地NGO，它不時開設訓練營，教人怎樣去示威，但所去抗議的並不是什麼社會議題，反而是針對某國在緬甸的投資項目。對象明顯有選擇性，而且只針對某一國家，他開始覺得不對勁。還說，NGO的興起，為當地年輕人提供不少工作機會，有些為了「打好這份工」，也不多想，但也就是做好本分。

轉型中的新聞產業

此外，緬甸在轉型階段中的新聞領域，也是兵家必爭之地，因為新聞產業與輿論息息相關，一切得從新聞教育做起。過去，在軍政府嚴控下的緬甸各大學，竟都沒有提供新聞教育。而僅有的一間，課程竟是由政府設計，真是滑天下之大稽！

現在開放了，歐盟隨即前往開設新聞學院，大鱷索羅斯主持的「開放社會基金會」亦不甘人後，同一時間也在緬甸創辦他們的新聞學院。雙方都自稱要推動獨立傳媒、訓練專業記者，讓緬甸年輕記者趨之若鶩。緬甸近年來出現多場由國際機構主辦的傳媒高峰會，也是個有趣現象。

無可否認，緬甸過去毫無新聞專業可言，一切由軍政府控制，任何內容都需經過官方審查，這是典型專制國家的作法。

前去探訪一家民營報館，地方簡陋，看得出經營之艱苦，但工作人員個個鬥志激昂。然後有機會與老闆聊天，他讓我了解到緬甸同行的一頁奮鬥史。他原是記者，後辭職辦報，那是一九八〇、九〇年間的事，軍政府容許民營媒體，只是需要過官方審查系統。當時他以經濟新聞為主，因為該領域風險較少，然後慢慢加入政治新聞。

二〇一〇年開放後，審查系統取消，但這是否便可享有新聞自由？答案是：不！因時任政府仍牢牢掌握資訊，不願開放給媒體，傳媒很難求證，倘若有爭議，吃虧的多是傳媒，隨時可能面對牢獄之災。二〇一五年大選前有份小報便遭政府起訴，連同老闆和記者共九人敗訴，目前正在獄中服刑。

我指他們應大力推動資訊自由法，這是新聞自由的第一步。其後，我與另一名年輕記者A午聚，他告訴我，當有西方機構來到緬甸創辦新聞學院、主辦新聞研討會時，他總是很高興的積極參與。期間曾參加一訓練課程，教他們如何在衝突地採訪。怎知課程一結束，緬甸某地區就發生衝突，導師示意他依照所學前往報導。

該記者心生懷疑，怎會如此湊巧？再者，真要按他們教得那套操作嗎？那一套是有助於尋找真相，還是激發更多衝突？他這一問，正是獨立思考的開始，我為他鼓掌。

此外，A又指出，過去兩年間，有不少新聞討論會，探討的多是緬甸新聞業的問題與發展。主題雖是在探討緬甸，但主辦單位幾乎全來自歐美的組織。

A告訴我，有次他受邀參加，進到會場才發覺，與會者多是來自歐美的新聞從業員、傳媒學學者和國際NGO工作者，緬甸記者少之又少。A當時很納悶，為何討論緬甸新聞業的問題與發展，卻是由一群西方人士來主導？難道他們比本地從業者更了解問題的所在，以及發展的方向？

要知道，A並非政府傳媒的記者，只是一直在民營媒體逆勢而上，今天能有此一問，代表他已具有獨立的批判精神。只是他並非主流，多數同行在面對挾龐大經費而來的國際組織時，就已認定對方是救世主。

沒有白吃的午餐

這個現象不單出現在緬甸，其他發展中國家亦然。若曾留意過西方基金會的工作，美國自是較歐洲強勢，不少專攻傳媒與教育，對扶貧扶弱並無多大興趣，為什麼？很難想像吧！索羅斯的開放社會基金會是箇中的佼佼者。他們最熱中的就是新聞教育，從突尼斯、烏克蘭、緬甸，甚至在香港、中國內地，都非常活躍。除非你真認為這些財閥是大慈善家，要不然天下是沒有白吃的午餐。

可是，緬甸必須有從自己土壤裡成長茁壯的「土產」公民組織，不需依靠背後有財閥金主的外國NGO來指點江山，這樣才能有一己的聲音，掌握自己的命運。

我與A交流了其他發展中國家如何建構公民社會的經驗，而他則繼續告訴我新聞背後鮮為人知的故事，以及對新生緬甸的期盼。猛烈的中午陽光逐漸消退，但依舊熱辣，將仰光的標誌——仰光大金寺照得金光四射，光暈落在附近以白色為主的昔日殖民建築上，給我一種難以言喻的感覺。

再度穿梭於橫街小巷之中，到處可見破舊樓房和老店舖，交織出重重疊疊的歷史光影。人們蹲踞著光顧那些排滿路旁的熟食小檔，記得我也曾參與其中，只是落得上吐下瀉的慘痛教訓，但不可否認這個仰光街頭特有的風味，而一輛摩托車經過便會把路邊溝渠汙水灑到食客身上。即使是第一大城仰光，排水系統仍是個大問題，還有電力不足、醫療衛生有待改善等等。

緬甸明顯是個基礎建設嚴重不足的國家。不過，自由選舉過後，人們期待生活會開始不一樣，仰光街上的車水馬龍充滿無窮生命力，民間組織萌牙茁壯，外資則摩拳擦掌，各大小商場陸續落成，進口貨品琳瑯滿目，金融業開始崛起，信用卡逐漸流行，銀行提款機比以前普遍，但房地產價格和物價也跟著如火箭般飆升。無論如何，一個現代城市的規模正在成形，人們聯想到英殖時代仰光那種現代氣派，當時在東南亞算是佼佼者，大家期待現今的緬甸有更高速的發展。但希望背後請不要忘記仍有哭泣的角落。在奔往現代化之路如果忘記了仁義，一切只會如夢幻泡影。

離開緬甸前，我給那位在羅興亞集中營認識的律師Kyaw Hla Aung一通電話，他在電話那頭向我懇求，「張小姐，妳可否找方法拯救我們於水深火熱中？請轉告翁山蘇姬。」我沒有方法，也不知道如何才見得到翁山蘇姬；我只有一支筆，請原諒我把他們多寫了。

臨走之際，我不慎稱緬甸為Burma，一位緬族友人提醒我，一九八九年當時軍政府已正式把緬甸殖民時代的英文名稱改為Myanmar，其後又在二〇〇五年從仰光遷都至奈比多，這被視為與去殖民化及強化軍方統治威權有關。有趣的是，英美仍以Burma稱之。一個國家名字，反映了緬甸與西方的糾葛。

還沒完成的項目

當我正忙於趕赴提交書稿之際，在伊拉克從事救援工作的日本友人來信告知，她將途經香港，盼望再聚。我自是立刻放下手邊工作，趕往機場見面。

我們的話題多圍繞在伊拉克與中東地區的狀況。她談到老百姓面對家破人亡的椎心之痛，不禁悲從中來。我們從重聚的喜樂，到無語問蒼天，我這位友人大起大落的情緒，非常明顯是嚴重的創傷後遺症。

她表示正把過去文章集結出書，以悼念今年（二〇一八年）三月伊拉克戰爭十五周年。她提醒了我，對，我這本新書適巧也是三月出版。容我先把新書獻給十五年前在伊拉克採訪過的所有人，特別是摩梭爾那位當時僅十五歲的二手書小店員，如果他仍在世的話，今年已經三十歲了。

他曾對我說，美國並不想為他們帶來民主，其目的只是要掠奪他們的資源而已。十多年的制裁，讓伊拉克遠遠滯後於世界。他還舉了個例子，當世界都在使用手機時，許多伊拉克家庭連有線電話都沒有。小小年紀的他最後表示，長大後要當一名醫生，因為伊拉克有太多戰爭受害者，他同時也希望能為國家治病，尋找獨立富強之路，讓人民的生活獲得改善。

或許他沒說錯。除伊拉克外，美國以民主之名推倒格達費，破壞了利比亞後，便不再理會這個國家的死活，這並非個例；又或按西方的一套模式改造世界，美其名是推動文明的發展，其實是以野蠻的手段到處掠奪，造就了西方的物質文明，奠下讓大家去膜拜、去追趕的經濟現代化發展方程式——新自由主義。如果它有自我調節的能力，那麼，它也有自我毀滅的可能。

凡是走向教條、基本教義式的極致，都會異化。社會主義如是，資本主義亦如是。在這次五國的採訪過程中，最令我感受深刻的，就是不同文明體系對「大國夢」的追逐，把國族主義賦予神聖的榮耀感，在爭霸中製造更不可預測的矛盾及衝突局面。此外，還有宗教。其實但凡成為一個「教」，便涉及權力，鬥爭就因之而起。研究人類歷史，無論哪一個宗教，都受到統治者的利用。在封建君主時代，從西方到東方，「君權神授」是如此重要，既可確立君主的合法權威，又可凝聚民心。教派一旦與王權勾結，就成了利益階層；即使在現代民族國家，宗教與民族主義合謀，一樣極具破壞性。

有朋友這樣對我說，耶穌沒有表示要成立基督教，穆罕默德也沒有表示要立個伊斯蘭教，因為他們臨終前都無定立繼承人；佛陀的「無我觀」更不會希望他的思想成為一個教派，這都是後人把信仰社會功能化而成為「教」吧。你可以不同意這種說法，但宗教的確有其社會功能。

當意識形態宗教化又會是怎樣呢？那就很容易被神化而推到極端，例如極端個人主義即變得不擇手段、自私自利，如對物質的狂熱追求便成拜物主義、對工業化和都市化的過度發展也有失人與大自然間的平衡，反之亦是如此，例如太強調集體、精神、鄉間等，同樣不符合現實。

宗教信仰的基本教義派復興，已讓世界喘不過氣來，其實主導全球的資本新自由主義發展至今，也儼如基本教義派，要大家臣服，變成不可挑戰的新宗教，有違先哲倡議的非神化世俗主義和啟蒙理性，無怪乎德國思想家哈巴馬斯（J Habamas）指「現代性」是一個未完成的項目。究竟我們應如何理解「現代性」？

撰寫這本書，讓我苦苦思量東方與西方、傳統與現代、信仰與理性、個人與集體、私有與公共，是否有必然的對立？還有國族主義的建設與破壞，這是我遊走多國不斷思考的課題。

可是，現在我們的社會已陷於非黑即白的直線單一思維，與基本教義派無異的排他性，瀰漫於大家的爭論裡，不是你死，便是我亡，窒息了公共溝通的理性。無論是多數人的暴政，還是少數人的極權，唯我獨尊，都已不合時宜。

此刻，上述的伊拉克少年再次在我腦海浮現。他與我說再見後，摩梭爾旋即陷入「伊斯蘭國」的黑暗統治，他企盼從醫救國的願望，恐怕永遠是他個人的未竟之業。而被美國強行「解放」的伊拉克，人們卻活在恐怖主義的囚牢裡。

塞爾維亞大導演艾米爾．庫斯杜力卡（Emir Kusturica）在一次專訪時說：「西方散播民主之處，災難將隨後而至。」（Where the West comes to spread democracy, disasters follow）庫斯杜力卡生於波士尼亞的塞拉耶佛，曾經歷戰火，對美國強行改造他國以符合西方利益的手段，十分反感。當南斯拉夫被摧毀，許多文化都消失了。如何重新思考「現代性」，讓人類社會享有真正的解放和進步，實在是一個未完成的浩大工程。

【旅人之星】58

歐亞現場

見證現代化浪潮下的矛盾與衝突

作者——張翠容
封面設計—兒日
內頁排版—霧室
總編輯——郭寶秀
責任編輯—陳郁侖
特約編輯—林俶萍
行銷業務—力宏勳

發行人——涂玉雲
出版——馬可孛羅文化
地址——104 台北市民生東路二段 141 號 5 樓
電話——02-25007696
發行——英屬蓋曼群島商家庭傳媒股份有限公司城邦分公司
地址——104 台北市民生東路二段 141 號 11 樓
客服服務專線—(886)2-25007718；25007719
24 小時傳真服務—(886)2-25001990；25001991
服務時間—週一至週五 09:00-12:00；13:00-17:00
郵撥帳號—19863813 戶名：書虫股份有限公司
讀者服務信箱 E-mail—service@readingclub.com.t

香港發行所——城邦(香港)出版集團有限公司
地址——香港灣仔駱克道 193 號東超商業中心 1 樓
電話——(852) 25086231
傳真——(852) 25789337
信箱——hkcite@biznetvigator.com

馬新發行所——城邦(馬新)出版集團【Cite(M)Sdn. Bhd.】
地址——41, Jalan Radin Anum, Bandar Baru Sri Petaling, 57000 Kuala Lumpur, Malaysia.
電話——(603) 9057-8822
傳真——(603) 9057-6622
信箱——cite@cite.com.my

輸出印刷—前進彩藝有限公司
初版一刷 西元 2018 年 3 月
定價 380 元(如有缺頁或破損請寄回更換)

城邦讀書花園 www.cite.com.tw

ISBN 978-986-95978-5-2

國家圖書館出版品預行編目(CIP)資料

歐亞現場：見證現代化浪潮下的矛盾與衝突 / 張翠容著. ——初版. ——臺北市：馬可孛羅文化：家庭傳媒城邦分公司發行，2018.03 面；公分
ISBN 978-986-95978-5-2 (平裝)

857.85 107002334

蒙古
北韓
日本海
韓國
黃海
中國
東海
新德里
不丹
孟加拉
共和國
印度
台灣
緬甸
奈比多
寮國
南海
孟加拉灣
泰國
柬埔寨
越南
斯里蘭卡
馬來西亞

俄羅斯
白俄羅斯
共和國
波蘭
捷克
斯洛伐克
奧地利
匈牙利
羅馬尼亞
基輔
烏克蘭
保加利亞
黑海
希臘
安卡拉
土耳其
地中海
敘利亞
伊拉克
裏海
鹹海
土庫曼斯坦
德黑蘭
伊朗
阿富汗
巴基斯坦
利比亞
埃及
沙烏地阿拉伯
波斯灣
阿拉伯海
蘇丹
印度洋